초등학생이
'꼭' 읽어야 할
고전 탐구

저자

김기용

아이들과 함께 성장하는 독서에 관심이 많은 15년 차 초등교사다. 초등교사, 사서교사, 자녀를
둔 학부모 대상으로 독서·글쓰기·문해력 강의를 활발히 하고 있다. 고전 인문은 오래된 책 중에
오늘날에도 널리 읽히는 책을 뜻한다. 긴 시간 동안 많은 사람의 사랑을 받은 데는 분명한 이유
가 있다. 고전 인문은 그 시대의 생각, 역사, 철학 등이 총망라된 것으로 우리의 사고의 폭을 넓
히는 데 크게 기여하기 때문이다. 『초등학생이 '꼭' 읽어야 할 고전 탐구』를 통해 우리 아이들이
고전 인문과 친숙해지고, 더 나아가 고전 인문을 찾아 읽고 생각이 크고 넓고 깊은 아이로 자라
나기를 바란다.

저서로 『초등 문해력, 교과 어휘부터 해결한다 3-1, 3-2 / 4-1, 4- 2』, 『공부머리 키우는 기
적의 독서 습관』, 『초등 공부는 문해력이 전부다』, 『초등 저학년 독서습관 만드는 결정적 시기』,
『초등 공부, 습관으로 정복하기』, 『온작품 읽기: 한 학기 한 권 읽기로 성장하는 아이들』 등이
있다.

초등학생이 '꼭' 읽어야 할

고전 탐구

초판 1쇄 인쇄 2024년 11월 21일
초판 1쇄 발행 2024년 11월 29일

지은이 김기용
발행인 박효상
편집장 김현　**기획 · 편집** 장경희, 이한경　**교정 · 교열 · 진행** 안현진　**디자인** 임정현
마케팅 이태호, 이전희　**관리** 김태옥　**표지 · 내지 디자인** 이은희　**조판** 조영라

종이 월드페이퍼　**인쇄 · 제본** 예림인쇄 · 바인딩　**출판등록** 제10-1835호
펴낸곳 사람in　**주소** 04034 서울시 마포구 양화로 11길 14- 10 (서교동) 3F
전화 02) 338-3555(代)　**팩스** 02) 338-3545
E-mail saramin@netsgo.com　**Website** www.saramin.com

책값은 뒤표지에 있습니다. 파본은 바꾸어 드립니다.

ⓒ 김기용 2024

ISBN
979-11-7101-107-0 74800
979-11-7101-105-6 (세트)

어린이제품안전특별법에 의한 제품표시	
제조자명 사람in **제조국명** 대한민국 **사용연령** 5세 이상 어린이 제품	**전화번호** 02-338-3555 **주　소** 서울시 마포구 양화로 11길 14-10 3층

우아한 지적만보, 기민한 실사구시 사람in

초등학생이
'꼭' 읽어야 할
고전 탐구

김기용 지음

사람in

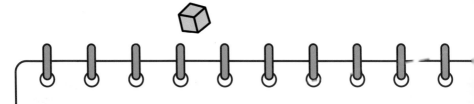

✧ 고전 읽기로 사고의 폭을 넓혀라! ✧

아이들과 책을 통해 웃고 떠들며 생활하는 15년 차 초등교사입니다. 부모님들은 여러분에게 늘 좋은 친구를 사귀라고 강조하실 거예요. 여러분 나이에는 주변의 영향에 따라 생각과 가치관이 변하거나 쉽게 물들 수 있기 때문이죠. 하지만 좋은 친구가 과연 어떤 친구인지, 또 어떻게 만나서 사귈 수 있는지 고민인 친구들이 있을 거예요. 그래서 선생님이 여기 좋은 친구를 한 명 소개하고자 해요. 바로 '고전'이라는 친구예요. 고전은 여러분에게 조건 없이 좋은 영향을 미치는 단짝 친구가 되어 줄 거예요. 인류의 보편가치와 메시지를 담고 있는 고전은 여러분의 인생에서 올바르게 나아갈 길을 제시해 주죠.

고전을 읽고, 고전 속 새로운 세계와 현실 세계를 비교해 보세요. 비슷한 점보다는 다른 점이 더 많을 거예요. 하지만 읽는 동안 여러분 머릿속에서 수많은 생각이 교차할 것이고, 여러분은 스스로 사고를 이어 나가며 결론까지 도출해 낼 수 있어요. 이렇게 여러분의 현재 가치관과 충돌하고 융합하는 과정을 통해 생각의 열매를 맺어 나가는 거죠. 같은 책을 읽어도 사람마다 느끼는 점이 다르고, 책에 대한 평가도 달라져요. 여러 권의 고전을 읽고 그중 단 한 권의 고전을 통해 큰 깨달음을 얻게 될지도 몰라요.

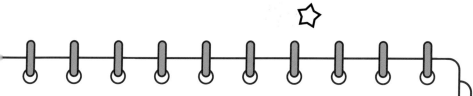

　사실 '고전'이라는 단어가 다소 고리타분하게 느껴지는 친구들도 있을 거예요. 하지만 한번 고전의 진정한 재미를 느끼면 생각이 완전히 달라지죠. 선생님은 여러분이 어떻게 하면 고전을 좀 더 쉽고 흥미롭게 읽을 수 있을까 고민했어요. 그러다 책의 배경과 핵심 주제를 알면 작품을 더 잘 이해하게 된다는 점에 착안해 이 책을 썼어요. 이 책은 다양한 고전 작품의 줄거리를 읽고, 책 속의 한 문장과 생각하기 코너를 통해 '고전도 재미있을 수 있구나!'를 느끼게 할 거예요. 고전을 읽고 생각하는 힘을 기르면 사고의 폭은 넓고 깊어지고, 표현력도 덩달아 길러져요.

　고전은 최근 강조되는 논술과도 맥을 같이 해요. 고전 속 한 문장을 제대로 이해하기 위해서는 책 전반을 깊이 이해해야 하는데, 고전 인문은 문장마다 많은 의미를 함축하고 있어서 읽는 동안 머릿속이 바빠지죠. 이렇게 깊이 있는 문장을 자주 접하고 읽다 보면, 어느새 여러분이 쓰는 문장들도 깊이 있는 문장으로 바뀌게 되죠. 고전을 많이 읽은 친구들은 글의 깊이가 다르고, 인용하는 문구들도 사뭇 달라요. 『초등학생이 '꼭' 읽어야 할 고전 탐구』는 최근 점점 중요해지는 논술을 미리 준비하는 데 밑거름이 되는 책이에요.

　이 책을 통해 여러분이 고전을 읽는 재미와 함께 문해력과 논술력까지 키울 수 있기를 응원합니다.

김기용

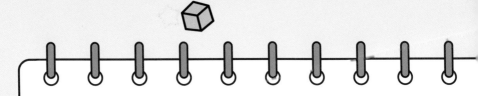

이 책의 구성

『초등학생이 '꼭' 읽어야 할 고전 탐구』를 통해 고전 읽기에 호기심을 갖고 자신만의 가치관을 키워 논술에도 자신 있게 대비할 수 있는 공부력을 키워 보세요.

작가 소개
작가에 관해 간단히 알려 줍니다.

줄거리
작품 내용을 쉽고 간단하게 요약해 소개합니다.

책의 배경 엿보기
작품의 시간적, 공간적, 사회적 배경을 설명해 줍니다. 배경을 알면 작품을 더 잘 이해할 수 있습니다.

책의 핵심 주제 및 시사점
작품에서 이야기하고자 하는 핵심 주제와 읽는 이들에게 시사하려는 내용을 두 가지로 정리해 알려 줍니다.

고전 속 인생의 한 문장
작품 중 우리 인생에 교훈이 되거나 기억에 남을 만한 문장을 선택해 알려 줍니다.

고전으로 생각 넓히기
작품을 읽고 한 번쯤 고민해 볼 만한 질문들을 제시합니다. 질문에 스스로 답을 하는 시간을 가지며 논술에 대비합니다.

차례

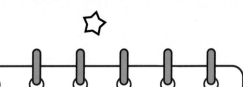

01
이상한 나라의 앨리스

루이스 캐럴(Lewis Carroll)
(1832.1.27.–1898.1.14.)

매혹적이고 놀랍고 이상한 나라

작가 소개

루이스 캐럴은 동화 작가이자 수학자인 찰스 루트위지 도지슨 (Charles Lutwidge Dodgson)의 필명이에요. 도지슨은 유복한 집에서 태어나 공부했고 대학의 교수가 됩니다. 하지만 안타깝게도 병에 걸려 한쪽 귀가 들리지 않았고 말도 더듬었습니다. 어눌한 말투와 내성적인 성격 탓에 사람들과 어울리는 것을 좋아하지 않았습니다. 어느 날 지인 가족들과 시간을 보내던 중 지인의 딸들에게 즉석에서 동화를 지어 들려주었고, 이를 책으로 집필한 것이 『이상한 나라의 앨리스』입니다. 지인의 딸들 중 한 명의 이름이 '앨리스'였다니 신기하죠? 후속작으로 『거울 나라의 앨리스』가 있습니다.

언니와 소풍을 간 앨리스는 행복한 시간을 보냅니다. 그러던 중 회중 시계를 차고 있는 토끼를 보고 신기해 따라가다 토끼 굴에 빠지면서 이 상한 나라로 여행을 떠나게 됩니다. 토끼를 따라 들어간 굴 아래에는 큰 방과 여러 개의 문이 있었어요. 앨리스는 그중 작은 문 밖에 있는 아름다운 정원에 가고 싶었지만, 그 문은 머리도 집어넣을 수 없을 만큼 작았죠. 앨리스가 탁자 위에 있던 음료수를 마시자 몸이 작아졌지만, 문을 열 수 있는 열쇠는 탁자 위에 있어서 손이 닿지 않았어요. 앨리스는 탁자 밑에 있던 케이크를 먹고 다시 몸이 커지게 되어 열쇠로 문을 열었지만, 이번에는 덩치가 너무 커진 탓에 작은 문을 통과할 수 없었어요. 속이 상한 앨리스는 엉엉 울었는데, 눈물이 어찌나 많았는지 커다란 웅덩이가 생기고 말았죠. 마침 그곳을 지나가던 토끼가 앨리스가 부르는 소리에 놀라 부채와 장갑을 떨어뜨렸고, 앨리스가 그 부채를 주워 부채질을 하자 몸이 다시 작아졌어요. 작아진 앨리스는 자신이 흘린 눈물의 웅덩이에 빠지고 마는데, 주변을 둘러보니 다른 동물들도 함께였죠.

토끼와 다시 만난 앨리스는 토끼의 집에 갇혔다가 빠져나와 애벌레를 만나고, 애벌레에게서 버섯을 먹고 몸의 크기를 다양하게 바꾸는 법을 배우죠. 이후 공작부인과 그녀의 주방장도 만나게 됩니다. 공작부인은 아기를 앨리스에게 맡기고 하트 여왕의 크로켓 경기에 참가하러 갑니다. 이후 앨리스는 3월의 토끼

와 모자 장수, 그리고 겨울잠쥐가 함께한 다과회에 참석했다가 하트 여왕의 크로켓 경기장에 도착합니다. 하트 여왕은 아무 이유 없이 툭하면 소리를 지르며 목을 치라고 말은 합니다. 그녀는 숭 자신의 타르트를 훔쳤다며 재판을 열어 '하트 잭'에게 유죄를 선고하려고 합니다. 첫 번째 증인은 앨리스와 다과회를 함께했던 모자 장수였고, 두 번째는 공작 부인의 주방장이었는데, 두 명의 증인은 모두 위기에 처하게 됩니다. 마지막 증인은 앨리스였는데, 몸도 조금 커진 상태여서 두려울 게 없었던 앨리스는 "너희들은 그저 카드 한 벌일 뿐이야!"라고 외칩니다. 그러자 카드들이 일제히 앨리스를 공격하기 위해 달려들고, 깜짝 놀란 앨리스는 언니의 무릎에서 잠을 깹니다.

◇ 책의 배경 엿보기 ◇

『이상한 나라의 앨리스』는 '해가 지지 않는 나라'라고 불리던 대영 제국의 전성기에 쓰여진 동화입니다. 산업혁명이 영국에서 시작된 후 영국은 세계를 지배하는 제국으로 등극하며 여러 식민지를 지배하고 착취했죠. 작품 곳곳에 시대적 상황을 드러내는 부분들이 눈에 띕니다. 앨리스의 몸이 커지고 작아지거나 앨리스가 혼란스러워하는 모습은 급변하는 사회를 살아가는 시민들을 표현합니다. 미친 모자 장수와 정신없는 기차역들을 통해 1차 산업혁명의 현실과 폐해를 직간접적으로 드러내기도 하죠. 이 시기의 노동자들은 제대로 대우받지 못하고 하나의 부속품처럼 일했으며, 각종 정신적·육체적 질병에 시달렸습니다. 한편 시공간을 초월해 재미있는 여행을 떠나는 앨리스는 독자들의 흥미를 충족시켰고, 이후 영국의 모험 동화들에 큰 영향을 미칩니다.

◇ 책의 핵심 주제 및 시사점 ◇

① 앨리스의 호기심과 포기하지 않는 마음

호기심 많은 앨리스는 흰토끼를 따라 모험의 세계로 떠나는 데 두려움이 없습니다. 또, 낯선 상황에서 쉽게 주저앉지도 않습니다. 끝없는 질문과 도전 정신으로 새로운 등장인물들과 대화를 하고 해결 방법을 찾습니다. 앨리스는 차츰 처음보다 상황의 변화에 잘 적응하고, 좀 더 신중한 태도로 행동하게 됩니다. 위기가 생겨도 담담하게 맞이하고 지혜롭게 극복하죠. 작은 앨리스가 점차 큰 앨리스가 되어 가는 과정을 보며 앨리스의 포기하지 않는 마음에 감동을 받게 됩니다.

② 풍부한 상상력

상상력은 어린이들이 똑똑해지는 데 꼭 필요한 필수 요소입니다. 『이상한 나라의 앨리스』는 다양한 언어유희와 상황 등을 통해 독자가 예상하지 못한 전개를 이어 나갑니다. 앨리스의 몸이 커지고 작아지는 과정을 통해 어른과 아이의 세계가 때로는 단절되고, 이어지기도 한다는 점을 표현하죠. 정해진 틀도 없고 규칙도 없죠. 이처럼 이 책은 톡톡 튀는 이야기로 어린이 독자들이 상상력을 펼치는 데 많은 도움을 줍니다.

◇ 고전 속 인생의 한 문장 ◇

"어제 이야기는 아무 의미가 없어요. 왜냐하면 지금의 난 어제의 내가 아니거든요."

▶ 토끼 굴에 빠진 앨리스가 자신이 누구인지 몰라 혼란스러운 마음을 표현한 대사예요. 여러분도 어제 있었던 일조차 기억이 잘 나지 않을 때가 있죠? 이는 여러분의 몸과 마음이 매일매일 자라고 있기 때문이에요.

"여기서 나가는 길 좀 가르쳐 줄래?"
"그건 네가 어디로 가고 싶은가에 달렸지."

▶ 앨리스가 고양이에게 나가는 길을 물어보자, 고양이는 동문서답처럼 '네가 가고 싶은 곳'이라고 대답하죠. 그리고 결국 앨리스는 길을 찾아냅니다. '뜻이 있는 곳에 길이 있다'란 속담이 떠오르네요.

"바닷속에서는 광어로 광을 낸단다, 이제 알겠니?"

▶ 작가의 위트가 드러나는 곳이에요. 『이상한 나라의 앨리스』의 작가는 이처럼 말꼬리 잡는 유머를 등장시켜 독자를 즐겁게 합니다.

고전으로 생각 넓히기

다음 질문들에 관해 고민해 보는 시간을 가져 보세요.

① 내 몸이 커지거나 작아진다면 어디에 가 보고 싶나요?
② 몸이 커졌을 때의 장점과 단점은 무엇일까요?
③ 앨리스는 왜 저런 꿈을 꾸었을까요?

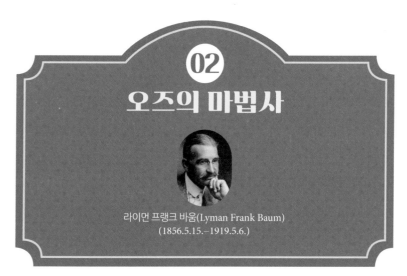

02
오즈의 마법사

라이먼 프랭크 바움(Lyman Frank Baum)
(1856.5.15.–1919.5.6.)

낯선 곳에서 벌어지는 좌충우돌 모험기

작가 소개

　라이먼 프랭크 바움은 시카고에서 저널리스트로 활동하였습니다. 이외에도 편집자, 외판원, 배우 등 여러 직업을 전전하며 밤마다 동화를 썼습니다. 그는 경제적인 어려움이 있었지만, 아내의 격려로 포기하지 않고 작품 활동을 이어 갈 수 있었습니다. 첫 작품 『아빠 거위』가 성공을 거두고, 『오즈의 마법사』가 폭발적인 인기를 끌며 작가로서 유명세를 얻게 됩니다. 생전에 아이들을 좋아했던 라이먼 프랭크 바움은 아이들을 위해 60여 편의 동화책을 썼습니다. 『오즈의 마법사』는 소설의 인기에 힘입어 1901년에 시카고에서 뮤지컬로 제작되었고, 1939년에는 영화로도 제작됩니다.

　캔자스의 한 시골 마을에 '도로시'라는 소녀가 살고 있었습니다. 어느 날 강력한 회오리바람이 불어와 도로시와 그녀의 강아지 토토는 집과 함께 어딘가로 날아가게 됩니다. 하늘을 날던 집은 쿵 하며 낯선 곳에 떨어졌고, 집 밖으로 나오자 도로시는 한순간 영웅이 되어 있었습니다. 알고 보니 도로시의 집이 사악한 동쪽 마녀를 깔아뭉개 버려, 동쪽 나라의 먼치킨들이 마녀의 속박에서 해방되었던 것이었습니다. 하지만 도로시는 집으로 돌아가고 싶은 마음이 전부였고, 어떻게 하면 집으로 돌아갈 수 있는지 물어봅니다. 착한 북쪽 마녀는 에메랄드 시에 사는 위대한 마법사 '오즈'를 만나면 도움을 줄 것이라고 알려 줍니다. 북쪽 마녀는 도로시의 이마에 축복의 입맞춤을 해 주고, 동쪽 마녀의 구두를 신겨 주며 작별 인사를 합니다.

　도로시와 토토는 에메랄드 시로 가던 중 장대에 걸린 허수아비를 발견하고 구해 줍니다. 허수아비는 농부가 자기를 만들 때 뇌를 만들어 주지 않아 뇌를 가지고 싶었기에 도로시와 함께 오즈를 만나는 여행을 떠나기로 합니다. 다시 길을 가던 중 이번에는 녹이 심하게 슬어 움직이지 못하는 양철 나무꾼을 만납니다. 양철 나무꾼은 원래 사람이었는데, 동쪽 마녀에 의해 신체를 하나씩 잃게 되었고 대장장이가 양철로 하나씩 고쳐 주었다고 합니다. 결국 심장까지 잃게 된 양철 나무꾼은 심장을 되찾기 위해 모험에 합류하게 됩니다. 숲속에서 무시무시한 동물의 울음소리가 들리고 잠시 후 사자가 나타나지만, 사자는 토토를 보고 겁을 먹습니다. 알고 보니 사자는 겁쟁이였던 것이죠. 사자는 용감함을 얻기 위해 함께 모험을 떠나기로 합니다.

이제 본격적인 도로시, 토토, 허수아비, 양철 나무꾼, 사자의 여행이 시작됩니다. 오즈를 만나기 위한 길은 험난했습니다. 절벽을 간신히 건너고, 들쥐 여왕을 구하기도 하고, 양귀비 꽃밭에서 목숨을 건 탈출을 벌이기도 하죠. 고생 끝에 오즈를 만나러 갔지만, 오즈는 사악한 서쪽 마녀를 물리치면 도로시를 도와주겠다고 말하죠. 이에 도로시 일행은 서쪽 마녀를 찾아 떠납니다. 이를 지켜보던 서쪽 마녀는 늑대를 보내지만 양철 나무꾼이 모두 무찌릅니다. 까마귀 떼를 보내지만 허수아비가 모두 물리치고, 벌떼를 보내지만 양철 나무꾼에게 벌침을 모두 발사하고 죽어 버리고 말죠. 서쪽 마녀는 결국 날개 달린 원숭이들을 보내 도로시 일행을 공격하고, 도로시가 잡히고 맙니다. 마녀는 도로시에게 궂은 일을 시키며 못살게 굽니다. 화가 난 도로시가 양동이의 물을 마녀에게 붓자 마녀는 녹아 버리고 맙니다. 도로시 일행은 서쪽 마녀의 황금 모자로 날개 달린 원숭이들을 불러내 오즈를 만나러 돌아갑니다. 하지만 오즈의 정체는 마법사가 아니라 복화술을 하는 서커스 단원에 불과했죠. 도로시처럼 어느 날 이곳에 오게 되었는데, 사람들의 숭배를 받게 되자 마법사인 척하며 지내고 있던 것이었습니다. 오즈는 열기구를

만들어 도로시와 떠나려고 했지만, 토토를 잃어버린 도로시는 떠날 수 없었죠. 도로시 일행은 남쪽 마녀에게 도움을 받기 위해 다시 여행을 떠납니다. 여행을 하던 도중 숲을 지나게 되고 사자는 왕거미를 무찌릅니다. 남쪽 마녀 글린다는 도로시에게 황금 모자를 받고, 허수아비는 에메랄드 시의 왕, 양철 나무꾼은 서쪽 나라의 왕, 사자는 숲속 나라의 왕이 됩니다. 글린다는 도로시에게 이미 신고 있는 구두의 뒷굽을 세 번만 바닥에 내려치면 원하는 곳으로 갈 수 있다고 알려 주죠. 도로시와 토토가 캔자스로 무사히 돌아오며 이야기는 끝이 납니다.

◇ 책의 배경 엿보기 ◇

『오즈의 마법사』는 새로운 세계로 모험을 떠난 주인공 도로시가 동료들을 만나 힘을 합쳐 악당을 무찌르고 목표를 이루는 동화입니다. 『오즈의 마법사』가 출간되고 큰 인기를 끌게 된 것은 당시 미국의 상황과도 연관이 깊습니다. 빈부 격차, 남녀 차별, 인종 차별 등이 만연하던 1900년대에 어린 소녀의 모험기는 일반 시민들에게 큰 용기와 재미, 대리 만족을 선사하였습니다. 『오즈의 마법사』는 1950년대에 정치적 논란에 휘말려 공공도서관 금서 목록으로 지정된 적도 있습니다. 주인공들이 사람들을 억압하는 마녀를 없앤다는 점이 사회주의를 연상시킨다는 이유였죠. 하지만 50여 년이 지난 후에는 평가가 뒤바뀌어 '아이들을 위한 최초의 미국 판타지 소설'로 인정받게 됩니다.

◇ 책의 핵심 주제 및 시사점 ◇

① 우리는 모두 특별한 존재

『오즈의 마법사』의 등장인물들은 자신들의 단점을 알고 부끄러워합니다. 뇌가 없는 허수아비, 심장이 없는 양철 나무꾼, 겁쟁이인 사자. 하지만 허수아비는 누구보다 뛰어난 통찰력을, 양철 나무꾼은 누구보다 따뜻한 마음을, 사자는 그 누구보다 용감한 마음을 지녔죠. 원하는 것을 얻기 위해 모험을 떠났지만, 사실은 모두 이미 가지고 있던 것들이었습니다. 사람은 누구나 부족한 점이 있고, 콤플렉스로 인해 부끄러워하기도 합니다. 하지만 콤플렉스라고 생각하던 점이 장점이 될 수도 있고, 사실은 별것이 아닐 수도 있습니다. 여러분은 모두 단점보다 장점이 많고 특별한 존재이니, 스스로를 사랑하는 마음을 가져 보세요.

② 부족하지만 괜찮아

도로시, 허수아비, 양철 나무꾼, 사자는 모두 부족함을 지니고 있습니다. 하지만 위기 상황에 처하면 누군가 나서서 일을 멋지게 해결합니다. 양철 나무꾼은 늑대를, 허수아비는 까마귀 떼를, 사자는 왕거미를 무찌릅니다. 도로시 일행은 서로 힘을 합쳐 적극적으로 문제를 해결해 나가죠. 누구에게나 부족한 점이 있지만 각자 잘하는 역할이 있기도 합니다. 그래서 우리는 여러 사람들을 만나고 그들의 장점을 배우고 익혀 우리의 부족한 점을 채우게 되죠. 공부를 잘하는 친구를 만나 공부를 배우고, 춤을 잘 추는 친구를 만나 춤을 배우는 것처럼 말이죠. 그 친구들도 여러분에게서 배우는 것이 있게 마련입니다. 이것이 우리가 친구를 사귀는 또 하나의 중요한 이유입니다.

◇ 고전 속 인생의 한 문장 ◇

"너희는 심장이 있으니까 옳고 그른 것을 알고, 잘못된 행동을 하지 않잖아."

▶ 양철 나무꾼은 심장이 없지만, 세상 누구보다 더 세심하고 마음씨기 따뜻입니다. 심상이 없으니까 오히려 더 주의를 기울이죠. 양철 나무꾼처럼 어쩌면 우리도 스스로 부족하다고 느끼는 것들을 이미 가지고 있을지도 모릅니다.

〰️

"아무리 아름다운 곳이라 하더라도 고향만 한 곳은 없는 법이니까."

▶ 아무리 멋진 곳으로 여행을 떠나도 집에 대한 생각은 끊이지 않습니다. 아무리 좋은 숙소도 집에서 자는 것보다는 불편하기도 합니다. 집을 떠나고 싶었던 도로시도 금세 집을 무척이나 그리워하게 되죠.

〰️

"다른 도시와 다를 바 없어. 하지만 초록색 안경을 쓰면 모든 것들이 초록색으로 보이는 거지."

▶ 에메랄드 시에 사는 백성들은 초록색 안경을 쓰고 생활하며 도시 전체를 값비싼 초록색 에메랄드로 보죠. 여러분도 혹시 색안경을 쓰고 있진 않는지 잘 생각해 보세요. 편견 없이 바라보는 게 가장 좋답니다.

고전으로 생각 넓히기

다음 질문들에 관해 고민해 보는 시간을 가져 보세요.

① 등장인물 중 내가 가장 닮고 싶은 인물은 누구인가요?

② 내가 지닌 콤플렉스를 극복하려면 첫 번째로 해야 할 일이 무엇일까요?

③ 북쪽 마녀는 왜 도로시와 처음 만났을 때 구두의 마법을 알려 주지 않았을까요?

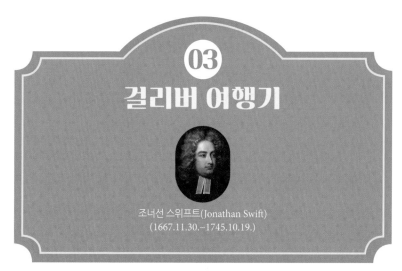

03
걸리버 여행기

조너선 스위프트(Jonathan Swift)
(1667.11.30.–1745.10.19.)

새로운 세계로 떠나는 여행기

작가 소개

조너선 스위프트는 아일랜드 더블린에서 태어난 작가입니다. 그가 태어나기 7개월 전에 아버지가 사망해 큰아버지 손에서 자랍니다. 넉넉지 못한 가정 형편으로 어려움을 겪기도 합니다. 영국에서 목사 활동을 하며 정치에 뜻을 품기도 했죠. 정치와 종교에 관한 여러 글을 써내며 명성을 얻습니다. 하지만 정치적 후원자를 잃고 정치에서 설 자리를 잃은 조너선 스위프트는 아일랜드로 돌아와 『걸리버 여행기』를 쓰게 됩니다. 『걸리버 여행기』는 당시의 시대 상황을 신랄하게 비판한 풍자 소설이지만, 많은 나라에서 어린이를 위한 동화로 각색되어 읽혔습니다. 조너선 스위프트는 '내 여행기의 목적은 즐거움을 주기 위한 것이 아니라 진실을 알리기 위한 것이다'라고 밝힌 바 있습니다.

『걸리버 여행기』는 걸리버가 여러 나라를 여행하며 경험한 일들에 관한 이야기로, 총 4부작으로 구성되어 있습니다. 우리가 흔히 알고 있는 『걸리버 여행기』는 1부 소인국 편이죠. 선상 의사가 된 걸리버는 항해 도중 배가 암초에 좌초되어 표류하다 릴리퍼트라는 소인국에 가게 됩니다. 해변에서 정신이 든 걸리버는 몸을 일으키려고 했지만, 온몸이 바닥에 묶여 있어 불가능했죠. 소인국 사람들은 몸집이 너무 커다란 걸리버를 어떻게 처리할지가 큰 고민거리였습니다. 걸리버가 밥을 너무 많이 먹을까 봐 걱정이 되었지만, 걸리버의 착한 마음씨를 보고 그가 9개의 조항을 따른다는 조건하에 소인국을 돕도록 허락해 주죠.

걸리버는 다른 소인국의 침략을 막아내며 국가의 영웅이 됩니다. 그러던 중 릴리퍼트 왕궁에 화재가 발생하죠. 고민하던 걸리버는 왕궁에 소변을 보아 화재를 진압합니다. 그런데 여기서 문제가 생깁니다. 왕궁에 소변을 본 자는 '사형'이라는 법이 있었기 때문이죠. 모두의 목숨을 살리기 위한 행동이었지만 커다란 죄를 짓게 된 셈이죠. 결국 걸리버의 목숨은 살려 주는 대신 양쪽 눈을 파내라는 판결이 내려지고, 이 소식

을 전해 들은 걸리버는 옆 나라로 피신합니다. 그리고 그곳에서 배를 만들어 영국으로 돌아가게 되죠.

걸리버는 영국에서 몇 달간 준비한 후 다시 항해를 떠납니다. 새로운 땅에 정박하게

되는 이야기는 2부 거인국 브롭딩낵 편입니다. 거인국에 도착한 걸리버는 한 농부에게 바로 붙잡히게 되고, 농부는 걸리버를 애완동물처럼 기르며 걸리버 쇼를 만들어 관객들을 끌어모으죠. 결국 수도까지 진출하게 된 걸리버는 왕실과도 친분을 쌓게 됩니다. 그러던 어느 날 바닷가에서 독수리에게 잡힌 채 날아가다가 바다에 빠지게 되는데, 다행히도 지나가던 영국 배의 도움을 받아 돌아오게 되죠. 3부는 하늘을 떠다니는 '라퓨타'라는 섬 이야기이고, 4부는 '후이늠'이라 불리는 말들이 '야후'라고 불리는 인간을 지배하는 이야기입니다.

◇ 책의 배경 엿보기 ◇

『걸리버 여행기』는 1700년대에 정식 출판을 하게 됩니다. 영국 정치에 대한 신랄한 비판으로 인해 2권까지만 출간되고 내용도 많이 수정됩니다. 여러분이 알고 있는 『걸리버 여행기』는 어떤 이야기인가요? 우연히 소인국에 가게 된 걸리버가 슬기롭게 위기를 헤쳐 나가고, 나라를 구한 뒤 멋지게 떠나는 스토리인가요? 동화로 각색된 『걸리버 여행기』는 걸리버가 여행을 떠나는 모습이 부각되었죠. 하지만 『걸리버 여행기』의 원작은 당시 여러 나라를 식민지로 지배하며 부를 축적하던 영국의 식민지 정책을 신랄하게 비판한 풍자 소설입니다. 또한 소인국에서 사소한 것으로 갈등하고 전쟁까지 벌이는 모습을 통해 영국 의회를 비판합니다. 계란을 어떤 방법으로 깨야 하는지 논쟁을 벌이다가 전쟁이 일어나고, 구두 뒤축이 높은 파와 그렇지 않은 파로 파벌이 나뉘어 대립하는 모습, 심지어 외줄 타기를 통해 관직을 얻는 모습을 통해 영국 정치를 신랄하게 비판합니다.

◇ 책의 핵심 주제 및 시사점 ◇

① 인간의 끝없는 탐욕에 대한 비판

『걸리버 여행기』 4부에 등장하는 후이늠스 랜드(Houyhnhnms Land)는 이성을 지닌 말인 '후이늠'이 지배하는 곳으로, 후이늠들은 본능에만 충실한 인간인 '야후'들을 노예처럼 부립니다. 이곳에서 인간은 본능에만 충실한 야만인의 모습으로 살아갑니다. 야후들은 늘 동료들과 싸우고 야만적이며 다루기도 힘들죠. 걸리버는 이곳에서 소인국, 거인국, 라퓨타에서 느낀 점과는 다르게 평화롭고 아름다운 나라를 보게 됩니다. 말들이 지배하는 세계가 오히려 더 이성이 통하고 우정과 자비를 베풀죠. 작가는 후이늠스 랜드를 통해 인간의 끝없는 탐욕과 공격성에 대한 비판을 드러냅니다.

② 현실에 대한 풍자

『걸리버 여행기』가 풍자 소설이라니 놀랍지 않나요? '걸리버(Gulliver)'라는 주인공의 이름 자체에도 숨겨진 의미가 있습니다. Gull은 '바보'라는 뜻이고, ver는 '진실'을 뜻합니다. 즉, '걸리버'는 '진실을 말하는 바보', '거짓말쟁이'라는 의미로 해석이 가능합니다. 작가는 책을 통해 영국 의회뿐만 아니라 인간들의 그릇된 본성도 비판하죠. 1부의 구두 굽 논쟁은 영국 휘그당과 토리당의 오랜 논쟁, 2부의 왕과 나눈 대화는 유럽인들이 쌓은 당대 문명, 3부와 4부에서는 인간 이성에 대한 지나친 자신감과 인간 본성에 대해 비판합니다.

◇ 고전 속 인생의 한 문장 ◇

"인간은 거짓말쟁이로 태어난다."

▶ 사람들은 누구나 거짓말을 할 수 있다는 작가의 생각이 드러납니다. 우리는 누구든 크고 작은 거짓말을 합니다. 속이기 위해서도 하고, 위기를 모면하기 위해서도 하죠. 하지만 거짓말은 상대방을 속이는 좋지 못한 행동이라는 것을 여러분 모두 알고 있겠죠?

"덩치가 너무 차이 나서 아예 비교의 대상이 되지 못하는 사람들 앞에서 덩치 작은 사람이 자신의 명예를 내세우려 하는 것은 헛된 일이구나."

▶ 걸리버는 누가 보아도 눈에 보이는 현실적인 한계에 대해 비유적으로 표현하죠. 걸리버는 거인국에서 하루에도 여러 번 무대에 서게 돼요. 그러면서 무기력한 자신의 모습을 보며 안타까움도 느끼죠. 이처럼 열심히 노력하지만 변하지 않는 삶이라도 희망을 놓지 않는다면 극복할 수 있겠죠?

"크거나 작다는 개념은 상대적인 것이라고 철학자들이 이야기한 것은 올바른 말이다."

▶ 가장 큰 생쥐라고 하더라도 결국 고양이 앞에 서면 작은 생쥐 한 마리일 뿐입니다. 사람들도 마찬가지죠. 특정 장소와 상황에 따라 크고 작음이 달라집니다. 따라서 사람들 사이에 능력과 가치를 비교·평가할 때는 상대적인 관점을 고려해야 한다는 의미입니다.

고전으로 생각 넓히기

다음 질문들에 관해 고민해 보는 시간을 가져 보세요.

① 문명인과 야만인을 나누는 기준은 상대적일까요, 절대적일까요?
② 걸리버는 어디든 잘 적응합니다. 걸리버의 융통성 있는 태도는 삶에 어떤 도움을 줄까요?
③ 작가는 왜 후이늠을 '말'로 표현했을까요? 다른 동물로 표현해 보면 어떨까요?

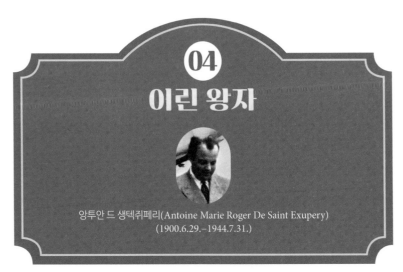

04
어린 왕자

앙투안 드 생텍쥐페리(Antoine Marie Roger De Saint Exupery)
(1900.6.29.–1944.7.31.)

만남과 우정, 그리고 사랑

생텍쥐페리는 프랑스 리옹에서 태어나 어린 나이에 아버지를 여의고 어머니와 남매들과 함께 자랐습니다. 비행에 관심이 많아 비행장을 기웃거리거나 자전거에 날개를 만들어 달려 보기도 하였습니다. 공군에서 제대한 후 우편 비행을 담당하였고, 야간 비행을 시도해 보기도 합니다. 비행을 하면서도 글쓰기를 게을리하지 않았습니다. 1931년 발표한 『야간 비행』으로 페미나 문학상을 받았고, 1943년에는 『어린 왕자』를 발표합니다. 1944년 7월 31일 세계대전에 참전 중이던 그는 정찰 비행중 행방불명됩니다. 어린 왕자가 별을 찾아 떠났듯, 생텍쥐페리도 자신의 별을 찾아 돌아오지 않는 긴 여행을 떠났습니다.

비행사는 어릴 때 화가를 꿈꾸는 소년이었습니다. 어느 날 코끼리를 삼킨 보아뱀을 그려 어른들에게 보여 주었는데, 어른들은 보아뱀을 자꾸 모자라고 하죠. 어른들을 위해 보아뱀 배 속에 코끼리까지 그려 주었더니 모두 이해를 하였습니다. 어른들이 그림 그리기 말고 다른 것을 해 보라고 권유하여 그림 그리기는 더 이상 하지 않았습니다.

비행사는 어느 날 갑작스러운 비행기 고장으로 사막에 불시착하게 되었고, 그곳에서 어린 왕자를 만나게 됩니다. 어린 왕자는 자신의 별 이야기, 동물들을 만난 이야기를 들려주며 양을 그려 달라고 합니다. 비행사는 양을 계속 그려 줬지만, 어린 왕자는 너무 늙었다, 뿔이 너무 길다, 아파 보인다 등의 이야기를 하며 다시 그려 달라고 합니다. 비행사는 결국 상자를 그려 주고 "여기 안에 네가 원하는 양이 있어"라고 말합니다. 그러자 어린 왕자는 자기가 찾던 양이라며 감사의 표현을 합니다.

비행사와 어린 왕자는 이런저런 이야기를 나누게 됩니다. 어린 왕자는 자신의 별에서 씨앗을 심어 예쁜 장미꽃이 태어나 지극정성으로 아끼고 보살폈습니다. 하지만 까탈스러운 장미는 더 많은 것을 요구하죠. 어린 왕자는 아무도 없는 자신의 별을 떠나 다른 세계를 여행하기로 결심합니다. 첫 번째 별에는 왕이 살고 있었는데, 왕은 모두 자신의 말에 복종해야 한다고 이야기합니다. 하지만 이 별에 사는 사람은 왕 혼자뿐이었죠. 두 번째 별에는 멋을 부리고 이상한 모자를 쓴 허영심 많은 남자가 있었는데, 계속 손뼉을 쳐 달라고 요구하며 칭찬받길 원했습니다. 세 번째 별에서는 계속 술을 마시는 술꾼을 만났는데, 술을 마시는 것이 부끄러워 술을 마신다는 이해 안 되는 말을 하였습니다.

네 번째 별에서 만난 비즈니스맨은 밤하늘의 별을 모두 세어 보며, 자신은 별을 모두 소유해 부자가 될 거라고 합니다. 다섯 번째 별에서는 가로등을 1분마다 껐다 켰다 하는 사람을 만납니다. 여섯 번째 별은 다른 별들에 비해 크기가 컸습니다. 여기서는 서재를 떠나지 않는 지리학자를 만났는데, 그는 어디에 산과 강이 있는지는 몰랐습니다. 마지막으로 지구에 왔지만, 사막에서는 사람을 만날 수 없었습니다. 그러다 뱀을 만나게 되었고, 뱀은 어린 왕자에게 자신을 따라오라고 말합니다. 가는 길에 장미꽃이 수천 송이 피어 있는 정원에 도착합니다. 어린 왕자는 자신이 가진 장미가 세상에 하나뿐인 꽃이라고 생각했는데, 너무 많이 피어 있는 모습을 보고 실망합니다. 슬퍼하고 있던 어린 왕자는 여우와 만납니다. 여우에게 놀자고 말했지만, 여우는 길들지 않았기 때문에 함께 놀 수 없다고 합니다. 여우는 길드는 것은 함께 인연을 맺는 것이라 알려 줍니다. 인연을 맺는 것은 특별해지는 것이고, 특별해지는 것은 세상에 하나뿐인 존재가 되는 것이라고 말합니다. 그리고 길들여지기 위해서는 많은 시간과 인내심이 필요하다고 덧붙이죠. 여우는 어린 왕자에게 무엇이든 잘 보려면 마음으로 봐야 하며, 중요한 것은 눈에 보이지 않다는 사실을 알려 줍니다. 어린 왕자는 정원으로 돌아가 수천 송이의 장미보다 자신의 별에 있는 한 송이의 장미가 더 특별하다는 사실을 깨닫게 됩니다.

　어린 왕자와 비행사는 함께 우물을 찾다 지쳐서 주저앉습니다. 어린 왕자는 "사막은 아름다워. 사막이 아름다운 건 어딘가에 우물이 숨어 있기 때문이야"라는 말을 합니다. 둘은 우물을 발견하게 되고, 물을 마십니다. 어린 왕자는 비행사에게 양이 꽃을 먹을까 봐 양에게 씌울 굴레를 그려 달라고 합니다. 지구에 온 지 일 년이 된 어린 왕자는 이제 돌아가려 합니다. "밤이 되면 별들을 바라봐. 내 별은 너무 작아서 어디 있는지 가르쳐 줄 수 없지만, 내 별은 아저씨에게는 수많은 별들 중에 하나가 되겠지"라는 말을 남기고 뱀에게 깨물려 창백해진 채 자신의 별로 돌아갑니다.

◇ 책의 배경 엿보기 ◇

생텍쥐페리는 프랑스의 소설가이자 비행사입니다. 『어린 왕자』는 작가가 자신의 비행사로서의 실제 경험과 생각을 담아서 쓴 책이죠. 이 당시는 제2차 세계대전이 진행 중이던 시기였습니다. 작가는 전투기 조종사로 참전한 5년 남짓한 기간 동안 보고, 듣고, 느낀 것을 토대로 『어린 왕자』를 집필했습니다. 광활한 자연과 함께하며, 홀로 조종석에 앉아 인간의 본질에 대한 깊은 탐구를 한 결과 『어린 왕자』의 여러 등장인물과 배경, 사건이 탄생하였죠. 작가는 순수한 어린 왕자의 눈을 통해 복잡한 어른들의 세상에 대해 질문을 던지며, 우리에게 현실과 꿈, 우정과 특별함에 대해 생각할 거리를 남겨 줍니다.

◇ 책의 핵심 주제 및 시사점 ◇

① 길듦의 중요성

　세상 사람들은 눈에 보이는 것을 중요하게 생각합니다. 서로를 길든이기보다는 짧은 시간 관계를 맺고, 마음에 들지 않으면 금세 멀어져버리죠. 하지만 여우는 친해지고 싶은 사람에게는 조금 떨어져서 앉아보라고 말합니다. 그리고 날마다 조금씩 가까이 와서 앉으라고 하죠. 그러면 자연스레 마음으로 서로를 볼 수 있게 되고, 길들게 된다고 말합니다. 어린 왕자는 장미 수천 송이를 보고 낙담하였지만, 자신이 물을주고 대화를 나누었던 장미 한 송이의 소중함을 깨닫습니다. 오랜 시간공을 들이고 관계를 맺기 위해 진심을 다했기 때문입니다. 누군가와 관계를 잘 맺고 싶다면 순수한 마음으로 인내심을 가지고 기다려 주는 과정이 꼭 필요하답니다.

② 어른이 되면서 잃게 되는 것

　『어린 왕자』에는 "어른들은 누구나 처음에는 어린이였어. 하지만 그걸 기억하는 어른은 별로 없단다"라는 대사가 나옵니다. 어른들은 어릴때의 순수함, 호기심을 잃어버리고 눈에 보이는 가치관만 좇아 살아갑니다. 어린 왕자가 여섯 개의 별을 여행하며 만난 어른들은 모두 눈에보이는 행복만 생각하며 살아갑니다. 어릴 때 소중하게 생각했던 것들은 등한시하고, 어린 왕자가 하는 질문조차 시간 낭비라고 생각하죠. 자기 생각이 오랜 시간 굳어져 남의 이야기에는 더 이상 귀 기울이지 않게 됩니다. 사회에서 살아남기 위한 어쩔 수 없는 변화일지도 모르지만, 어릴 때의 마음가짐을 떠올려 보는 것도 우리가 좀 더 가치 있는 삶을사는 데 도움이 되지 않을까요?

✧ 고전 속 인생의 한 문장 ✧

"사막이 아름다운 건 어디엔가 오아시스를 감추고 있기 때문이야."

▶ 모래 언덕에 앉아 있으면 아무것도 보이지 않고 바람 소리만 들립니다. 황량한 사막과 눈을 따갑게 하는 모래바람만이 느껴질 뿐이죠. 풍경조차 느끼기 힘든 메마른 사막을 횡단하다 물이 있는 오아시스를 발견하면, 갑자기 사막이 아름답게 보이기 시작합니다. 사막을 아름답게 만드는 오아시스처럼, 누군가를 아름답게 만드는 건 그 사람 내면에 꼭꼭 숨겨져 있습니다.

"너의 장미꽃이 그토록 소중하게 된 것은 네가 그 꽃을 위해 공들인 시간 때문이야."

▶ 나에게 소중한 것은 아끼고 사랑하고 보살피는 데 시간을 많이 쓰기 마련입니다. 사랑에 빠지면 잘 보이기 위해 공을 들이는 것처럼, 소중하다는 것은 좋아하고 사랑한다는 뜻도 포함됩니다.

"누군가에게 길들여진다는 것은 눈물을 흘릴 일이 생긴다는 것인지도 모른다."

▶ 길든다는 것은 함께 아파하고, 공유할 누군가가 있다는 것입니다. 반대로 당신이 누군가를 길들인다면 언제까지나 책임을 져야 합니다.

고전으로 생각 넓히기

다음 질문들에 관해 고민해 보는 시간을 가져 보세요.

① 어린 왕자와 어른들은 왜 똑같은 그림을 보면서 다른 생각을 했을까요?
② 여섯 개의 별에서 만난 어른들은 왜 어린 왕자의 말에 귀 기울이지 않았을까요?
③ 어린 왕자는 마지막에 뱀에게 깨물린 다음에 어떻게 됐을까요?

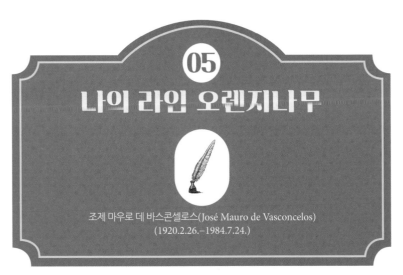

05

나의 라임 오렌지나무

조제 마우로 데 바스콘셀로스(José Mauro de Vasconcelos)
(1920.2.26.–1984.7.24.)

왜 아이들은 철이 들어야만 하나요?

작가 소개

조제 마우로 데 바스콘셀로스는 1920년 가난한 집에서 태어나 불우한 어린 시절을 보냅니다. 농부, 모델, 어부, 초등학교 교사, 복싱 선수 등 다양한 직업을 전전하는 삶에서 겪은 다양한 경험을 통해 많은 문학 작품을 출간합니다. 첫 작품은 1942년 출간한 『성난 바나나』입니다. 이후 26년 뒤인 1968년 출간한 『나의 라임 오렌지나무』는 세계 여러 나라에서 번역·출간되며 큰 인기를 끌게 되고, 브라질 역사상 최고의 판매 부수를 기록합니다. 또한 인기에 힘입어 영화로 제작되기도 합니다. 이 작품은 작가가 20여 년간 구상하다가 단 12일 만에 쓴 작품으로도 널리 알려져 있습니다. 바스콘셀로스는 이후에도 여러 작품을 남겼으며, 1984년 64세의 나이로 세상을 떠납니다.

　브라질의 한 가난한 마을에서 태어난 5살 소년 제제는 부모님과 누나들, 형, 동생과 함께 살고 있습니다. 아버지는 실직하여 직업이 없고, 어머니는 방직 공장에서 밤늦게까지 일을 하였습니다. 크리스마스에도 선물은커녕 맛있는 음식도 먹지 못하며 보내죠. 암울한 가정 환경과는 다르게 제제는 스스로 글을 읽을 정도로 명석한 두뇌를 지녔습니다. 하지만 가끔 고약한 장난을 할 때가 있었습니다. 어려운 가정 형편 때문에 가족들은 마음의 여유가 없어 제제의 장난을 받아 주는 사람이 없었죠. 이야기를 들어 주기는커녕 주먹이나 허리띠로 제제를 때렸습니다. 제제는 부모님뿐만 아니라 누나들에게도 매질을 당합니다. 하지만 제제는 가족을 원망하기보다는 자신의 마음속에 악마가 살고 있는 것 같다며 스스로를 탓합니다. 그래서 자신은 사랑받지 못한다고 생각하죠. 그렇지만 제제는 구박받는 삶 속에서도 크리스마스 다음 날 새벽부터 구두닦이를 하며 아빠에게 작은 선물을 사는 기특한 모습도 보이죠.

　어느 날 제제 가족은 새로운 집으로 이사를 갑니다. 이사 간 집에는 나무들이 있었는데, 크고 멋진 나무들은 누나들과 형이 모두 차지해 작은 라임 오렌지나무 하나만 남죠. 제제는 작은 라임 오렌지나무에게 '밍기뉴'라는 이름을 지어 주고 많은 대화를 나누며 가까운 친구가 됩니다. 제제는 이사 간 동네에서 멋진 자동차를 발견하고 뒷바퀴에 매달리는 장난을 치다가 포르투갈 사람인 차주에게 크게 혼이 납니다. 제제는 분노를 참지 못한 채 복수를 다짐하지만, 차주 아저씨는 며칠 뒤 제제가 유리 조각을 밟고 절뚝거리는 모습을 보고 병원에 데려가 줍니다. 이 일을 계기로 제제는 차주인 뽀르뚜가 아저씨와 가까워지게 됩니다.

제제는 가족들에게 느껴 보지 못한 따뜻함을 느끼고, 아저씨에게 의지합니다. 뽀르뚜가 아저씨도 딸이 있었지만 혼자 살고 있었기에 제제를 자식처럼 아껴 줍니다. 온몸이 멍투성이가 된 제제의 모습을 보고 안타까워하고, 때로는 분노하기도 합니다. 뽀르뚜가 아저씨와 제제는 드라이브를 하며 많은 대화를 나누고 소풍도 함께 가죠. 제제는 뽀르뚜가 아저씨에게 자신의 아빠가 되어 달라고 말합니다. 지금 아빠는 돈만 조금 주면 자신을 아저씨한테 팔 거라고 하면서 말이죠. 뽀르뚜가 아저씨는 제제에게 아빠가 되어 주겠다고 약속합니다.

하지만 기쁨과 행복은 오래가지 않았습니다. 뽀르뚜가 아저씨가 기차에 치여 사망하는 사고가 발생합니다. 이에 큰 충격을 받은 제제는 식음을 전폐하고 장난도 치지 않고 그저 말없이 라임오렌지 나무 옆에 앉아 있기만 했죠. 가족들은 제제와 뽀르뚜가 아저씨의 관계를 전혀 몰랐기에, 제제가 마을 개발로 인해 밍기뉴가 잘려 나갈 생각에 안타까워한다고 여겼죠. 직장을 가지게 된 아버지는 이사를 갈 예정이니 밍기뉴가

잘리는 모습을 보지 않아도 된다고 제제를 위로합니다. 꽤나 많은 시간이 흐르고 제제는 어른이 됩니다. 어른이 된 제제는 뽀르뚜가 아저씨를 추억하며 편지를 보내며 이야기는 끝이 납니다.

◇ 책의 배경 엿보기 ◇

브라질은 포르투갈의 긴 식민 지배를 받았습니다. 현재 사용하는 공용어도 포르투갈어죠. 책에 등장하는 뽀르뚜가 아저씨도 포르투갈 사람입니다. 또한 제제의 엄마는 영국이 세운 방직 회사에서 일을 하고, 뽀르뚜가 아저씨의 차도 외제 차죠. 뽀르뚜가 아저씨를 죽게 만든 망가라치바 기차도 마찬가지입니다. 이처럼 문명은 더 발달하였지만, 브라질의 한 시골 마을에 살던 제제네 가족은 극심한 빈곤에 처합니다. 더 잘사는 사회가 되었지만, 어려운 사람도 더 늘어나게 되죠. 책에는 가족들이 제제에게 폭력을 쓰는 장면이 여러 번 등장합니다. 지독한 가난이 서로를 아끼고 사랑하는 마음을 사라지게 하고 폭력까지 휘두르게 만드는 것에 대한 안타까움이 드러납니다. 작가는 제제를 통해 고난과 역경을 이겨내는 과정, 가난의 슬픔과 동심을 잃고 어른이 되어 가는 과정을 세심하게 그려냈습니다.

◇ 책의 핵심 주제 및 시사점 ◇

① 망각과 성장

아이들은 호기심도 많지만, 많이 경험하고 배우는 만큼 잘 까먹습니다. 누군가를 미워하다가도 금세 풀어지고, 다시 행복한 미소를 보여 줍니다. 아이들은 과거와는 작별하고, 현재와 미래에 초점을 맞춥니다. 이는 아이들이 건강하고 밝게 자라날 수 있는 원동력이죠. 주인공 제제도 그런 아이였습니다. 하지만 뽀르뚜가 아저씨의 죽음으로 인해 제제는 더 이상 망각을 하지 않습니다. 어린 나이지만 더 이상 까먹지 않는 제제는 동심과는 작별하고, 어른의 세계와 가까워지게 됩니다.

② 사랑과 훈육

책 속에는 제제가 폭력을 당하는 장면이 여러 번 등장합니다. 요즘 같으면 아동학대로 큰일 날 일이죠. 폭력 때문에 이가 빠지거나 온몸에 상처가 나니까요. 사실 폭력도 나쁘지만, 그 밑바탕에 제제에 대한 사랑이 없는 게 가장 큰 문제입니다. 작가는 제제가 사랑 없는 폭력을 당하는 모습을 자세히 묘사하며 제제가 가족을 사랑할 수 없고, 다른 곳에 의지할 수밖에 없었던 것에 대한 안타까움을 드러냅니다.

과거 우리나라에도 자식을 사랑하는 마음으로 엄하게 훈육한다는 개념의 '사랑의 매'라는 말이 있었죠. 하지만 시대가 변화하며 그 어떤 체벌과 폭력도 사랑이란 이름으로 정당화될 수 없다는 인식의 변화가 생겼습니다.

"난 아무것도 바라지 않아. 그래야 기분 상하는 일도 없으니까."

▶ 제제의 형은 많지 않은 나이에 아무것도 바라지 않는다고 말합니다. 걱정없이 한껏 뛰어놀 나이에 저런 이야기를 하는 것이 정말 안타깝습니다. 하지만 어른이 되면 너무 당연한 이야기라서 더욱 씁쓸하게 느껴집니다.

"예. 죽일 거예요. 이미 시작했어요. 제 마음속에서 죽이는 거예요. 사랑하기를 그만두면 그 사람은 언젠가 죽어요."

▶ 제제는 아버지를 향해 마음을 닫습니다. 제제는 실제로 살인을 저지르진 않았지만, 아버지를 사랑하지 않게 되며 마음속에서 아버지를 지워버립니다. 아버지는 살아 있지만, 제제에게는 아무 존재도 아니게 되죠.

"밍기뉴도 이제 내 꿈의 세계를 떠나 현실과 고통의 세계로 들어서고 있었다."

▶ 뽀르뚜가 아저씨가 사망한 충격으로 제제는 자신만의 마법의 세계를 잃어버리고 훌쩍 커 버립니다. 소울 메이트로 대화를 나누었던 밍기뉴도 이제는 그저 한 그루의 나무에 불과해집니다.

고전으로 생각 넓히기

다음 질문들에 관해 고민해 보는 시간을 가져 보세요.

① 제제는 왜 자신의 마음속에 악마가 살고 있다고 생각했을까요?

② 제제는 어떻게 라임오렌지 나무와 대화할 수 있었을까요?

③ 뽀르뚜가 아저씨가 세상을 떠났을 때 제제의 마음은 어땠을까요?

06

모모

미하엘 엔데(Michael Andreas Helmuth Ende)
(1929.11.12.–1995.8.28.)

잃어버린 시간을 찾아서

작가 소개

　미하엘 엔데는 독일 바이에른주의 가르미슈-파르텐키르헨에서 외동 아들로 태어났습니다. 유복한 환경에서 예술적 감수성을 키우며 자랐으나, 나치 정부의 압박으로 가족 모두가 어려움을 겪습니다. 제2차 세계대전이 끝난 후 연극학교에서 배우로 활동하였고, 1960년 출판한 첫 소설 『짐크노프와 기관사 루카스』로 독일 청소년문학상을 수상하게 됩니다. 미하엘의 소설은 현실과 초현실이 뒤섞인 세계를 표현한 작품들이 많습니다. '여덟 살부터 여든 살까지 모든 어린아이를 위한 책을 쓴다'는 그의 말처럼, 아이도 어른도 모두 푹 빠질 만한 소설을 집필하였습니다. 20세기 독일 작가 중 가장 유명한 작가로 꼽히는 그는 세상을 떠난 후에는 소설가가 아닌 철학자로 재평가받기도 하였습니다.

떠돌이 소녀 모모는 오래된 마을의 외곽에 위치한 극장터에 살고 있습니다. 마을 사람들은 폐허 같은 돌무더기에서 홀로 생활하는 모모를 안타까워하며 모모가 잘 지낼 수 있도록 소소한 것들을 나누어 줍니다. 모모에게는 특별한 능력이 있었는데, 바로 사람들의 말을 경청하는 능력이었죠. 모모는 단순히 듣는 것뿐만 아니라 상대방이 스스로 답을 찾게 해 주거나 비밀도 스스럼없이 말하게 하는 능력을 지니고 있었습니다. 마을 사람들은 무슨 일이 생기면 "아무튼 모모에게 가 보게"라는 말을 서로 하였습니다. 모모와 가장 가까운 두 친구는 나이 든 도로 청소부 베포와 관광안내원 기기였습니다. 기기는 평소에도 말솜씨가 좋아 사람들 앞에서 이야기하는 걸 좋아했지만, 모모와 이야기하면 더 큰 상상력을 발휘할 수 있었습니다.

그러던 어느 날 마을에 회색 신사라는 사람들이 나타납니다. 이들은 시간은행의 영업사원인데 '시간을 아껴야 한다'며 마을 사람들을 설득하며 다녔죠. 사랑하는 사람을 만나고 꽃 한 송이를 선물하기 위해 방문하는 시간, 귀가 들리지 않는 어머니 옆에서 계속 이야기를 해 주는 시간, 심지어 눈을 마주치는 시간조차도 낭비라고 말합니다. 회색 신사들은 자신들에게 시간을 저장하면 이자를 쳐서 돌려주어 다른 사람들보다 더 많은 시간을 가질 수 있다고 말합니다. 사람들은 이때부터 '시간 절약'을 하기 시작합니다. 사람들은 무언가를 성취하는 삶에 홀려 하나둘 변해가기 시작합니다. 더 이상 모모를 찾아와 시시콜콜한 이야기를 하지 않았고, 점차 회색빛으로 변해 갔습니다.

어른들은 시간 절약을 실천하느라 바빠집니다. 모모가 사는 극장에는 아이들이 점점 더 늘어갔죠. 회색 신사들은 아이들을 모모에게서 떼어 내기 위해 탁아소에 가두어 버립니다. 그들은 또 회유를 하려고 모모를 찾아오지만, 오히려 자신들의 계획을 술술 말해 버리고 돌아갑니다. 모모는 옛 친구들을 찾아가 다시 대화를 해 일상으로 돌아오게 만들어 줍니다. 그리고 베포와 기기에게 모든 사실을 알리고 플래카드와 피켓을 만들어 집회를 열지만, 그 누구도 참여하지 않습니다. 그러던 어느 날 모모는 자신을 찾아온 거북이를 따라가다 호라 박사와 만나게 됩니다. 회색 신사들의 방해가 있었지만, 가장 느리게 정확하게 길을 가는 거북이는 회색 신사를 절묘하게 피해 갔죠. 호라 박사는 시간을 나누어 주는 능력을 지녔기에 회색 신사들의 천적이었습니다. 호라 박사는 회색 신사들이 사람들의 시간을 빼앗는 모습을 못마땅하게 여겼습니다. 박사와 만난 다음 날 모모가 다시 거북이를 따라 돌아오자 벌써 1년이 지나 있었습니다. 기기는 유명한 이야기꾼이 되어 있었지만 더 이상 예전의 모습이 아니었고, 베포 할아버지는 행방을 알 수 없었죠. 탁아소에 있는 아이들을 만났지만, 아이들은 "앞날에 유익한 것이 중요해"라고

▲ 하노버에 있는 모모 조각상

말하며 들어가 버리죠.

모모는 마음을 다잡고 거북이를 만나 다시 한번 호라 박사를 찾아갑니다. 호라 박사와 거북이, 모모는 사람들에게 시간을 되돌려 줄 계획을 짜죠. 호라 박사가 시간을 멈춘 사이에, 시간의 꽃을 든 모모가 거북이와 함께 자유자재로 움직이며 회색 신사들이 시간을 모아둔 창고를 개방했습니다. 시간이 멈춘 것을

알게 된 회색 신사들은 자기들끼리 엉겨 붙어 싸우다 사라졌고, 모모가 시간의 꽃을 이용해 문을 열자 그 안에 있던 형형색색의 꽃들이 사람들에게 돌아가게 됩니다. 도시에는 다시 평화가 찾아왔고, 사람들은 서로에게 안부를 묻고 지나가는 풍경의 아름다움을 다시 느끼게 되죠. 모두에게 오히려 시간이 풍족해졌고, 다 함께 파티를 즐기며 이야기는 끝을 맺습니다.

◇ 책의 배경 엿보기 ◇

1973년 발간 당시의 정식 제목은 『모모, 시간 도둑과 사람들에게 빼앗긴 시간을 돌려준 한 아이의 이상한 이야기』였습니다. 『모모』가 출간된 시기는 제2차 세계대전이 끝나고 30여 년이 흐른 뒤입니다. 사회를 재건하고 부강한 나라를 만들기 위해 애쓰며 달려온 시간이 끝나고, 다소 안정된 시기이죠. 사람들은 그간 성공만을 목표로 달리다 보니 항상 시간이 없었고, 부족한 시간을 쪼개 쓰다 보니 주변을 둘러볼 여유도 없이 살아왔다는 걸 깨닫게 됩니다. 그래서 꿈을 좇는 삶도 중요하지만, 조금 여유를 가지고 삶을 즐겨야 한다는 사회적 분위기가 생기죠. 『모모』는 진정한 내 삶을 찾자는 '진짜 시간'에 대한 이야기입니다.

◇ 책의 핵심 주제 및 시사점 ◇

① 시간의 소중함

회색 신사들은 성공을 위해 시간을 아끼라며 사람들을 유혹하고, 많은 사람들이 그 유혹에 넘어갑니다. 돈을 많이 벌게 되어 더 많은 돈을 쓸 수 있게 되었지만, 사람들의 얼굴에는 피곤함과 불만이 한가득이죠. 서로 상냥한 표정을 짓거나 대화를 하는 모습조차 없습니다. 이처럼 회색 신사에게 시간을 맡기는 사람들은 죽은 시간을 살아가게 됩니다. 시간은 내가 진짜 시간의 주인일 때만 살아 있습니다. 미래를 위해 준비를 하는 것은 필요하지만, 현재를 희생하며 죽은 시간을 산다는 건 불행하지 않을까요? 시간에 쫓기는 삶보다는 시간을 스스로 조절하며 즐기는 삶을 살아 보세요.

② 사람의 마음을 움직이는 경청

모모는 말하는 사람들의 마음을 움직이는 힘을 지녔습니다. 커다랗고 까만 눈으로 상대방을 바라보며 따뜻한 관심을 가집니다. 모모의 경청은 말하는 사람 스스로 묘책을 떠올리고 지혜로운 해결 방법을 제시하게 합니다. 모모는 단순히 듣는 데서 그치지 않고, 상대방이 이야기하는 의중을 파악해 질문도 종종 하죠. 상대는 자신의 온전한 마음이 전달되었다고 느끼며 편안해집니다. 회색 신사마저 모모의 따스함과 편안함에 비밀을 모두 술술 말하게 되죠. 바쁜 현대 사회에서 누군가의 말을 진심으로 들어 주기는 쉽지 않습니다. 그렇기에 사람들은 더더욱 우리의 이야기를 경청해 주는 모모를 찾아가지 않았을까요?

◇ 고전 속 인생의 한 문장 ◇

"모모와 기기는 아무 말도 하지 않고 나란히 앉아 달을 올려다보았다. 두 사람은 그 순간이 지속되는 한 자신들이 영원히 죽지 않는 존재임을 또렷이 느낄 수 있었다."

▶ 시간은 모모와 기기처럼 계속되는 영겁(영원한 세월)과 같을 수도 있고, 한순간의 찰나와 같을 수도 있습니다. 시간은 삶이며, 삶은 우리 마음속에 있기 때문이죠.

"인생에서 가장 무서운 것은 꿈이 이루어지는 거야."

▶ 회색 신사들은 시간을 잘 활용해 남부럽지 않은 삶을 살지만, 꿈이 없기에 불행합니다. 죽은 시간을 살고 있기 때문이죠. 꿈을 향해 죽은 시간을 보내며 노력하면 꿈을 이루어도 아무것도 남아 있지 않게 됩니다.

"심장으로 느껴지지 않는 모든 시간은 잃어버린 시간이란다."

▶ 심장은 쿵쿵 뛰지만 아무것도 느끼지 못하는 눈멀고 귀먹은 마음을 가진 사람이 수두룩합니다. 시간을 잘 보내려면 내 심장이 뛰는 일을 해 보세요.

고전으로 생각 넓히기

다음 질문들에 관해 고민해 보는 시간을 가져 보세요.

① 시간은행에 시간을 맡긴다면, 어떤 시간을 절약할 수 있을까요?
② 작가는 수많은 동물 중에 왜 거북이를 등장시켰을까요?
③ 어떻게 해야 살아 있는 시간을 살 수 있을까요?

07
왕자와 거지

마크 트웨인(Mark Twain)
(1835.11.30–1910.4.21)

처지를 바꾸어 생각해 보는 역지사지(易地思之)

작가 소개

마크 트웨인은 미주리주의 가난한 개척민의 아들로 태어납니다. 아버지가 돌아가시고 집안이 어려워지자 어린 나이에 인쇄소 견습공이 되어 일을 배웁니다. 1857년에는 미시시피강의 수로 안내인이 되는데, 필명인 마크 트웨인도 여기서 따오게 되죠. 마크 트웨인(By the mark twain)은 강을 지나는 배가 안전하게 항해할 수 있는 수심의 단위를 뜻합니다. 1861년 남북전쟁이 터지자 잠시 참여하였다가, 신문 기자로도 일하게 됩니다. 이후 1865년에 「캘리베러스군(郡)의 명물 뛰어오르는 개구리」를 발표하며 소설가로서 이름을 알리기 시작합니다. 대표작으로는 미국 및 세계 문학에서 명작으로 손꼽히는 『허클베리 핀의 모험』과 『톰 소여의 모험』이 있습니다.

16세기 중반, 영국에서 두 소년이 같은 날 태어납니다. 영국의 왕 헨리 8세의 아들로 태어난 에드워드와 런던의 빈민가에서 태어난 톰이 그들이죠. 왕자가 태어나자 영국 국민들은 모두 크게 기뻐하였고, 나라에는 잔치가 열렸습니다. 하지만 톰의 상황은 달랐습니다. 톰의 가족은 그저 귀찮은 아이가 태어났다고 생각했죠. 톰의 가족은 구걸을 하며 생활했고, 침대도 없는 방에서 누더기를 덮고 잠이 들었습니다. 먹고 살기 급급해서 공부는 전혀 할 수 없었죠. 하지만 같은 건물에 살던 앤드루 신부가 아이들을 모아놓고 공부를 시킵니다. 톰도 이곳에서 많은 것을 배웠는데, 어느 날 신부가 들려준 '왕자 이야기'에 푹 빠집니다. 왕자님을 직접 보고 싶은 마음이 가득해졌고, 책을 여러 번 반복해서 읽다 보니 말투와 행동도 진짜 왕자처럼 변해 갔습니다. 어느 날 왕자가 되는 꿈을 꾸고 잠에서 깨어난 톰은 주린 배를 움켜쥐고 집을 나와 떠돌다가 궁전에 도착해 우연히 화려한 옷을 입은 왕자를 보게 됩니다. 왕자를 더 가까이 보고 싶은 마음에 톰이 굳게 닫힌 문에 얼굴을 들이밀자, 경비병은 톰을 밀쳐 내며 크게 꾸짖습니다. 그 모습을 본 왕자는 비록 천한 사람일지라도 모두 임금님의 백성이라며 아이를 들여보낼 것을 명합니다.

톰을 보고 호기심이 든 왕자는 톰을 자신의 방으로 데려가고, 둘은 대화를 나누며 서로 다른 세상의 이야기에 흥미를 느낍니다. 그러다 왕자와 톰은 서로 옷을 바꿔 입기로 합니다. 둘은 외모를 쏙 빼닮아 누가 왕자이고 누가 톰인지 헷갈렸죠. 에드워드는 톰에게 자신인 척하고 방에 있어 달라고 요구하고, 톰의 누더기옷을 걸치고 방을 나섭니다. 에드워드는 문지기에게 문을 열 것을 명하지만, 오히려 문지기에 의해 궁 밖으로 쫓겨나고 맙니다. 에드워드는 몹시 불쾌했지만 톰이 살던 곳에 대한 호기심이 더 강했기에 길을 떠납니다. 그리고 그니스노 보육원에 도착해 아이들에게 다가가 왕자의 신분을 밝힙니다. 하지만 오히려 조롱과 구타를 당하고 개한테 물리고 말죠. 그 후 에드워드는 톰의 아빠에게 끌려가 폭행을 당하고 거지 소굴을 떠돌며 온갖 고생을 합니다. 반대로 궁에 남게 된 톰은 왕궁의 예법을 전혀 몰라 여러 가지 실수를 저지릅니다. 심지어 왕자가 미쳤다는 소문도 돌죠. 하지만 톰은 점차 궁중 예법을 몸에 익혀 갑니다. 한편 에드워드는 어려움에 처했을 때 마일드 헨든이라는 남자의 도움으로 목숨을 건지고, 자신이 왕이 되면 귀족 작위를 주겠다고 말합니다. 하지만 마일드 헨든은 믿지 않죠.

그러던 어느 날 헨리 8세가 사망하고 톰이 왕위를 물려받게 됩니다. 대관식이 끝나면 톰이 왕이 되는 것이었죠. 대관식이 거행되기 전 톰을 알아본 어머니가 톰을 부릅니다. 하지만 톰은 모른 척을 하며 괴로워하죠. 대관식의 시작과 동시에 에드워드와 마일드 헨든이 궁에 들어옵니

다. 그리고 자신이 진짜 왕자라고 소리 지르죠. 톰 역시 에드워드가 진짜 왕자임을 말하며 사실을 증명합니다. 진짜 왕이 된 에드워드 6세는 마일드 헨든을 백작에 봉하고 톰에게는 후한 보상을 내립니다. 에드워드는 길거리에서 겪은 경험을 토대로 자비를 베푸는 훌륭한 왕이 됩니다.

◇ 책의 배경 엿보기 ◇

『왕자와 거지』는 16세기 영국을 배경으로 합니다. 영국의 헨리 8세 시대는 빈부격차가 심해 가난한 사람들이 무척 살기 힘든 시기였습니다. 반대로 에드워드 6세 때는 빈민들이 조금 더 살기 좋아진 시기였죠. 이러한 역사적 사실을 참고해 쓰인 이 책은 에드워드와 톰을 통해 왕과 거지의 삶이 얼마나 다른지 극명하게 대비하여 보여 줍니다. 서로의 입장을 바꿈으로써 현실을 적나라하게 드러내죠. 책의 배경은 16세기 영국이지만, 책이 발간되던 1880년대 당시 미국의 상황도 크게 다르지 않았습니다. 산업혁명으로 물질적으로는 풍족해졌지만, 노동자들의 삶은 오히려 더 팍팍해졌습니다. 계급 간 격차는 날이 갈수록 심해져 상류층은 점점 더 부유해지고, 빈민은 점점 더 가난해졌죠. 『왕자와 거지』는 이처럼 불합리한 사회를 풍자하기 위해 쓰인 소설입니다.

◇ 책의 핵심 주제 및 시사점 ◇

① 환경이 사람을 만든다

에드워드 왕자와 톰은 서로 역할이 바뀌고 나서 쉽게 적응하지 못합니다. 톰은 식사 자리에서 손 씻는 물을 마셔 버리고, 에드워드는 왕의 이름을 계속 입에 올리죠. 하지만 신기하게도 시간이 지나면서 주어진 상황에 조금씩 적응하게 됩니다. 나의 언어 습관, 행동 양식, 사고방식 모두 속해 있는 환경의 영향을 받습니다. 따라서 나에게 주어진 환경에 만족하기보다 새로운 환경을 개척하거나 도전할 필요가 있습니다. 왕자가 거지로 살아 보고 나서 자비로운 왕이 된 것처럼요.

② 껍데기에 주목하는 세상

왕자가 화려한 옷을 벗고 누더기를 걸치자 아무도 알아보지 못합니다. 에드워드 왕자의 외모, 말투, 풍채는 변함없이 그대로였지만, 겉모습이 바뀌자 세상은 왕자를 거지로 판단합니다. 한편 왕자는 궁에서 외부와 단절된 채 신하들의 입을 통해 정제된 정보만을 듣게 됩니다. 왕국의 참된 현실은 전혀 보지도 듣지도 못한 채 말이죠. 하지만 신하들은 자신들의 부와 명예를 지키기 위해 듣기 좋은 이야기만 하게 되고, 그 결과 나라와 백성을 위한 큰 진전은 일어나기 힘들게 됩니다. 에드워드 왕자는 결국 직접 거지가 되어 생활해 본 후에야 실제로 나라에 필요한 게 무엇인지 알게 되죠.

✧ 고전 속 인생의 한 문장 ✧

"아버님의 가장 비천한 백성을 그렇게 함부로 대해도 된단 말이냐."

▶▶ 에드워드는 평소에도 백성을 향한 마음이 남달랐습니다. 따뜻한 마음으로 거지를 궁 안으로 데리고 들어오죠. 또한 자신이 옷을 갈아입었다는 사실도 까맣게 잊은 채 병사를 꾸짖으러 한걸음에 달려 나갈 정도로 백성을 아꼈습니다.

"그대는 고통과 억울함에 대해 아는가? 나도 알고 백성들도 알지만, 그대는 아닐세."

▶▶ 왕자는 거지가 되어 생활해 보며 백성들의 어려움을 직접 겪습니다. 하지만 신하는 직접 겪어 보지 않고, 겪으려 하지 않습니다. 탁상공론만 하는 신하에게 따끔하게 한마디 하는 멋진 모습입니다.

"나는 당신을 모르오, 부인!"

▶▶ 톰은 자신을 알아보는 어머니를 모른다고 이야기하며 자리를 떴지만, 뒤돌아 상처받은 어머니의 모습을 보니 왕이 되겠다는 자부심도 사라져 버리죠. 호화로운 옷과 장식 모두 보잘것없이 빛을 잃어 갑니다. 톰이 진짜 왕이 되려는 순간 어머니에 대한 사랑으로 마음을 다잡는 장면입니다.

고전으로 생각 넓히기

다음 질문들에 관해 고민해 보는 시간을 가져 보세요.

① 톰은 왕자가 되고 나서 행복했을까요?

② 에드워드처럼 훌륭한 왕이 우리나라에도 있었을까요?

③ 오늘날에도 보이지 않는 계급이 존재한다고 합니다.
    그것은 무엇을 의미할까요?

비밀의 화원

프랜시스 호지슨 버넷(Frances Hodgson Burnett)
(1849.11.24.–1924.10.29.)

이곳은 모두의 화원입니다

프랜시스 호지슨 버넷은 영국 맨체스터에서 태어난 미국인 소설가입니다. 어렸을 때 아버지가 돌아가신 후 가난한 생활을 하였습니다. 어릴 때부터 소설책을 읽고 이야기 만드는 것을 좋아하여, 17세부터 잡지사에 글을 연재하며 본격적인 작가 활동을 시작합니다. 어렸을 때 겪은 지독한 가난과 고통이 작품 속 주인공의 역경을 잘 표현할 수 있게 해 주었죠. 18세에 어머니가 돌아가시며 생계를 책임지는 가장이 됩니다. 이후 잡지에 소설을 연재한 원고료로 생활을 하게 되었고, 생활은 차츰 안정이 되어 갔습니다. 처음에는 성인을 대상으로 한 글을 썼으나 차츰 아동소설을 쓰게 됩니다. 대표작으로는 『소공녀』, 『비밀의 화원』 등이 있습니다.

메리 레녹스는 영국 사람이지만 인도에서 태어났습니다. 당시에는 영국이 인도를 지배하고 있었기 때문이죠. 메리는 원주민 유모의 손에서 자랐으며, 엄청난 고집불통 아가씨였습니다. 그러던 어느 날 콜레라 전염병으로 부모님이 모두 사망하며 홀로 남겨집니다. 부모님과 함께 보낸 시간이 거의 없었던 탓에 크게 슬퍼하거나 동요하진 않습니다. 이후 메리는 영국 요크셔에 사는 고모부 크레이븐 씨의 미셀스와이트 저택으로 가게 됩니다. 황무지를 한참 지나 비밀이 가득한 집에 도착하죠.

미셀스와이트에서 보낸 며칠은 매일 똑같았습니다. 텅 빈 방에서 식사를 하고 황무지에 나가 노는 게 전부였죠. 그러던 어느 날 메리는 하녀 마사에게 비밀의 정원에 대해 듣게 됩니다. 비밀의 정원은 돌아가신 고모가 만든 건데, 그곳에서 나무가 부러져 크게 다쳐 돌아가시게 되었다는 것이었죠. 그 후로 고모부는 정원의 문을 잠그고 그 이야기를 입 밖에도 내지 못하게 하였습니다. 메리는 우연히 붉은가슴울새의 도움을 받아 열쇠를 찾고, 비밀의 화원의 문을 열고 들어갑니다. 메리는 그곳에서 새싹을 보고 다른 것도 키워 보고 싶다는 생각을 하게 됩니다. 메리는 정원사 벤 할아버지와도 친해져 많은 정보를 얻습니다. 그리고 마사의 동생 디컨에게 꽃을 심고 기르는 법을 배웁니다. 메리는 디컨에게 비밀의 정원에 대해 말하며 비밀을 지켜 달라고 말합니다. 그리고 둘은 함께 비밀의 정원에서 죽은 가지들을 손질하고 흙을 일구면서 친구가 됩니다.

한밤중 빗방울 소리에 잠에서 깬 메리는 희미한 울음소리를 듣게 됩니다. 소리가 나는 곳으로 가 보니 야위고 창백한 소년이 침대에 누워 있었습니다. 소년의 이름은 콜린이며, 고모부의 아들이었습니다. 콜린은 자신은 오래 살지 못할 것이라 생각했으며, 걸어 다니지도 못했습니다. 둘은 매일 만나며 가까운 사이가 되었죠. 한편 메리와 디컨은 비밀의 정원에서 꽃에 뽀뽀를 하기도 하고 흙냄새도 맡으며 멋진 정원을 꾸며 나갔습니다. 콜린은 메리가 디컨과 시간을 보내는 것을 무척 시샘하며 히스테리를 부립니다. 자신은 아빠를 닮아 곧 꼽추가 될 것이며, 어른이 되기 전에 죽을 거라며 말이죠. 메리는 그런 콜린을 진정시키며 비밀의 화원으로 함께 가자고 말합니다. 아이들은 다 함께 정원으로 가 천진난만하게 즐거운 시간을 보냅니다. 비밀의 화원은 몇 달 동안 멋지게 변신합니다. 화원과 함께 아이들은 성장하였고, 마음의 병을 치유한 콜린은 스스로 걸을 수 있게 됩니다.

그동안 집주인인 크레이븐 씨는 외국을 여행하고 있었지만, 마음엔 항상 슬픔과 걱정이 한가득이었죠. 집으로 돌아오라는 편지를 받은 그는 무거운 발걸음을 내딛죠. 집에 도착한 크레이븐 씨는 콜린이 화원에

있다는 이야기를 듣고 의아해하며 화원으로 향합니다. 그곳에는 친구들과 두 발로 뛰어노는 건강해진 아들 콜린이 있었죠. 크레이븐 씨는 저택과 가족 품으로 다시 돌아오고, 아들 콜린과도 친밀하게 지내게 됩니다. 비밀의 화원은 이제 모두에게 아름다운 화원이 되며 이야기는 끝이 납니다.

❖ 책의 배경 엿보기 ❖

영국의 북부에 위치한 요크셔 지역은 지금도 사람이 그리 많이 살지 않는 작은 시골 마을입니다. 작품 속 등장인물들은 요크셔 사투리도 사용합니다. 우리나라도 지역마다 사투리를 사용하는 것과 똑같죠. 멋진 풍경을 자랑하는 요크셔 지역 주민들의 순수함을 작품을 통해 엿볼 수 있습니다. 넓지만 황량한 요크셔 지역의 황무지는 부모님을 여의고 홀로 남겨진 메리의 마음을 대변합니다. 그리고 버려진 화원을 되살리는 과정을 통해 닫혔던 아이들의 마음이 열리고 회복되게 됩니다. 당시 영국은 식민지 지배를 공고히 하기 위해 끊임없이 전쟁을 하고 있던 상황이었지만, 작가는 무서운 전쟁 속에서도 아이들은 자연과 함께 자라고 있음을 따스한 시선으로 그려냅니다.

❖ 책의 핵심 주제 및 시사점 ❖

① 자연이 주는 힘

부모님이 돌아가셔도 눈 하나 깜짝 않던 매정한 소녀 메리는 비밀의 화원을 찾은 후 변하기 시작합니다. 휠체어를 타고 다니며 히스테리를 부리던 콜린에게도 큰 변화가 일어나죠. 이처럼 자연은 우리의 마음에 긍정적인 변화를 줍니다. 산과 들에서 뛰어놀면 건강해지고 기분도 좋아집니다. 반대로 흐리거나 미세먼지가 심한 날은 우울해지기도 하죠. 여러분도 기분이 좋지 않을 때는 밖으로 나가서 따스한 햇살을 맞아 보세요. 예쁜 꽃과 나무, 동물, 곤충들과 함께하면 마음의 병도 자연스레 치유될 수 있답니다.

② 피그말리온 효과

'피그말리온 효과'란 무언가에 대한 믿음이 실제로 일어나는 일을 말합니다. 1964년 미국 하버드 대학의 교육심리학자 로버트 로젠탈이 실험해 이론으로 만들어 냈죠. 이 책에서 콜린은 자신은 걸을 수 없고, 어른이 되기 전에 죽을 거라 생각합니다. 자신이 만들어 낸 망상으로 인해 악몽에도 시달리죠. '나는 안 돼'라는 생각이 콜린을 불행하게 만들어 버린 셈이죠. 하지만 그러던 콜린이 기적처럼 휠체어에서 일어나 걷게 됩니다. '난 할 수 있어'라는 생각이 콜린을 웃게 만들고 걸을 수 있게 만들어 준 것이죠. 여러분도 새로운 문제, 어려운 도전을 만난다면 '나는 할 수 있어. 한번 해 볼까?'라는 마음으로 접근해 보세요. 세상에 해결 못 할 일은 없답니다.

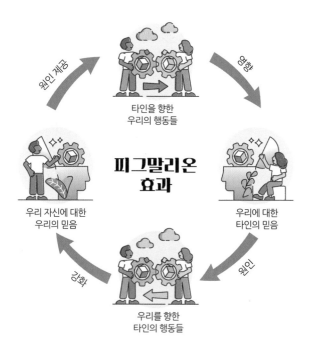

원인 제공

행동

타인을 향한
우리의 행동들

**피그말리온
효과**

우리에 대한
타인의 믿음

원인

우리 자신에 대한
우리의 믿음

강화

우리를 향한
타인의 행동들

◇ 고전 속 인생의 한 문장 ◇

"나는 마법도 같을 거로 생각해. 우리가 계속 와서 도와달라고 부르다 보면, 마법은 우리 안에 들어와 머물면서 힘을 쓸 거야."

▶ 콜린이 처음 걷게 되었을 때 메리는 "넌 할 수 있어. 넌 할 수 있어"라고 중얼거립니다. 여러분도 할 수 있다는 믿음을 가진다면 마법사가 될 수도 있겠죠.

"이 괴상한 집에는 백 개나 되는 방이 굳게 닫혀 있는 것도 모자라, 밖에도 잠긴 문이 있는 걸까?"

▶ 크레이븐 씨는 아내가 세상을 떠난 후 마음의 문을 굳게 닫으며 집에 있는 모든 문을 닫아 버립니다. 사랑하는 누군가가 세상을 떠난다는 것은 방문뿐만 아니라 마음의 문을 닫아 버리게 할 수도 있을 만큼 슬픈 일이죠.

"화원이 절 이렇게 만들어 주었어요. 메리랑 디컨, 동물들과 마법이요!"

▶ 콜린은 오랜만에 만난 아버지에게 자신이 건강해진 이유를 설명해 줍니다. 자연과 친구들, 그리고 약간의 마법 덕분이라고 말이죠. 이렇듯 긍정적인 마음을 가지고 사는 것은 정말 중요해요.

고전으로 생각 넓히기

다음 질문들에 관해 고민해 보는 시간을 가져 보세요.

① 콜린이 걸을 수 있게 된 계기는 무엇일까요?

② 나만의 비밀의 화원을 만든다면, 무엇을 심고 싶나요?

③ 혹시 '나는 이건 못 해!'라고 단정지었던 것이 있나요?

09 안네의 일기

안네 프랑크(Anne Frank)
(1929.6.12.–1945.3.)

큰 성장으로 이어지는 매일의 작은 변화

안네는 1929년 6월 12일 독일 프랑크푸르트에서 태어납니다. 4살 무렵 독일에 히틀러 정권이 들어서고 유대인 탄압이 시작되자, 안네 가족은 탄압을 피해 네덜란드 암스테르담으로 이주하여 생활을 이어 갑니다. 하지만 독일군이 1941년 네덜란드마저 점령해 버리자, 안네 가족은 은신처 생활을 시작하게 됩니다. 이때 안네는 아버지가 생일 선물로 준 일기장에 '키티'라는 이름을 붙이고, 전쟁 속 일상을 키티에 담아냅니다. 불안하고 답답한 생활을 이어가던 중 1944년 8월 독일 비밀경찰에게 은신처가 발각됩니다. 이후 안네는 여러 곳의 수용소를 전전하며 생활하던 중, 연합군이 승리를 거두기 두세 달 전인 1945년 2월 또는 3월에 열여섯 살의 어린 나이로 세상을 떠나게 됩니다.

『안네의 일기』의 주인공인 안네 프랑크와 그녀의 가족들은 독일에서 행복하게 살다가 히틀러가 정권을 잡자 네덜란드로 이주하게 됩니다. 네덜란드에서 아버지는 사업을 하고 안네와 언니는 학교에 다니며 평범한 삶을 살아갑니다. 우리가 지금 살고 있는 삶과 크게 다르지 않았죠. 하지만 그런 행복도 잠시, 제2차 세계대전이 발발하고 독일이 네덜란드를 점령하자 안네 가족은 독일의 유대인 박해를 피해 숨어 살아야 했습니다. 전쟁의 혼란 속에 대피가 여의찮았던 안네 가족은 결국 아버지의 옛 사무실 한편에서 숨어 지내게 됩니다. 이곳에서의 삶은 무척이나 불편했습니다. 비좁은 공간에서 생활하며 대립과 갈등도 많았죠. 안네는 때로는 불안한 감정을 드러내기도 했지만, 최대한 긍정적으로 살아가기 위해 노력하는 삶의 태도를 보였습니다.

안네는 지치고 힘들 때마다 일기를 쓰며 자신을 되돌아보고 위안을 얻었습니다. 굉장히 불안한 생활을 하였지만, 글을 쓰며 스스로에 대한 자존감을 잃지 않고 자신이 처한 상황으로부터 순간이나마 해방감을 느꼈죠. 한창 뛰어놀 나이에 좁은 공간에 갇혀 두려움에 떠는 일상은 정말 고통스러웠을 것입니다. 하지만 안네는 희망을 잃지 않고 자신이 할 수 있는 일에 최선을 다하죠. 기쁨의 순간도 많았습니다. 일자리를 구하거나 은신처에 도움을 주는 단체들도 있었죠. 일기 막바지에는 연합군의 승전 소식이 들려와 안네가 크게 기뻐하는 내용도 나오는데, 안네는 '세상 밖으로 나갈 수 있는 희망이 다가오고 있다'고 표현합니다. 우리는 이 책을 통해 사춘기의 감정 변화에 대한 공감, 역사적 사실에 대한 이해, 어려운 상황을 헤쳐 나가는 열정을 배울 수 있습니다.

　공장 창고를 개조한 암스테르담의 은신처에서 8명이 함께 생활하면서 무척이나 답답했을 텐데, 안네는 수용소에 끌려간 사람에 비하면 천국 같은 곳이라며 씩씩하게 견뎌냅니다. 몸과 마음이 자라나는 사춘기 시기에 부족한 생필품과 비위생적인 환경도 잘 버텨내죠. 먹을 것이 부족해지면 아버지가 밤중에 독일군의 눈을 피해 암시장에 가서 음식을 구해 왔습니다. 안네는 암담한 현실 속에서도 최대한 긍정적으로 생각하기 위해 노력했습니다.

　안네는 2년 2개월 동안 일기를 작성했으며, 마지막 일기로부터 4일 후 가족과 함께 아우슈비츠 수용소로 끌려가 그곳에서 생활하다 베르겐-벨젠 수용소로 이송됩니다. 베르겐-벨젠 수용소에서의 생활은 아우슈비츠보다도 열악했습니다. 안네의 언니는 이송되고 얼마 후 장티푸스로 사망하고, 안네도 결국 같은 질병으로 세상을 떠나게 되죠. 안네가 세상을 떠난 후 약 두 달 뒤에 영국군이 베르겐-벨젠 수용소를 해방시킵니다. 안네가 조금만 더 버텼다면 세상을 떠나지 않았을 텐데 하는 아쉬움이 남습니다. 안네의 가족 중 유일한 생존자는 아버지인 오토 프랑크입니다. 오토 프랑크는 전쟁이 종료된 후 죽을 때까지 딸의 일기장을 전 세계에 알리는 데 힘썼습니다.

▲ 안네의 일기 사본

◇ 책의 배경 엿보기 ◇

제2차 세계대전 중 나치 독일이 자행한 유대인 학살을 '홀로코스트'라고 부릅니다. 폴란드에는 아우슈비츠라는 유대인 포로수용소가 있었는데, 여기서 약 600만 명의 유대인이 학살을 당합니다. 이는 당시 유럽에 살고 있던 유대인의 2/3에 해당하는 숫자죠. 『안네의 일기』에는 사춘기 소녀의 눈으로 바라본 전쟁의 참상, 슬픔, 아픔이 고스란히 담겨 있습니다. 하지만 안네는 모든 상황을 의연하게 받아들이고 이겨내려고 노력했으며, 안네가 역경을 딛고 꿈을 향해 한 발 한 발 내딛는 모습은 오늘날까지도 많은 독자들에게 큰 여운을 남깁니다.

◇ 책의 핵심 주제 및 시사점 ◇

① 제2차 세계대전과 역사의 아픔

『안네의 일기』를 통해 제2차 세계대전의 참상과 그 아픔을 간접적으로 경험할 수 있습니다. 이는 우리나라 근현대사의 아픔과도 비슷하죠. 우리나라는 일제 강점기와 6·25라는 큰 역사적 시련을 겪은 바 있는데, 그 당시 사람들이 느꼈을 아픔도 함께 떠올려 보게 됩니다.

② 안네의 포기하지 않는 마음

안네는 어렵고 힘든 상황에서도 포기하지 않았습니다. 사춘기의 들쭉날쭉한 감정이 드러나 가족들과 갈등을 겪기도 했지만, 삶에 대한 희망의 끈을 놓지 않았죠. 누구나 지치고 힘들 때가 있지만, 열심히 노력하면 상황을 극복할 수 있습니다. 안네는 자신의 상황을 극복하기 위해 일기를 꾸준히 썼습니다. 일기를 쓰면서 자신에 대해 돌아보고 심리적인 안정을 얻었지요.

◇ 고전 속 인생의 한 문장 ◇

"나는 불행이란 것을 생각하지 않아. 아직 남아 있는 아름다움만 생각하지."

▶ 안네는 암담한 상황에서도 불행을 생각하기보다는 긍정적인 면을 보기 위해 노력했습니다. 세상에 모든 추한 것들도 자세히 들여다보면 아름다운 면을 찾을 수 있습니다.

∼∾

"매일의 작은 변화는 큰 성장으로 이어질 수 있다."

▶ 안네는 우리나라의 속담인 '티끌 모아 태산'처럼 작은 변화가 큰 변화를 만든다고 말합니다. 항상 긍정적인 생각을 하고 노력하는 것의 중요성을 강조합니다.

∼∾

"오늘은 우리 집 고양이가 창문 밖에서 새로운 세상을 바라보는 걸 보았다."

▶ 안네는 기르던 고양이가 창밖을 바라보는 모습을 보고 '새로운 세상을 꿈꾸는 마음'을 표현합니다. 좁은 곳에서 갇혀 지내는 생활이 두렵고 답답했을 텐데, 그 속에서도 웃음을 잃지 않은 안네가 대견합니다.

고전으로 생각 넓히기

다음 질문들에 관해 고민해 보는 시간을 가져 보세요.

① 인류는 왜 전쟁을 하는 걸까요? 전쟁을 막을 방법은 없을까요?

② 우리나라는 분단국가입니다. 만약 갑자기 전쟁이 난다면 어떤 생각이 들어요?

③ 안네가 유대인 학살을 피해 살아남았다면, 지금 어떤 직업을 가지고 있을까요?

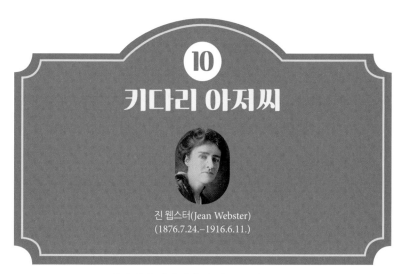

10

키다리 아저씨

진 웹스터(Jean Webster)
(1876.7.24.–1916.6.11.)

신데렐라 이야기가 아닌 주디의 이야기

진 웹스터의 아버지는 마크 트웨인의 출판 동업자이고, 어머니는 마크 트웨인의 조카 딸이었습니다. 진 웹스터는 부유한 집에서 태어나 부족함 없이 자랐으며, 배서 대학교에서 영문학과 경제학을 전공하였습니다. 진 웹스터는 평소 사회적 불평등에 관심이 많았는데, 고아원에서 봉사 활동을 했던 경험을 토대로『키다리 아저씨』를 집필합니다. 이 책은 많은 사람들이 고아원에 관심을 가지고 후원하는 계기가 되었습니다. 대표작인『키다리 아저씨』외에도 여러 작품들이 모두 큰 인기를 끕니다. 하지만 아쉽게도 딸을 출산한 다음 날 세상을 떠나게 됩니다. 40살의 짧은 인생을 살다 간 진 웹스터이지만, 그의 작품은 여전히 대중의 사랑을 받고 있습니다.

제루샤 애벗은 존 그리어 고아원에서 가장 나이가 많은 17세 소녀입니다. 고아원의 규칙은 16세가 되면 사회로 나가는 것입니다. 하지만 제루샤는 허드렛일을 하는 조건으로 2년 더 생활할 수 있게 됩니다. 후원자들이 고아원을 방문한 날 고아원 원장은 제루샤가 쓴 글에서 재능이 돋보인다며 대학교 학비는 물론 기숙사비와 생활비까지 모두 지원해 주겠다는 후원자가 나타났다고 말합니다. 후원의 조건은 제루샤가 한 달에 한 번 후원자에게 생활 이야기를 편지로 써서 보내는 것이었습니다. 제루샤는 대학에 가게 되어 기쁜 마음에 편지를 써서 보냅니다. 후원자의 이름을 모르는 제루샤는 후원자의 긴 그림자를 본 것을 기억하고 그에게 '키다리 아저씨'라는 이름을 붙입니다.

제루샤는 대학 생활을 하며 이름을 '주디'라는 애칭으로 바꿉니다. 주디는 키다리 아저씨에게 진심을 다해 편지를 씁니다. 시시콜콜한 이야기에서부터 중요한 이야기까지 모두 써서 편지를 보내죠. 친구들과 학교생활 이야기, 시험 성적 이야기, 자신이 읽은 책 이야기도 써 내려 갑니다. 주디는 무슨 일이 생길 때마다 편지를 쓰며 스스로를 위로하기도 합니다. 후원자는 따로 답장을 보내 주진 않았고, 가끔 비서를 통해 생각을 전달하거나 생일 선물을 보내 주었습니다.

주디는 유복한 가정에서 자란 샐리 맥브라이드와 줄리아 러틀리지 펜들턴과 기숙사에서 한방을 쓰며 친구가 됩니다. 처음에는 성적이 좋지 않았지만, 열심히 노력해서 장학금도 받게 됩니다. 또한 주디는 샐리의 오빠 지미, 줄리아의 삼촌 저비스와도 친분을 쌓게 됩니다. 특히 줄리아의 삼촌인 저비스와는 함께 산책을 하며 호감을 느끼게 되죠. 주디는 샐리에게 크리스마스에 초대를 받고 따뜻한 가족의 사랑을 느낍니다. 난생처음 크리스마스 무도회에도 가 보는 경험을 하죠. 지미는 여름 방학에 주디를 자신의 산장으로 초대합니다. 주디는 기쁜 소식을 키다리 아저씨에게 전하지만, 키다리 아저씨는 그곳에 가면 안 된다고 하죠. 대신 단호하게 록 윌우드농장으로 가라고 이야기합니다. 주디는 아쉬운 마음을 접어 두고 키다리 아저씨의 말을 따릅니다. 그곳에서 우연히 저비스를 만나 즐거운 시간을 보내고, 자신의 꿈인 작가가 되기 위해 글쓰기도 꾸준히 합니다. 주디는 키다리 아저씨에게 자신의 졸업식에 꼭 와 달라고 편지를 쓰지만, 키다리 아저씨는 끝내 나타나지 않죠. 대신 평소 친하게 지내던 지미와 저비스만 와서 축하해 줍니다.

주디는 졸업 후 글쓰기에 전념하고, 마침내 책을 출간하게 됩니다. 이후 저비스가 주디에게 청혼하지만, 주디는 거절합니다. 주디는 키다리 아저씨에게 보내는 편지에 고아인 자신은 명문가의 자제인 저비스와 어울리지 않는다고 쓰죠. 그리고 키다리 아저씨는 처음으로 자신을 보러 오라는 편지를 직접 보냅니다. 주디가 설레는 마음으로 키다리 아저씨를 만나러 간 곳에는 저비스가 있었죠. 주디는 행복에 겨워 더 이상 키다리 아저씨에게 보내는 편지가 아닌, 연애 편지를 쓰게 되며 이야기는 끝이 납니다.

주디는 고아원에서 학창 시절의 대부분을 보내며 생활합니다. 전 세계적으로 부모가 없는 고아들은 약 1억 5천만 명이 넘습니다. 태어날 때부터 버려진 아이들, 사고로 부모를 잃은 아이들, 전쟁으로 생겨난 고아들도 있죠. 참고로 현재는 고아원이란 명칭 대신 보육원이란 용어를 사용합니다. 아이들은 성인이 되면 보육원을 떠나야 합니다. 최근에는 보육원을 퇴소할 때 일정 금액을 지원해 주고 취업도 도와주고 있지만, 그렇다 해도 이제 갓 성인이 된 아이들이 험난한 세상을 혼자서 헤쳐나가기는 쉽지 않죠. 이 책은 출간 후 큰 인기를 끌며 고아원에 대한 사회적 관심을 높이는 데 일조합니다. 또 어려운 환경을 극복한 주디의 이야기를 통해 마음먹으면 무엇이든 할 수 있다는 메시지를 전달합니다.

◇ 책의 핵심 주제 및 시사점 ◇

① 진정한 행복

주디가 대학에서 만난 샐리와 줄리아는 모두 유복한 가정에서 자란 친구들입니다. 줄리아는 부유한 팬들턴 가문 출신입니다. 그런데 줄리아의 가족들은 화려한 옷, 사교 모임 등 눈에 보이는 것들에만 관심을 보이고, 남보다 더 많이 가지는 것에 주목합니다. 가족 간에 정신적 교류가 없고, 서로의 마음에도 큰 관심이 없죠. 스스로를 돌아보지 않고 그저 남보다 더 화려하고 멋진 삶을 살기 위해 애쓰며, 남과 비교하며 경쟁하는 삶을 살아갑니다. 남과 경쟁하는 삶이 꼭 나쁜 것은 아닙니다. 하지만 주디는 '진정한 행복이란, 남과의 경쟁보다는 내가 가진 것을 남과 나누고 교류하며 마음이 따뜻해지는 것'이라고 생각합니다.

② 더불어 사는 세상

주디는 사회에서 많은 도움이 필요한 위치에 있습니다. 부모의 사랑과 관심, 경제적 지원 없이 살아간다는 것은 쉽지 않죠. 주디는 키다리 아저씨의 후원으로 대학 교육도 받고, 소설을 출간하여 작가의 꿈도 이룹니다. 만약 후원자가 없었다면 주디는 대학에 진학하지도, 작가의 꿈을 이루지도 못하였을지 모릅니다. 우리 주변에 소외된 이들도 우리와 함께 살아가는 사람들입니다. 도움이 필요할 때는 손을 내밀어 주고, 반대로 우리가 도움이 필요할 때는 그들이 도와줄 수도 있지 않을까요? 책 속에서처럼 개인의 노력과 사회적 도움이 합쳐져 더불어 사는 세상을 만들어 간다면, 좀 더 아름다운 세상이 될 것입니다.

◇ 고전 속 인생의 한 문장 ◇

"전 행복의 진정한 비밀을 발견했어요, 아저씨. 바로 현재를 사는 거죠."

▶ 현재 노력하지 않으면서 과거를 후회하거나 장밋빛 미래를 꿈꾸면 아무것도 이룰 수 없습니다. 하고 싶은 일이 있다면 지금 하고, 이루고 싶은 일은 지금부터 노력해 보세요.

"전 인생이 게임에 불과하다고 생각하면서 가능한 한 능숙하고 공정하게 임할 거예요."

▶ 주디는 정신력을 길러 이기든 지든 어깨나 한번 으쓱하고 웃어넘기고 싶어 합니다. 이러한 마음가짐은 주디가 의연한 사람이 되어 힘든 현실을 극복하는 원동력이 되죠.

"사람들은 대부분 절망의 구렁텅이에 빠져 있을 때야 비로소 진정한 친구의 가치를 알게 된다."

▶ 진실한 친구는 내가 어려움에 부닥쳤을 때 손을 내밀어 주는 친구입니다. 여러분에게도 잠깐이라도 기대어 휴식을 취하고 힘을 얻을 수 있는 친구가 있나요?

고전으로 생각 넓히기

다음 질문들에 관해 고민해 보는 시간을 가져 보세요.

① 고아원에서 자란 주디는 어떻게 밝게 생활할 수 있었을까요?
② 내가 누군가의 키다리 아저씨가 되는 방법엔 어떤 것들이 있을까요?
③ 현재를 즐기기 위해서 매일 놀기만 하면 어떤 미래를 맞이하게 될까요?

11
옹고집전

작자 미상

착하게 삽시다

우리나라의 고전 인문 소설은 대부분 작자 미상_{작품의 원작자가 누구인지} 알 수 없음인 경우가 많습니다. 작가가 알려지지 않은 작품에는 『춘향전』, 『토끼전』, 『박문수전』, 『옹고집전』 등 무수히 많습니다. 반대로 작가가 알려진 작품에는 허균의 『홍길동전』, 김만중의 『사씨남정기』, 박지원의 『허생전』 정도가 대표적입니다. 조선 시대에는 소설과 같은 장르의 대중문학 책들은 혹세무민(惑世誣民)세상을 어지럽히고 백성을 미혹하게 하여 속임하여 나라의 근본을 흔든다고 생각하여 천시하고 금기시하였습니다. 따라서 작가들이 자신의 정체를 드러내는 것을 꺼려 숨겼을 수도 있습니다. 또는 당시에는 이야기가 기록되기보다 말로 전해져 내려오는 경우가 많았기에, 자연스레 작가가 잊혔을 가능성도 있습니다.

옛날 영남 땅 옹진골 옹당촌에 옹씨 성을 가진 옹고집이라는 사람이 살고 있었습니다. 본래 이름은 따로 있지만, 사람들은 그를 옹고집이라 불렀습니다. 그는 인색하고 고약한 성격의 고집불통 부자였습니다. 사람들은 저 멀리서 낮술에 취한 옹고집을 보면 발길을 돌려 멀리 돌아서 갔습니다. 옹고집은 마을 사람들의 행동을 보며 자신을 존경하고 어려워하기 때문이라고 자랑스러워했습니다. 머슴을 시켜 지나가는 사람의 옷을 벗겨 오기도 하고, 팔순이 넘은 노모를 간병하지 않고 냉방에 눕혀 시름시름 앓게 하였습니다. 옹고집은 대궐 같은 집에 곡식은 평생 먹어도 모자람 없이 수북이 쌓여 있는 부자였지만, 노모에게 보약 한 첩은커녕 닭 한 마리조차 삶아 주지 않았죠. 노모는 "내가 너를 얼마나 애지중지 키웠는데 이렇게 하면 안 된다"고 말하죠. 하지만 옹고집은 '인생칠십고래희(人生七十古來稀)사람이 일흔 살을 사는 것은 예로부터 드문 일이다'라고 말하며, 어머니는 칠십이 아니라 팔십이나 됐으니 죽어도 여한이 없을 거라 맞받아칩니다.

옹고집의 심술 중 제일가는 것은 중을 괴롭히는 일이었습니다. 목탁 소리만 들려도 버선발로 뛰어나가 발길질을 하고 괴롭히기 일쑤였습니다. 옹고집의 악행이 점점 심해지며 월출봉 취암사에 있는 도승이 소식을 듣게 됩니다. 불교를 우습게 여기고 중들을 괴롭히며 인간의 도리를 저버린 옹고집을 벌해야겠다고 생각한 도승은 옹고집을 혼내 주기 위해 학대사라는 승려를 옹고집에게 보냅니다. 학대사는 거지꼴을 하고 옹고집의 집 앞에서 목탁을 두드립니다. 머슴 하나가 달려 나와 험한 꼴 보기 싫으면 어서 돌아가라고 알려 주지만, 학대사는 목탁을 두

드리며 자리를 지키죠. 옹고집은 자신의 집에서 마음대로 낮잠도 못 자느냐며 뛰쳐나와 종들에게 학대사를 요절낼 것을 명합니다. 종들은 옹고집의 명령에 따라 학대사의 귀에 구멍을 내고 볼기짝을 사십 대나 쳐서 문밖으로 던져 버립니다. 학대사는 도술로 상처를 모두 치유하고 취암사로 돌아갔습니다.

도승은 옹고집에게 깨달음을 주기로 결정하고, 주문을 외워 지푸라기로 가짜 옹고집을 만들어 냅니다. 그리고 가짜 옹고집은 집으로 가서 진짜 옹고집과 언쟁을 벌이죠. 가족들도 진짜와 가짜를 구별할 수 없어, 결국 사또를 찾아가 도움을 요청합니다. 사또는 이방을 시켜 호적을 가져오게 하고, 옹고집에게 조상과 가족 사항을 읊어 보라고 명합니다. 가짜 옹고집은 막힘없이 술술 대답하였으나, 진짜 옹고집은 웅얼거리며 제대로 대답하지 못했습니다. 결국 진짜 옹고집은 곤장 삼십 대를 맞고 쫓겨난 후 집에 돌아가지 못하고 여기저기 동냥을 하며 떠돌아다니게 됩니다. 반면, 가짜 옹고집은 마을 사람들에게 가진 것을 베풀고 어려운 사람들을 위해 잔치도 자주 열었습니다. 부인과도 금실이 좋아 네 쌍둥이를 낳아 기르며 행복하게 잘 지냈습니다. 진짜 옹고집은 정처 없이 이곳저곳을 떠돌다 백발노인을 만나게 됩니다. 백발을 한 도승은 옹고집이 죄를 반성하는 모습을 보고 부적을 하나 주면서 집으로 돌아가라고 합니다. 옹고집이 집에 돌아가 도승이 준 부적을 던지니 가짜 옹고집과 아이들은 모두 허수아비로 변했습니다. 그 후 옹고집은 착하고 좋은 일을 많이 하며 효도하는 삶을 살아가게 됩니다.

◇ 책의 배경 엿보기 ◇

『옹고집전』은 조선 시대에 만들어진 판소리 열두 마당 중 하나로, 판소리로 불리는 경우 「옹고집타령」이라 칭했습니다. 현재는 판소리로는 전해지지 않고, 1950년에 필사본으로 기록된 것만 남아 있습니다.『옹고집전』은 동냥 온 중을 괄시해서 큰 벌을 받게 되는 「장자못 이야기」와 유사한 내용 구성입니다. 조선 후기에는 화폐 경제가 발달하고 신흥 부자들이 생겨나기 시작했습니다. 그런데 그중에는 돈에만 목을 매며 돈을 위해서라면 패륜을 저지르는 것도 마다하지 않는 부도덕한 사람들이 적지 않았습니다.『옹고집전』은 주인공 옹고집을 통해 이를 비판하며, 더불어 사는 삶의 중요성을 알려 주는 책입니다.

◇ 책의 핵심 주제 및 시사점 ◇

① 권선징악(勸善懲惡)

조선 시대 소설들의 주제는 대부분 권선징악입니다. 권선징악은 '착한 일을 하면 복을 받고 나쁜 일을 하면 벌을 받는다'는 뜻입니다. 옹고집은 막대한 부를 쌓았지만, 종들을 하대하고 중을 문전박대하였으며 노부모를 제대로 봉양하지 않았습니다. 사람이라면 당연히 해야 할 것들을 하지 않은 옹고집은 결국 큰 벌을 받게 됩니다.『옹고집전』과 같은 류의 소설들은 조선 시대의 급변하는 시대 상황 속에서 백성들의 힘든 삶을 위로해 주는 역할을 했습니다. 또한 모두가 행복하게 살기 위해서는 옹고집 같은 사람은 마땅히 벌을 받아야 한다는 메시지를 전해 주기도 하였죠.

② 탐욕의 끝

옹고집은 돈을 버는 재미와 남을 괴롭히는 재미로 살아가는 인물입니다. 막대한 재산을 가졌으나, 남에게는 쌀 한 톨도 베풀지 않는 사람이었죠. 옹고집에게는 여러 번 기회가 있었습니다. 한 번이라도 마음을 고쳐먹었다면 사람들의 신망을 얻고 더 큰 행복을 얻을 수도 있었죠. 하지만 돈에 눈이 먼 옹고집은 자신의 지위를 이용해 사람들을 괴롭히고 더 많이 빼앗기만 합니다. 돈을 많이 벌고자 하는 것이 나쁜 것은 아닙니다. 하지만 돈을 버는 과정에서 자신의 이익을 위해 타인의 권리를 침해하는 행동은 잘못이죠. 옹고집은 그 결과 목숨을 버려야겠다는 절망에 빠질 정도로 고통을 겪습니다.

◇ 고전 속 인생의 한 문장 ◇

"산에는 온갖 꽃이 만발하고 새들은 슬피 울어 발길을 재촉하는네, 너울너울 학대사의 거동은 나비처럼 가벼웠나."

▶ 학대사는 옹고집을 혼쭐 내 주기 위해 가벼운 발걸음으로 옹고집의 집으로 향합니다. 하지만 반대로 옹고집에게 된통 당하며 돌아오게 되는 결과를 통해 재미를 유발합니다.

⌒⌒

"옹고집의 마음을 아는지 모르는지 두견새는 슬피 울어 꽃잎에 눈물을 뿌렸다."

▶ 진짜 옹고집은 스스로 목숨을 끊고 싶을 정도로 심신이 미약한 상태가 되어, 두견새가 우는 모습을 보며 감상에 젖고 자신의 죄를 뉘우칩니다.

⌒⌒

"보아하니 너도 남의 물건 챙기는 재미로 한세상 살아온 인물 같은데 말이다."

▶ 남의 물건을 빼앗아 생활하는 산적들이 옹고집을 보고 한눈에 같은 족속임을 알아봅니다. 그간의 행적은 행색이 바뀌어도 드러나기 마련이죠. 나쁜 일을 많이 하면 주변에서 자연스레 느낄 수 있답니다.

고전으로 생각 넓히기

다음 질문들에 관해 고민해 보는 시간을 가져 보세요.

① 도승은 왜 옹고집을 직접 혼내 주지 않고, 허수아비를 이용했을까요?

② 이유 없이 다른 사람들을 괴롭히면 왜 안 될까요?

③ 내가 가진 것을 베푸는 삶은 어떤 의미가 있을까요?

12
돈키호테

미겔 데 세르반테스(Miguel de Cervantes Saavedra)
(1547.9.29.–1616.4.23.)

일단 가는 거야!

미겔 데 세르반테스는 스페인이 낳은 가장 위대한 소설가로 손꼽힙니다. 아버지의 빚 때문에 투옥되기도 했지만, 1568년에 사망한 여왕을 추모하는 작품집에 시 4편을 쓰며 문학적 가능성을 드러냈습니다. 1569년 군대에 자원입대한 그는 레판토 해전 도중 가슴과 왼손에 총상을 입고 후유증으로 평생 왼손을 쓸 수 없게 되었습니다. 8년여의 군 생활을 마치고 고향으로 향하지만, 해적선의 습격으로 포로가 되어 알제리로 끌려가 5년간 힘든 포로 생활을 하기도 합니다. 이후 말단 관리로 일하다 여러 번 비리 혐의로 징역형을 받았고, 옥살이를 하던 중『돈키호테』를 구상하였는데, 1605년 출간한『돈키호테』는 큰 성공을 거두게 됩니다.

스페인의 작은 마을인 라만차에 사는 알론소 키하노는 가난한 귀족입니다. 그는 당시 유행하던 기사 소설에 푹 빠져 하루 종일 서재에서 기사, 마법사, 마법에 걸린 숲 등이 등장하는 책을 읽으며 상상의 나래를 폅니다. 그리고 마침내 세상을 돌아다니며 모험과 전투를 즐기는 방랑 기사가 되기로 결심하고, 가보처럼 내려오던 낡은 갑옷을 입고 모험을 떠납니다. 그는 자신의 이름을 '라만차의 돈키호테'라고 붙이고, 말라비틀어진 말에게는 '로시난테'라는 이름을 붙여 줍니다. 그리고 가상의 귀부인 둘시네아의 사랑을 얻겠다는 목표도 함께 세웠죠. 사실 둘시네아는 말도 한 번 나눠 보지 않은 평범한 농부의 딸이었죠. 돈키호테는 저녁때 한 여인숙에 도착하는데, 그곳을 성으로 착각하여 여인숙 주인을 성주라고 부르며 기사 임명식도 거행합니다. 그리고 길을 가던 중 만난 상인들과 시비가 붙어 두들겨 맞게 되죠. 쓰러져 있던 돈키호테를 이웃 농부가 알아보고 집으로 데려다줍니다. 주변 사람들은 서재에 있던 책들 때문에 그의 정신이 이상해졌다고 생각해 책을 모두 불태워 버립니다. 하지만 돈키호테의 모험은 끝나지 않죠. 그는 어리숙한 산초 판사라는 농부에게 영주가 될 수 있는 자격을 주겠다며 하인이 될 것을 요구합니다. 그리고 아무도 모르게 산초와 함께 두 번째 모험을 떠납니다.

두 번째 모험을 떠난 돈키호테는 들판에서 커다란 풍차들을 만나게 됩니다. 산초의 만류에도 불구하고 그는 풍차에 달려들죠. 돈키호테의 눈에는 풍차가 아니라 무찔러야 할 거대한 거인으로 보였기 때문입니다. 창으로 열심히 공격했지만 풍차가 쓰러질 리가 없죠. 결국 세찬 바람이 불며 돈키호테와 로시난테는 멀리 나가떨어져 버립니다. 이외에도 호송되던 죄수들을 풀어 주었다 되레 얻어맞기도 하고, 양 떼를 군사로 착각하기도 하고, 물레방아 소리를 유령으로 착각하기도 합니다. 돈키호테를 정신 이상에서 구하려는 친구들인 신부와 이발사는 자신들을 돈키호테가 읽던 책에 등장하는 마법사로 속이고 돈키호테와 산초를 마을로 데려옵니다. 돈키호테가 집에서 휴식을 취하는 사이 돈키호테와 산초가 한 일이 책으로 출판되어 이제 세상 사람들 모두가 돈키호테가 누구인지 알게 되죠. 이 사실을 모르는 돈키호테는 포기하지 않고 세 번째 모험을 떠납니다.

이번 모험도 이전과 크게 다를 바 없이 엉뚱하고 기발하고 누군가에게는 피해를 줄 수도 있는 전투의 연속이었습니다. 그러던 중 한 공작의 집에 정식으로 초청을 받게 됩니다. 돈키호테는 무척이나 설레었지만, 장난이었음을 알고 낙담하죠. 그럼에도 그의 모험은 끝나지 않았습니다. 자신의 이상을 추구하기 위해 실패는 금세 잊고 앞으로 나아갑니다. 한편 돈키호테를 마을로 데려오기 위한 주민들의 노력도 계속됩니다. 같은 동네에 살던 삼손 카라스코는 '하얀 달의 기사'로 분장해 돈키호테에게 결투를 신청합니다. 이 결투에서 패한 돈키호테는 기사의 규율에 따라 마을로 돌아가게 되죠.

돈키호테는 자신의 꿈이 무너지자 정신이 돌아오게 됩니다. 기이한 행동은 전혀 하지 않은 채 병이 들게 되죠. 주변 사람들은 기사 활동을 다시 해 보자고 말하지만 정신이 돌아온 그는 모두 거부합니다. 시름시름 앓던 돈키호테는 자신의 유산을 산초와 가족들에게 남기고 세상을 떠납니다.

◇ 책의 배경 엿보기 ◇

이 책이 출간될 당시 스페인은 신대륙의 발견으로 엄청난 부와 명예를 누리던 시기입니다. 스페인 역사상 가장 황금기였으며, 많은 식민지를 지배하고 있었죠. 하지만 영국에 패배한 후 점차 쇠락의 길을 걷게 됩니다. 중세 서유럽 봉건 제도에서는 '기사도'가 한 축을 담당하고 있었어요. 하지만 시대가 바뀌며 사회는 더 이상 '기사'를 필요로 하지 않았고, 국민들은 더 이상 기사를 우러러보지 않게 되었죠. 하지만 기사들은 과거의 영광을 잊지 않고 특권층을 유지하고 있었습니다. 돈키호테는 급변하는 시대에 적응하지 못하는 인물로 표현됩니다. 구시대의 유물인 기사를 풍자하고, 나아가 변화하는 사회에 대한 혼동을 드러냈죠. 더불어 돈키호테가 자신의 이상을 위해 불합리한 현실을 극복하고자 몸부림치는 과정을 통해 작가의 의도를 표현하였습니다.

◇ 책의 핵심 주제 및 시사점 ◇

① 꿈의 중요성

돈키호테는 항상 꿈을 꿉니다. 자신의 목표를 위해 물불을 가리지 않고 뛰어들죠. 어떤 분야에서 성공한 사람들에게 흔히 볼 수 있는 모습입니다. 꿈은 높고, 넓고, 클수록 좋습니다. 비현실적인 꿈일지라도 한 걸음씩 내딛다 보면 어느새 꿈과 가까워질 수 있습니다. 돈키호테는 방랑 기사가 되는 꿈을 멋지게 이루고 세상을 떠나게 됩니다. 그에게 그 기간은 평생 잊지 못할 행복할 순간이지 않았을까요?

② 변화하는 시대에 적응하기

돈키호테는 더 이상 기사를 필요로 하지 않는 사회에 스스로 방랑 기사가 되겠다며 뛰어듭니다. 어떻게 보면 무모할 수도 있는 도전이죠. 4차 산업혁명 이후로 우리 사회도 급변하고 있습니다. 내가 이미 알고 있는 지식은 죽은 지식이 되어 버리기 일쑤입니다. 배우기 시작한 지 얼마 안 된 코딩이 일상화되었고, AI 관련 공부는 끝이 없죠. 변화하는 시대에 적응하기 위해서는 끊임없는 배움이 필수이고, 주변 사람들의 이야기에도 귀 기울여야 합니다. 돈키호테처럼 외길을 걷는 것도 한 방법이지만, 여러 사람들과 소통하는 것이 여러분의 발전에 더 큰 도움이 된답니다.

◇ 고전 속 인생의 한 문장 ◇

"운명은 바야흐로 우리가 예상했던 것보다 더 좋은 방향으로 우리를 인도하고 있다."

▶ 풍차를 만난 돈키호테는 의미심장한 말을 남깁니다. 뜻이 있는 곳에 길이 있다는 말처럼 운명이 다가왔다고 말하죠. 돈키호테처럼 생각하는 대로 무엇이든 이루어진다면 좋겠네요.

~

"가난한 기사가 자기가 기사라는 걸 증명하는 방법은 덕을 통하는 것 외에 다른 길은 없다."

▶ 당시 사회에서 기사는 퇴물로 취급받기도 하였습니다. 사회에서 나를 더 이상 필요로 하지 않을 때 느끼는 좌절감은 상상하기도 어려울 것 같습니다. 돈키호테는 자신의 정체성을 되찾기 위해 직접 덕을 쌓는 모험을 떠난 셈이죠.

~

"아름다움에는 두 종류가 있다네. 하나는 마음의 아름다움이고, 다른 하나는 육체의 아름다움이라네."

▶ 마음의 아름다움은 너그러운 마음과 훌륭한 행동, 뛰어난 인성에서 나옵니다. 뛰어난 외모와 마음의 아름다움은 별개죠. 돈키호테는 자신이 가지고 있는 마음의 아름다움이 육체를 뛰어넘을 수 있다고 말합니다.

고전으로 생각 넓히기

다음 질문들에 관해 고민해 보는 시간을 가져 보세요.

① 돈키호테는 왜 포기하지 않고 세 번이나 모험을 떠났을까요?

② 돈키호테가 모험을 마치고 정신이 돌아왔을 때 어떤 생각이 들었을까요?

③ 나는 '기사'입니다. 사회가 더 이상 나를 필요로 하지 않는다면 어떻게 해야 할까요?

13
지킬 박사와 하이드

로버트 루이스 스티븐슨(Robert Louis Stevenson)
(1850.11.13.–1894.12.3.)

선과 악

　스코틀랜드의 에든버러에서 부유한 토목기사의 아들로 태어난 로버
트 루이스 스티븐슨은 태생적으로 병약하여 요양을 위해 유럽 각지를
전전합니다. 아버지의 직업을 이어받기 위해 에든버러 대학교에 입학
하여 공학을 공부하였으나, 건강이 좋지 않아 자퇴 후 법률을 공부하였
습니다. 1875년 변호사가 되었으나 글 쓰는 것에 더 큰 흥미를 보였습
니다. 1879년 미국 캘리포니아를 여행하던 중 11세 연상인 미국 여성과
사랑에 빠지고 1년 후 결혼하게 됩니다. 1883년 출간한 모험 소설『보
물섬』으로 폭발적인 인기를 얻게 되고, 3년 후『지킬 박사와 하이드』를
출간하게 됩니다. 1888년 남태평양의 사모아로 이주해 살며 건강이 한
때 회복되었으나, 갑작스러운 뇌출혈로 사망합니다.

평화롭던 런던의 어느 날 밤, 어린 소녀를 마구 짓밟고 폭행하는 사건이 발생합니다. 가해자인 하이드는 수표 한 장을 내민 채 어둠 속으로 사라지죠. 그런데 신기하게도 하이드가 내민 수표는 하이드의 것이 아닌, 모두의 존경을 받는 의사 지킬 박사의 것이었습니다. 지킬과 가까운 사이였던 어터슨은 지킬 박사와 하이드의 관계에 의문을 품기 시작합니다. 지킬 박사는 변호사인 어터슨을 통해 자신이 죽을 경우 모든 재산을 하이드에게 주겠다는 공증까지 했기 때문이죠. 어터슨은 지킬 박사에게 여러 차례 하이드와의 관계에 대한 진실을 물어보았지만, 대답을 듣지 못합니다. 어터슨은 지킬 박사가 하이드에게 협박을 당하고 있다고 의심하기 시작하고, 지킬 박사가 조금씩 변해 가는 모습을 지켜보며 의심은 확신으로 변합니다. 그러던 중 주교가 살해되는 사건이 발생하는데, 유력한 용의자인 하이드는 이 사건 이후로 자취를 감춥니다. 변호사 어터슨은 살해 사건의 수사를 돕는 데 발 벗고 나섭니다. 수사가 한창 진행 중이던 어느 날 지킬 박사와 친구였던 래니언 박사가 편지를 남기고 사망하는데, 래니언은 지킬 박사가 죽기 전에는 편지를 절대 열어 보지 말라고 유언했었죠.

시간이 흐른 후, 지킬 박사의 하인이 어터슨을 찾아와 지킬 박사가 연구실에서 나오지 않은 지 오래되었다고 말합니다. 그리고 지킬 박사의 행동과 말투가 이상해졌고 키도 작아진 것 같다고 말하며, 지킬 박사의 연구실에 있는 사람이 지킬 박사가 아닌 것 같다고 이야기합니다. 어터슨은 하이드가 지킬 박사를 살해한 것이 아닐지 추측하고 연구실 문을 부수고 들어갑니다. 하지만 방에는 차갑게 식어 있는 하이드밖에 없었습니다. 책상에는 유언장과 함께 어터슨에게 남긴 편지가 있었는데, 편지의 내용은 충격 그 자체였습니다. 지킬 박사는 사람에게 존재하는 선과 악을 분리하는 실험을 합니다. 개발한 약물을 마시자 덩치는 줄어들고 사악한 인물인 하이드로 변하게 된 것입니다. 하이드가 된 지킬 박사는 반사회적이고 반인륜적인 일을 하며 쾌감을 느끼지만, 악행의 강도가 커질수록 통제는 점점 힘들어졌죠. 지킬은 약물을 중단하기로 결심하지만, 그때는 이미 약을 먹지 않아도 하이드로 변할 정도의 상태였습니다. 지킬 박사는 친구 래니언 박사를 불러 자신의 상황을 설명하고 직접 보여 주는데, 충격을 받은 래니언 박사가 병에 걸려 생을 마감하게 된 것이죠. 이제 어디에도 도움을 구할 수 없던 지킬 박사는 자신의 선택을 후회하는 편지를 남기고 스스로 목숨을 끊으며 이야기는 끝이 납니다.

◇ 책의 배경 엿보기 ◇

이 책은 영국 빅토리아 시대를 배경으로 합니다. 영국은 산업혁명으로 기계가 사람 대신 일을 하면서 많은 돈을 벌게 되었지만, 이 돈은 소수의 사람들에게 돌아갔고 농민이나 노동자들은 이전보다 더 힘든 삶을 살게 되었죠. 많은 돈을 벌게 된 부르주아 계급은 절제, 성실, 근면을 강조하는 사회 체계와 맞물려 위선적인 삶을 살아가죠. 인간의 본성과 특성은 모두 무시하고 개인의 욕망조차 용납하지 않는 사회에서 진정한 '선과 악'에 대한 고민은 점차 희미해져 갔죠. 이 책은 욕망이 통제된 삶을 살아가는 사람들의 이중성과 위선을 꼬집은 작품입니다.

◇ 책의 핵심 주제 및 시사점 ◇

① 인간은 선한 존재인가, 악한 존재인가

우리는 선한 존재로 살아가는 교육을 꾸준히 받습니다. 도덕과 예절을 배우고, 규칙을 지키며 살아가는 삶에 대해 배우죠. 하지만 우리는 상황에 따라 선과 악 중에 하나를 선택하거나, 때로는 그 중간을 고르기도 합니다. 평소에는 양심에 따라 길에 쓰레기를 버리지 않았다가도, 때로는 아무도 보지 않을 때 휙 버리기도 하죠. 인간은 선과 악이 공존하며 삶을 살아갑니다. 이 책은 인간의 본성에는 선과 악이 모두 있기에 감정과 욕심, 발전과 쇠락도 있음을 알려 줍니다.

② 사람의 이중성

작가의 말에 따르면 사람들은 겉으로 근엄한 척, 규칙을 따르는 척, 깨끗한 척하지만 마음속에는 탐욕이 가득한 구성체라고 합니다. 아무리 착한 사람도 악한 면이 존재하고, 악한 사람도 선한 면이 존재한다는 뜻이죠. 작가는 모든 사람의 마음속에 있는 이러한 이중성을 지킬 박사와 하이드로 드러냈습니다. 우리는 모두 선과 악의 대립 속에서 인간다움을 위해 노력합니다. 내면의 악한 마음을 잘 다스리지 않으면 악인으로서 파멸의 길을 걷게 될 수도 있죠. SNS에서의 악플이나 욕설 문제도 사람의 이중성으로 인해 발생하는 익명의 무서움이죠.

◇ 고전 속 인생의 한 문장 ◇

"즉각적인 투약과 지속적인 정신 단련이 없으면 지킬의 상태를 유지하는 것도 불가능해졌다."

▶️ 지킬 박사가 예상한 것보다 악한 마음은 점점 더 강해졌어요. 처음에는 폭행으로 시작해서 살인까지 저지르게 되고, 주체할 수 없는 악함은 스스로 목숨을 끊게 만듭니다. 반대로 항상 선한 마음을 가지려고 노력하면 선한 마음도 점점 더 커질 수 있다고 믿습니다.

❧

"그자가 하이드(Hide)라면, 나는 시크(Seek)가 되겠다."

▶️ 주인공의 이름인 하이드(Hyde)는 '숨다'라는 뜻의 영어 단어 Hide와 발음이 같죠. 어터슨은 매번 사라지는 하이드를 떠올리며 자신은 '찾다'라는 뜻의 단어 Seek가 되겠다고 합니다. 범인을 찾기 위한 어터슨의 열정이 느껴집니다.

❧

"난 궁극적으로 인간의 내면에는 각양각색의 서로 다른 독립된 자아들이 서로 다투며 공존하고 있다고 믿었다네."

▶️ 우리 안에는 서로 독립된 자아들이 함께 존재합니다. 사회생활을 하며 내 안의 자아들을 다스리는 법을 배우죠. 모두 하이드처럼 자신의 악한 면만 드러낸다면, 모두 함께 생활하는 게 불가능하겠죠!

고전으로 생각 넓히기

다음 질문들에 관해 고민해 보는 시간을 가져 보세요.

① 하이드가 저지른 잘못을 지킬 박사가 책임져야 할까요?

② 지킬 박사처럼 위험한 약물을 개발하는 행동은 도덕적으로 올바른가요?

③ 만약 3시간만 하이드로 변신할 수 있다면, 약을 먹겠습니까?

14
춘향전

작자 미상

진실한 사랑과 변치 않는 마음

조선 숙종 때 전라도 남원에 월매라는 은퇴한 기생이 있었습니다. 월매는 성 참판의 눈에 띄어 일찍부터 기생을 그만두고 첩 생활을 하였습니다. 월매는 마흔이 넘도록 아이가 없어 고민이었는데, 백일기도를 올린 끝에 선녀가 복숭아꽃을 건네주는 꿈을 꾼 뒤 여자아이를 출산합니다. 월매는 아이 이름을 춘향이라고 지었는데, '복숭아꽃이 피는 봄의 향기'라는 뜻이었죠. 춘향이는 어려서부터 얼굴도 아름답고 글솜씨도 뛰어났습니다. 아버지는 양반이었지만 어머니가 기생이었기에 춘향이도 신분은 기생이었습니다. 그렇지만 월매는 춘향이를 양반집 규수처럼 애지중지 키웠습니다.

춘향이가 열여섯 살이 되던 해에 이씨 성을 가진 사또가 부임해 왔는

데, 그의 아들 이름은 이몽룡이었습니다. 이몽룡은 날씨가 맑은 단옷날 광한루에 갔다가 그네 타는 춘향이를 보고 첫눈에 반해 만남을 청하지만 단칼에 거절당합니다. 춘향의 행실에 한 번 더 반한 이몽룡은 방자를 통해 기생이라서 부르는 것이 아니라며 자신의 진심을 전합니다. 광한루에서 만난 둘은 첫눈에 반해 백년가약을 맺기로 약속하고, 이몽룡은 밤에 춘향의 집을 찾아가 월매와 대화를 나눕니다. 월매는 처음에는 춘향이 양반집 자제에게 버림받을까 걱정해 거절하지만, 밤새 꿈에서 만난 청룡이 이몽룡인 것 같아 둘 사이를 승낙하게 됩니다.

그 후로 매일 밤 만나 사랑을 나누던 이몽룡과 춘향이에게 큰 시련이 닥쳐옵니다. 이몽룡의 아버지가 동부승지로 임명되어 한양으로 올라가게 된 것입니다. 이몽룡은 춘향에게 장원급제하여 꼭 데리러 오겠다는 약속을 남기고 떠납니다. 이몽룡이 떠난 후 변학도라는 새로운 사또가 남원에 부임합니다. 변 사또는 부임하자마자 기생들을 불러 잔치를 열었고, 한양에까지 빼어난 미모로 소문난 춘향이를 찾습니다. 변 사또는 호방과 나졸들을 시켜 춘향이를 강제로 데려와 수청 들기를 강요합니다. 하지만 춘향은 이몽룡과 백년가약을 맺었다며 수청을 거부합니다. 변 사또는 춘향이를 몽둥이질하고 목에 칼을 채운 채 감옥에 가둡니다. 월매는 춘향이를 찾아와 이몽룡은 이제 잊고 수청을 들라 하지만, 춘향이는 그럴 수 없다고 말합니다.

한편 한양에 올라간 지 3년 만에 장원급제를 한 이몽룡은 전라어사로 임명되어 누더기를 입은 채 지방 벼슬아치들의 잘잘못을 가리는 역할을 하기 위해 전라도로 내려옵니다. 이몽룡은 춘향의 집으로 가 월매를 만나는데, 월매는 남루한 이몽룡을 보고 딸이 죽게 되었다며 신세 한탄을 합니다. 변 사또가 자신의 생일 잔칫날 춘향을 처형하기로 했기 때문입니다. 이몽룡은 몰래 감옥으로 찾아가 춘향을 만나는데, 마음씨 착한 춘향은 월매에게 자신의 유품으로 이몽룡에게 갓과 신반을 사 드리라 말하죠. 이몽룡은 어명을 받드는 입장이라 자신의 신분을 밝히지 못

함을 안타까워합니다. 잔치가 한창일 때 "암행어사 출두요" 소리가 크게 울리고 변학도는 처벌을 받게 됩니다. 이후 이몽룡과 춘향은 아이들을 낳고 행복하게 살았습니다.

◇ 책의 배경 엿보기 ◇

『춘향전』은 조선 시대에 만들어진 판소리 다섯 마당 중 하나였습니다. 「춘향가」를 즐기던 사람들은 일반 백성들이었기에, 현실에서 불가능한 신분 상승의 꿈, 벌을 받는 탐관오리, 남녀 간의 사랑 등 흥미로운 요소들이 모두 포함되었죠. 『춘향전』의 공간적 배경은 전라도 남원입니다. 남원에 가면 춘향을 기리는 열녀춘향사(烈女春香祠)라는 사당이 있습니다. 또한 남원에서는 매해 지역 특색사업인 '춘향제'가 열리는데 콘서트, 전국춘향선발대회, 국악대전, 시 낭송대회 등 다양한 행사를 통해 춘향의 넋을 기립니다.

◇ 책의 핵심 주제 및 시사점 ◇

① 몸은 멀리 떨어져도 마음은 그대로

춘향이와 이몽룡은 어쩔 수 없이 서로 멀리 떨어져 지내게 됩니다. 하지만 몸은 멀리 떨어져 있어도 서로를 향한 마음은 변치 않죠. 이성 친구를 사귀게 되면 자주 만나고 싶고, 연락도 자주 하고 싶어집니다. 하지만 이몽룡과 춘향이는 그 마음을 꾹 참아 내고 서로에 대한 믿음으로 긴 시간을 버텨 내죠. 요즘은 사회가 많이 변하여 짧은 만남도 많아지고, 만남과 헤어짐이 조금 더 쉬워지는 경향이 있습니다. 모든 것이 빠르게 변화하는 사회 속에서 사랑도 빠르게 변하게 된 건 아닌지 생각할 거리를 주는 책입니다.

② 탐관오리의 악행

『춘향전』에는 지방 관리들의 횡포가 드러나는 장면들이 종종 등장합니다. 탐관오리 변 사또는 무엇이든 자신의 마음대로 하며 백성들을 괴롭히죠. 조선 후기에는 탐관오리의 횡포로 인해 고통받는 백성들이 많았습니다. 모래를 섞은 쌀을 빌려주고 흰쌀로 2배로 갚게 한다거나, 나라에서 정한 세금보다 3~4배 많은 세금을 거두기도 하였죠. 누군가 반발이라도 하면 곤장을 때리거나 옥에 가두기도 했습니다. 백성들은 암행어사가 나타나 나쁜 탐관오리를 벌하는 장면에서 통쾌함을 느꼈을 것 같지 않나요?

◇ 고전 속 인생의 한 문장 ◇

"좋은 글을 쓰려면 좋은 경치를 보아야 한다."

▶ 이몽룡은 방자에게 경치 좋은 곳으로 안내해 달라고 말합니다. 실제로 작가들은 좋은 작품을 쓰기 위해 소봉한 곳으로 떠나기도 합니다. 아는 만큼 보이고, 보이는 만큼 쓸 수 있기 때문입니다.

◦ᴗ◦

"남원이 가까워지자 어사또 마음속에 춘향에 대한 그리움이 봄날 아지랑이처럼 아른아른 피어올랐다."

▶ 이몽룡은 춘향이를 보고 싶은 마음을 꾹 눌러 담았죠. 춘향이를 만나러 가는 길에 두근거리는 마음을 재치 있게 표현한 부분입니다.

◦ᴗ◦

"금 술잔의 좋은 술은 수많은 백성들의 피요, 옥쟁반의 좋은 안주는 만백성의 기름이라. 촛농이 떨어질 때 백성들 눈물도 떨어지고, 노랫소리 높은 곳에 원망의 소리도 높구나."

▶ 이몽룡이 변 사또의 잔치에 참여해 읊은 시입니다. 백성들을 괴롭히는 탐관오리인 변 사또를 심판하러 온 마음이 잘 드러나는 부분입니다.

고전으로 생각 넓히기

다음 질문들에 관해 고민해 보는 시간을 가져 보세요.

① 당시 백성들은 왜 『춘향전』에 열광하였고, 지금까지 전해 내려올까요?

② 춘향은 목숨이 위태로운 상황에서도 왜 변 사또의 수청을 들지 않았을까요?

③ 사랑하는 사람이 3년 동안 멀리 떠나 연락이 닿지 않는다면, 기다릴 수 있나요?

나다니엘 호손(Nathaniel Hawthorne)
(1804.7.4.–1864.5.19.)

사회적 낙인과 이를 극복하는 힘

작가 소개

나다니엘 호손은 매사추세츠주의 항구 도시 세일럼에서 선장의 아들로 태어나 청교도 집안에서 자랍니다. 청교도의 사상과 생활 양식에 많은 관심을 가지고 작품을 출간하게 됩니다. 1825년 보든 대학교를 졸업한 후 1828년 첫 작품인 『판쇼』를 출간하였으나, 스스로 만족하지 못해 회수해 버립니다. 1837년 단편을 모은 『진부한 이야기들』을 출간하며 작가로서 명성을 얻게 됩니다. 1850년 자신의 대표작인 『주홍 글씨』를 출간하였는데, 이 작품은 19세기의 대표적인 미국 소설로 자리 잡게 됩니다. 이후에도 청교도주의를 비판하는 소설을 출간하였고, 1853년 영국 리버풀의 영사로 부임한 뒤에도 집필을 멈추지 않았습니다. 나다니엘 호손은 종교와 심리, 상징주의로 세계를 해석한 대표적인 작가입니다.

헤스터 프린은 영국에서 젊은 나이에 사랑하지 않는 남자와 결혼하게 됩니다. 남편은 나이 차가 많이 나는 의사 로저 칠링워스였죠. 결혼 후 그들은 청교도들에 의해 개척된 미국의 뉴잉글랜드 보스턴으로 이주를 하게 됩니다. 헤스터가 먼저 이주하고 남편은 나중에 오기로 하죠.

어느 날 헤스터는 태어난 지 3개월 된 아이를 안은 채 시장 한복판에 있는 교수대 위로 끌려 나오게 됩니다. 신성한 유토피아를 꿈꾸는 청교도 사회에서 '간음하지 말라'는 십계명을 어겼기 때문이죠. 남편이 오기 전 임신을 하고 아이를 낳은 헤스터는 불륜을 저지른 죄로 가슴에 A(Adultery, 간통)라는 주홍 글씨를 새긴 채, 모든 사람 앞에 서는 벌을 받게 됩니다. 총독과 목사 딤스데일은 불륜의 상대를 물어보았지만, 헤스터는 끝내 대답을 거부합니다. 남편인 칠링워스는 감옥으로 헤스터를 찾아가 자신이 그녀의 남편임을 절대 밝히지 않을 것이고, 불륜의 대상을 꼭 밝혀낼 거라고 말합니다. 이후 칠링워스는 자신의 이름을 칠링우드로 바꾸고 의사 일을 계속합니다.

헤스터는 가슴에 새겨진 주홍 글씨로 인해 제대로 된 직업을 가질 수 없었고, 주변 사람들과도 교류할 수 없었죠. 교외의 허름한 오두막에 살며 바느질로 생계를 겨우 유지하였고, 그녀의 딸 펄은 친구를 사귈 수도 없었습니다. 사실 헤스터가 불륜을 저지른 대상은 딤스데일 목사였습니다. 가장 높은 도덕성을 필요로 하는 성직자가 가장 부도덕한 일을 저지른 셈입니다. 옥스퍼드를 졸업한 수재였던 딤스데일은 자신의 죄를 숨기며 겪는 고통으로 인해 점점 건강이 나빠지기 시작합니다. 칠링우드는 딤스데일과 함께 생활하며 그의 주치의 역할을 하였는데, 점차 딤스데일이 헤스터의 불륜 대상이라는 확신을 갖게 되죠. 딤스데일은 사람들 앞에서 설교를 할 때마다 자신이 죄인임을 간접적으로 밝힙니다. 하지만 그럴수록 사람들은 딤스데일의 설교에 더 깊이 감동하였고, 딤스데일의 인기는 더 올라가게 됩니다. 자신의 죄를 밝히지 못해 괴로운 딤스데일은 자신의 가슴에서 주홍 글씨를 발견하게 되죠. 딤스데일은 결국 헤스터와 펄을 찾아가 보스턴을 떠나 아무도 모르는 곳으로 도망치기로 약속합니다. 헤스터는 전남편인 칠링우드에게 용서를 구하지만, 칠링우드는 거절합니다. 여기서 딤스데일은 자신의 주치의였던 칠링우드가 헤스터의 전남편이었다는 사실도 알게 되죠.

이후 큰 행사가 열려 모두가 모인 어느 날, 딤스데일은 연설을 하던 도중 헤스터와 펄을 불러내 교수대로 함께 올라갑니다. 딤스데일은 자신의 옷을 풀어 헤치고 가슴에 새겨진 주홍색 A를 드러내며 죄를 고백한 후 그 자리에서 숨집니다. 이후 헤스터와 펄은 도시를 떠나게 되죠. 펄은 역경을 딛고 잘 자라 결혼 생활을 이어 갔고, 헤스터는 자신의 죄를 뉘우치며 남은 생을 열심히 살아갑니다. 노년에는 고향에 돌아와 생을 마감하고 딤스데일 목사의 무덤에 함께 묻히게 됩니다.

이 책은 영국인들이 신대륙인 미국으로 이주를 시작한 1600년대를 배경으로 합니다. 미국 매사추세츠주의 작은 마을에서 발생한 세일럼 마녀재판에서 모티브를 얻었습니다. 청교도 목사의 딸이 발작을 일으키자, 의사는 원인을 모르겠다며 마을에 숨어 있는 마녀가 저주를 했기 때문이라고 말합니다. 이때부터 마녀를 색출하기 시작해 185명의 무고한 사람이 감옥에 갇히고, 19명은 교수형을 당했으며, 6명은 옥중에서 사망하게 됩니다. 당시 많은 선량한 사람들이 마녀로 지목되어 모진 고문을 받고, 자백을 강요받았습니다. 실제로 작가의 고조부가 이 마녀재판의 판사였는데, 작가는 이 일을 평생 부끄러워하며 자신의 이름도 Hathorne에서 Hawthorne으로 바꾸어 버립니다. 세일럼 마녀재판은 미국 역사에서 손꼽히는 부끄러운 일로 여전히 회자되고 있습니다.

WITCHCRAFT AT SALEM VILLAGE.

◇ 책의 핵심 주제 및 시사점 ◇

① Adultery가 Able로

헤스터 프린은 죄를 짓고 가슴에 A라는 주홍 글씨가 깊게 새겨집니다. 그녀는 처음에는 깊이 좌절하지만 이내 가슴에 박혀 있는 A를 금실로 박는 행동을 합니다. 평생 짊어지고 가야 할 죗값으로 인해 무너지는 것이 아니라 앞으로 나아갈 힘을 내는 행동입니다. 사람들은 처음에는 헤스터를 색안경을 끼고 바라보지만, 점차 그녀의 선한 모습에 감명을 받죠. 어느새 사람들의 눈에 헤스터의 가슴에 새겨진 A가 Adultery(간통)가 아니라 Able(할 수 있는)로 보이기 시작합니다. 자신의 잘못을 인정하며 뉘우치는 태도로 평생을 열심히 살아간 끝에 얻게 된 결과입니다. 반대로 딤스데일 목사는 자신의 죄를 수년간 숨긴 끝에 병을 얻어 결국 세상을 떠나게 됩니다. 누구나 잘못을 할 수 있지만, 자신의 죄를 숨기지 않고 뉘우치고 반성하는 태도는 우리를 변화시킬 수 있답니다.

② 낙인 효과

'낙인 효과'란 개인이나 특정 집단이 부정적인 평가를 받게 되면 실제로 부정적인 행동을 하게 된다는 뜻입니다. 책 속에서는 죄를 지은 사람을 공개 재판하며 낙인을 찍었습니다. 실제로 대부분의 사람들은 낙인이 찍히게 되면 반성하고 개과천선하기보다는 좌절하고 나빠지기 마련입니다. 왕따도 일종의 낙인 효과라고 볼 수 있죠. "쟤는 원래 그런 애야", "쟤는 가까이 지내면 안 돼"처럼 낙인이 찍힌다면, 그 친구는 다른 아이들과 교류하기가 힘들어집니다. 따라서 누군가와 직접 대화해 보기 전에는 그 사람에 대해 섣불리 판단하지 않아야 합니다. 내가 직접 경험하고 판단하는 게 가장 좋기 때문이죠.

◇ 고전 속 인생의 한 문장 ◇

"둥근 마법 지대는 주홍 글씨가 숙명적으로 그것을 달고 있는 장본인을 감싸고 있는 도덕적인 고독을 보여주는 강력한 표상이었다."

▶ 헤스터를 처음 만난 사람들은 주홍 글씨를 보고 '죄를 저지른 사람'이라는 편견을 가지게 됩니다. 그리고 헤스터를 둘러싸고 있는 둥근 마법 지대에는 그 누구도 섣불리 다가오지 않습니다.

"대중이란 기질적으로 폭군이다. 반면 대중의 관대성에 호소하면 폭군이 탄원을 좋아하듯 대중은 공정 이상의 것을 허용해 줄 때가 많다."

▶ 여럿이 모이면 잘못된 판단을 하기 쉽다는 의미의 문장입니다. 혼자서는 불가능한 일도 여럿이 모이면 크게 두렵지 않습니다. 책임이 분산되기 때문이죠.

"주홍 글씨는 다른 여성들이 감히 밟을 수 없는 곳으로 찾아가도 좋다는 통행권과 같았다. 치욕, 절망, 고독 이런 것들이 그녀에게는 스승이었다."

▶ 대부분의 종교는 누구나 죄를 지을 수 있다고 말합니다. 하지만 죄를 인정하고 뉘우치는 자만이 구원을 얻을 수 있죠. 헤스터는 자신의 죄를 반성하며 용기를 얻고 자신의 삶을 살게 됩니다.

고전으로 생각 넓히기

다음 질문들에 관해 고민해 보는 시간을 가져 보세요.

① 헤스터 프린의 가슴에 A를 새긴 행동은 정당한가요?

② 딤스데일은 왜 모든 것을 버리고 떠나지 않았을까요?

③ 나에게 찍힌 보이지 않는 낙인을 지우려면 어떻게 해야 할까요?

16
홍길동전

허균
(1569–1618)

아버지를 아버지라 부르지 못하고, 형을 형이라 부르지 못하니

허균은 5세 무렵부터 글을 배워 9세에 이미 시를 짓기 시작했습니다. 26세에 과거에 급제한 후 여러 관직을 거쳐 황해도사에 제수_{추천의 절차}를 밟지 않고 임금이 직접 벼슬을 내리는 것되지만 얼마 후 파직되고 맙니다. 서울에서 기생을 데리고 와서 살고 청탁을 일삼았기 때문이죠. 이후 다시 관직에 몸을 담지만, 불교를 숭상한다는 이유로 다시 쫓겨납니다. 명나라 사신 접대에 종사관으로 이름을 떨치고, 명나라에도 여러 번 다녀옵니다. 허균은 광해군 때인 1618년 반란을 꿈꾸다 처형을 당하며 생을 마감합니다. 『홍길동전』은 신분제도에 대한 허균의 비판적인 생각이 드러난 작품입니다.

조선 세종 때 재상을 지낸 홍 판서의 둘째 아들로 태어난 홍길동은 몸종의 아들이었기에 제대로 된 대접을 받지 못합니다. 아버지가 양반이었지만 출생의 한계로 인해 과거를 볼 자격조차 주어지지 않습니다. 당시는 서자양반과 양민 여성 사이에서 낳은 아들에 대한 차별이 무척이나 심한 사회였기에, 서자는 아무리 똑똑하고 무예가 출중하더라도 본인의 뜻을 펼칠 수 없었죠. 길동은 아버지를 대감마님이라고 불렀고, 형을 도련님이라고 불러야 했습니다. 이를 안타까워한 홍 판서는 길동에게 많은 책을 읽게 해 주었습니다. 뛰어난 두뇌를 지닌 길동은 한 번 읽은 책의 모든 내용을 다 이해하고 외워 적용할 수도 있었죠.

어느 날 밤 혼자 시간을 보내던 길동을 보고 홍 판서가 다가옵니다. 늦은 밤까지 자지 않고 서성이던 길동은 이야기합니다. "아버지를 아버지라 부르지 못하고 형을 형이라 부르지 못해 서럽습니다"라고 말이죠. 그러자 홍 판서는 길동을 꾸짖으며 "서자들은 모두 그렇게 사는 거다. 다시는 그런 이야기를 하지 말아라"라고 말합니다. 이는 길동의 말이 엄격한 신분제 사회였던 당시에는 해선 안 될 말이었기 때문이죠.

이후 홍 판서의 집에 기생 초란이 첩으로 들어옵니다. 초란은 같은 종 출신인 길동과 길동의 어머니를 없애고 싶어 하죠. 그래서 거짓 소문을 퍼트리고 길동을 제거하기 위해 자객까지 보냅니다. 이를 미리 눈치챈 길동은 도술로 자객을 물리친 뒤 부모님을 찾아가 작별 인사를 고하고 세상을 떠돌아다니게 됩니다. 그러던 중 과도한 세금으로 인해 땅을 빼앗긴 사람들이 산속으로 들어가 힘들게 밭을 일구며 살아가는 것을 보고 안타까워합니다. 이에 길동은 산적의 우두머리가 되고, 그 산적 무리는 세력이 점차 커져 '활빈당'이라는 이름으로 불립니다. 활빈당은 백성들에게 과도한 세금을 부과한 관리들을 벌하고 재물을 빼앗아 돌려줍니다. 이 소문을 들은 조정에서 홍길동을 잡기 위해 군인들을 보내지만 실패합니다. 아버지 홍 판서와 길동의 형을 이용해 홍길동을 붙잡지만 도술로 다시 탈출하고 말죠. 결국 홍길동을 병조 판서로 임명하면서 홍길동을 잡는 작전은 끝이 납니다. 길동은 임금님께 자신의 평생 한을 풀어 주셔서 감사하다는 인사를 남기고 사라집니다. 이후 길동은 어머니와 활빈당 무리들을 이끌고 율도국으로 건너갔고, 율도국의 왕이 된 길동은 이상적인 정치를 펼치며 태평성대를 누립니다.

◇ 책의 배경 엿보기 ◇

『홍길동전』은 우리나라 최초의 한글 소설입니다. 작품이 쓰인 시대는 광해군의 폭정으로 인해 정치적으로 어수선하고 백성들은 굶주림에 시달리던 때입니다. 또한 적서 차별본부인이 낳은 아들인 적자와 첩이 나은 아들인 서자를 차별함로 인한 문제도 심각했습니다. 허균은 이 같은 사회의 부조리를 초월적인 존재인 홍길동을 통해 타파하고 새로운 이상 사회 건설을 꿈꿉니다. 권력을 가진 자들의 재산을 도적질해 빈민들에게 나누어 주는 것도 비현실적이지만 작가가 꿈꾸는 세상이었죠.

◇ 책의 핵심 주제 및 시사점 ◇

① 사람은 누구나 평등할 권리가 있다

홍길동은 태생에 대한 차별 없이 누구나 평등한 사회를 꿈꾸었습니다. 자신의 태생적 한계를 극복하기 위해 활빈당의 우두머리가 되고, 어려운 사람들을 도와주죠. 사회 자체를 변화시키진 못하지만 율도국이라는 이상적인 나라에서 자신을 따르는 사람들과 살아가게 됩니다. 이를 통해 모두가 평등하게 사는 사회의 중요성을 드러냅니다.

② 불합리한 사회에 저항하는 홍길동

『홍길동전』은 봉건적인 계급 사회를 없애고 탐관오리를 벌하며 힘든 사람을 구하고 모두가 행복하게 살아가는 내용입니다. 즉, 불합리한 사회제도를 없애야 한다는 작가의 생각을 드러낸 책이죠. 주인공인 홍길동은 불합리한 사회에 순응하기보다는 적극적으로 문제를 해결하는 모습을 보입니다. 상황을 탓하기보다 자신의 능력으로 위기를 벗어납니다. 누구나 원치 않는 일이나 불합리한 상황과 마주할 수 있어요. 이럴 때 홍길동처럼 문제 해결을 위해 열심히 노력하다 보면 내게 주어진 어떤 문제도 해결할 수 있답니다.

◇ 고전 속 인생의 한 문장 ◇

"다만 평생 서러운 것은 아버지를 아버지라 부를 수도 없고, 형을 형이라 부를 수도 없는 것입니다."

▶ 홍길동은 늦은 밤 눈물을 흘리며 아버지를 아버지라 부를 수도 없고, 형을 형이라 부를 수 없다고 말합니다. 당시 현실에서는 불가능한 일이었죠. 부조리한 사회를 드러내는 가장 명확하고 유명한 문장입니다.

"길동은 쉼 없이 읽고 또 읽고 깊이 생각하기를 멈추지 않았다."

▶ 홍길동은 무술뿐만 아니라 공부에서도 뛰어난 재능을 보였습니다. 노는 시간에도 글공부를 게을리하지 않았죠. 그 결과 많은 지식을 쌓았고, 이는 위기를 헤쳐 나갈 수 있는 원동력이 됩니다.

"임금께서 은혜를 베풀어 우리 가문에 벌을 내리지 않는 대신 너를 잡아 오라 하시니 스스로 나를 찾아오너라."

▶ 홍길동이 물건을 훔쳐 어려운 사람을 도와준 일은 법에 어긋나는 행동이에요. 하지만 불쌍한 백성들을 위해 한 행동이죠. 그러나 가족을 벌한다는 소식을 듣고는 스스로 관군에게 잡힙니다. '효' 사상이 잘 드러난 부분이죠.

> ### 고전으로 생각 넓히기
>
> **다음 질문들에 관해 고민해 보는 시간을 가져 보세요.**
>
> ① 사람은 왜 누구나 평등할 권리가 있을까요?
> ② 산적이 되는 것 외에 불합리한 사회를 변화시키기 위해 할 수 있는 일은 무엇이 있을까요?
> ③ 홍길동은 왜 높은 관직을 두고 율도국으로 떠났을까요?

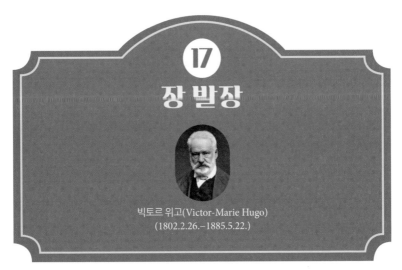

17
장 발장

빅토르 위고(Victor-Marie Hugo)
(1802.2.26.–1885.5.22.)

눈물의 빵 한 조각

작가 소개

빅토르 위고는 나폴레옹 휘하의 장군이었던 아버지 밑에서 자랐습니다. 어려서부터 문학에 뛰어난 재능을 보여 20세에 첫 시집을 발표하며 본격적으로 작품 활동을 시작, 왕성한 활동으로 1841년에는 아카데미 프랑세즈1635년에 설립된 문학 협회 회원이 됩니다. 1851년 나폴레옹 3세의 쿠데타에 반대하여 국외로 추방당한 그는 19년이 넘는 망명 생활 동안 창작에 전념하여 1862년에 『장 발장』을 발표합니다. 1870년 나폴레옹 3세가 몰락하자 파리로 돌아온 빅토르 위고는 국회의원에 당선됩니다. 80세 생일이 임시 공휴일로 지정되고, 빅토르 위고가 살았던 곳은 '빅토르 위고 거리'로 지정됩니다. 프랑스인들의 많은 사랑을 받았던 빅토르 위고의 장례식은 국장으로 치러졌습니다.

　장 발장은 굶주리는 일곱 조카를 위해 빵 하나를 훔치다가 적발되어 5년 형을 선고받고 감옥에 수감됩니다. 하지만 여러 번의 탈옥 시도로 인해 총 19년이라는 긴 시간을 감옥에서 보낸 후 가석방됩니다. 전과자인 장 발장은 갈 곳이 없어 떠돌다가 한 성당에서 숙식을 제공받게 됩니다. 하지만 평소 사람을 불신하던 장 발장은 성당의 은 식기를 도둑질하여 도망치다가 경찰에 붙잡히는데, 미리엘 주교는 화를 내기는커녕 자신이 준 은촛대는 왜 가져가지 않았냐고 말하며 감싸 줍니다.

　이 일을 계기로 새로운 사람으로 다시 태어난 장 발장은 마들렌이라는 가명으로 사업을 시작해 크게 성공하고, 빈민들을 아낌없이 돕고 베풀어 사람들의 존경을 받습니다. 시민들의 신망을 얻은 마들렌은 마침내 시장까지 됩니다. 하지만 시에 새로 부임한 경찰 자베르는 장 발장의 정체를 의심하며 뒤를 밟습니다. 여러 차례 위기를 거친 후 자베르에게서 편지가 옵니다. 그동안 시장을 장 발장으로 의심하였지만, 진짜 장 발장이 체포되었다는 내용이었죠. 장 발장은 자신 때문에 무고한 사람이 처벌을 받게 된 것에 괴로워하다 결국 법정에 출석해 자신이 진짜 장 발장임을 밝히고 다시 수감됩니다.

　이후 장 발장은 수감 중에 바다에 빠진 사람을 구하고 행방불명 처리되어 자유의 몸이 됩니다. 그리고 팡틴이라는 여인과의 약속을 지키기 위해 그녀의 딸 코제트를 찾아내어 파리로 이동하는데, 우연히 자베르와 마주치게 되어 수녀원으로 몸을 피합니다. 그러던 중 파리의 부르주아 집안 출신인 마리우스가 공원을 산책하던 중에 장 발장과 코제트를 보게 되고, 마리우스와 코제트는 운명적으로 사랑에 빠집니다. 하지만 장 발장이 마리우스를 의심해 거처를 다시 옮기며 둘은 헤어지게 되죠.

1832년 6월 라마르크 장군의 죽음으로 프랑스 혁명이 발발합니다. 코제트가 사라지고 실의에 빠진 마리우스도 참전하죠. 마리우스는 코제트에게 자신도 곧 죽을 거라는 작별 편지를 보내고, 이 편지를 읽은 장 발장은 마리우스를 구하기 위해 바리케이드로 들어갑니다. 그곳에서 큰 공을 세운 장 발장은 자베르를 처분할 권리를 얻습니다. 그동안 장 발장을 괴롭혔던 자베르는 당연히 자신이 죽을 거라 생각하지만, 장 발장이 자신을 풀어 주자 큰 혼란에 빠지게 됩니다. 하지만 이내 혁명을 위해 세워 놓은 바리케이드가 무너지고 혁명에 참여했던 사람들 대부분이 죽음을 맞이합니다. 장 발장은 혼수 상태의 마리우스를 구해 탈출하던 중 자베르에게 붙잡힙니다. 장 발장은 자베르에게 마리우스는 데려다주고 자신을 체포하라고 부탁하지만 자베르는 장 발장과 마리우스 모두를 풀어 줍니다. 자신의 가치와 신념이 흔들린 자베르는 자살로 생을 마감합니다.

다행히 건강을 회복한 마리우스는 코제트와 결혼을 하게 됩니다. 장

발장은 자신은 죄인이기 때문에 그들의 행복을 함께할 수 없다고 생각해 멀리 떠나고, 건강은 점차 나빠집니다. 마리우스는 장 발장이 어떤 사람인지, 그리고 자신을 어떻게 구했는지 알게 됩니다. 마리우스는 코제트와 함께 장 발장을 찾아가고, 장 발장은 그들의 품에서 평온한 죽음을 맞이합니다.

◇ 책의 배경 엿보기 ◇

이 책의 배경은 혼란스러웠던 19세기 프랑스입니다. 1789년 발발한 프랑스 대혁명으로 절대 왕정이 해체되고 공화국이 선포됩니다. 하지만 끝없는 전쟁과 내전으로 어지러웠던 상황에서 1799년 군인 출신의 나폴레옹이 쿠데타를 일으켜 제1통령으로 취임합니다. 이후에도 이어진 외국과의 긴 전쟁 끝에 워털루 전쟁에서 패한 나폴레옹이 물러나게 되고, 1815년 루이 16세의 동생인 루이 18세가 돌아옵니다. 긴 혁명으로 얻어낸 결과였지만 루이 18세가 돌아오고 사회는 다시 통제되기 시작합니다. 그 결과 1830년 7월 다시 한번 혁명이 발발하고, 왕족이지만 프랑스 혁명을 지지했던 루이 필리프가 새롭게 왕위에 오르죠. 하지만 루이 필리프는 막상 왕위에 오르자 다른 마음을 먹고, 노동자와 하층민은 점점 더 살기 힘들어집니다. 결국 1832년 6월 5일 공화주의 정치인이었던 라마르크의 장례식을 계기로 폭동이 발생하고, 마리우스와 장 발장은 이 폭동에 참여하게 된 것입니다. 안타깝게도 2일 만에 사상자 800여 명이 발생하며 폭동은 진압되었지만, 이 사건은 이후에 발생한 혁명들에 큰 영향을 미칩니다.

◇ 책의 핵심 주제 및 시사점 ◇

① 불완전한 사회에 대한 비판

프랑스 혁명은 현실이 지옥으로 변해 버린 시대를 벗어나고자 하는 몸부림이었습니다. 하지만 혁명 이후에도 굶주림은 해결되지 않았고, 오히려 물가는 치솟고 전염병이 창궐합니다. 장 발장은 이 시기에 빵 하나를 훔쳤다가 긴 수감 생활을 하게 되는데, 이는 먹을 것이 없어 도둑질을 해야 했던 노동자들의 슬픈 현실을 드러냅니다. 또한, 미천한 장 발장이 시장이 되는 과정을 통해 계급과 관계없이 누구든 소중한 존재이며 그 가치를 지녔다는 점을 드러냅니다.

② 사랑과 관용의 힘

현실을 비관하고 사람을 불신하던 장 발장은 미리엘 교주의 관용으로 변화합니다. 장 발장은 친딸이 아닌 코제트를 사랑으로 돌봐 주죠. 자신의 일에 최선을 다했던 자베르도 장 발장의 관용에 신념이 흔들립니다. 그리고 마리우스와 코제트는 서로에 대한 사랑으로 힘든 역경을 이겨내고 결국 함께하게 됩니다. 이처럼 사랑과 관용은 어려운 역경을 이겨내고, 모두를 행복하게 만드는 힘이 있습니다.

◇ 고전 속 인생의 한 문장 ◇

"내 인생은 이길 수가 없는 전쟁이었지. 사슬에 묶어 죽게 내버려 뒀어."

▶ 장 발장이 미리엘 주교의 관용으로 가치관의 혼란을 느끼는 대사입니다. 그리고 타락한 자신의 모습을 보며 뜨거운 눈물을 흘립니다. 세상에 대한 분노가 관용과 사랑으로 변하게 되는 결정적인 대사입니다.

"떠나게. 자넨 자유야. 자네를 원망하지 않아. 자네는 자네 임무를 다했을 뿐이니깐."

▶ 장 발장은 평생 자신을 괴롭힌 자베르 경감을 처형하지 않고 풀어 줍니다. 분노에 가득 찬 장 발장이었다면 자베르를 죽였겠지만, 마음을 고쳐먹은 장 발장은 달랐죠. 총 대신 자비와 관용으로 사람을 대하는 따뜻한 마음이 느껴집니다.

"인간은 스스로의 짐인 동시에 유혹인 육신을 지니고 있다. 인간은 그것을 짊어지고 다니며 그것에 끌려다닌다."

▶ 인간의 행동은 완벽할 수 없다는 것을 표현한 문장입니다. 누구든 크고 작은 죄를 지을 수 있기에 관용이 필요합니다. 특히 사회의 무거운 짐 아래에서는 누구나 죄인이 될 수 있죠. 관용은 장 발장처럼 큰 변화를 만들어 낼 수도 있습니다.

고전으로 생각 넓히기

다음 질문들에 관해 고민해 보는 시간을 가져 보세요.

① 먹을 것이 없어 빵을 훔친 장 발장은 유죄인가요?
② 무고한 사람이 나 대신 체포되었다면, 여러분은 어떻게 할 건가요?
③ 자베르는 왜 자살로 생을 마감했을까요?

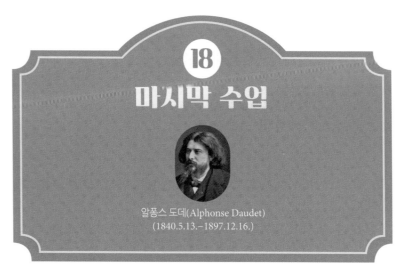

18 마지막 수업

알퐁스 도데(Alphonse Daudet)
(1840.5.13.–1897.12.16.)

소중한 내 나라

작가 소개

프랑스 남동부 님에서 태어난 알퐁스 도데는 리옹의 고등중학교에 들어갔으나 집안 사정으로 중퇴하고 알레스에 있는 중학교에서 교사로 일을 하게 됩니다. 이후 1857년 프랑스 파리에 가서 문학에 본격적으로 빠져듭니다. 1년 만에 시집 『연인들』을 발표하며 기자 일을 하게 되고, 모르니 후작의 비서로도 취직하면서 좀 더 안정적인 환경에서 글을 쓰게 됩니다. 1866년 단편 소설을 모아놓은 『방앗간 소식』을 발표하는데, 여기에는 「마지막 수업」 외에도 서정적인 문체와 아름다운 묘사로 유명한 「별」이 들어 있습니다. 알퐁스 도데의 작품 대부분은 서정적인 문체로 쓰였으며, 더불어 불행한 사람들에 대한 안타까운 마음과 고향에 대한 애향심을 드러낸 작품들이 많습니다.

줄거리

프랑스 알자스의 시골 마을에 사는 프란츠는 공부와는 거리가 먼 소년입니다. 늘 학교 가는 게 싫었지만, 그날은 선생님이 프랑스어 문법 문제를 물어본다고 하셨기에 특히나 가기 싫었죠. 그래서 느지막이 학교에 갔는데, 교실 안이 이상하리만치 조용합니다. 지각하면 맨날 혼내던 아멜 선생님도 차분히 자리에 앉으라고 말씀하시죠. 교실 뒤쪽에는 마을 어른들이 앉아 계셨고, 선생님은 정장을 입고 교단에 서 계셨습니다. 그리고 아멜 선생님은 오늘이 프랑스어로 하는 마지막 수업이라고 말씀하시죠. 왜냐하면 알자스 지방의 학교에서는 독일어만 가르치라는 명령이 베를린에서 내려왔기 때문입니다. 프란츠는 프랑스어를 배우지 못한다는 사실에 깜짝 놀라며, 그동안 공부를 열심히 하지 않은 자신을 자책합니다. 수업 시간이 되어 선생님은 프란츠에게 어제 물어본다고 하셨던 프랑스어 문법 문제를 질문합니다. 하지만 공부를 전혀 하지 않은 프란츠는 첫음절조차도 쉽사리 대답할 수 없었습니다. 평소라면 크게 혼이 났겠지만, 아멜 선생님은 오히려 프란츠를 다독여 줍니다. 그러고는 프랑스어를 잊지 않으면 다른 나라의 지배를 받더라도 영원히 빼앗기지는 않는다고 말씀하십니다. 또한 프랑스어를 잘 지키면 스스로 손에 감옥의 열쇠를 쥐고 있는 것과 다를 바 없다고 덧붙이시죠.

그제야 프란츠는 마을 어른들이 교실 뒤에 앉아 있는 이유가 이해됩니다. 지난 40년 동안 열심히 가르쳐 주신 선생님께 감사하고 잃어버린 조국에 경의를 표하기 위함이었죠. 아멜 선생님은 이어서 프랑스어의 우수성과 역사에 대해 열심히 수업을 하셨고, 친구들과 마을 주민들은 모두 집중해서 하나라도 더 배우려고 귀 기울였습니다. 그리고 수업이 끝나기 전 마지막으로 프랑스어 노래를 큰 소리로 불렀습니다 성당의 괘종시계가 12시를 알리자 훈련을 미치고 놀아오는 군인들의 나팔소리가 들려옵니다. 창백한 얼굴로 교단에 서 있던 아멜 선생님은 차마 말을 잇지 못하며 "VIVE LA FRANCE!!(프랑스 만세!!)"라는 문장을 칠판에 씁니다. 그리고 몸을 벽에 기댄 채 손짓으로 수업이 끝났음을 알려 주며 이야기는 끝납니다.

◇ 책의 배경 엿보기 ◇

책의 배경인 알자스-로렌 지역은 독일과 프랑스가 국경을 맞대고 있는 지역입니다. 애니메이션 「하울의 움직이는 성」의 배경이 된 곳이기도 하죠. 라인강을 끼고 있는 곳이라 프랑스와 독일은 서로 이 지역을 탐냈습니다. 원래는 로마제국의 영토였지만, 1648년에 프랑스 땅으로 병합됩니다. 이후 1870년에 발생한 프랑스와 프로이센의 전쟁으로 1871년 이 지역은 독일 땅이 됩니다. 이후에도 프랑스 땅이 되었다가 다시 독일 땅이 되는 것을 거친 후, 현재는 프랑스의 영토로 되어 있습니다. 이곳은 현재 프랑스와 독일 문화가 공존하는 국경도시로 많은 관광객이 찾고 있습니다. 「마지막 수업」은 1870년 프로이센 전쟁 중 독일에게 땅을 빼앗긴 상황을 배경으로 합니다.

◇ 책의 핵심 주제 및 시사점 ◇

① 식민 지배의 아픔과 억압된 현실

프랑스 알자스-로렌 지역은 독일에 땅을 빼앗겨 프랑스어 교육이 금지됩니다. 우리나라에도 비슷한 역사가 있었죠. 바로 1910년부터 1945년까지 일본에 나라를 빼앗겼던 일제 강점기 시기입니다. 일본은 우리의 민족정신을 말살시키고자 '조선교육령'을 공포하여 한국사를 왜곡하고 일제 강점기를 정당화하는 교육을 실시하였죠. 더불어 한글 사용을 금지하고 일본어로만 수업을 하게 한 바 있습니다. 우리에게 이 소설이 좀 더 마음에 와닿는 이유입니다.

② 언어를 잃은 국가는 미래가 없다

지금의 한글날이 일제 강점기 시대인 1926년에 '가갸날'로 처음 만들어졌다는 사실을 알고 계신가요? 한글학자인 주시경이 만든 '조선어연구회'가 주도적인 역할을 했죠. 주시경은 우리말과 우리글을 연구했어요. 나라를 빼앗겼지만 우리 민족의 정신인 언어를 잃으면 안 된다고 생각했기 때문이죠. 조선어연구회는 1931년 '조선어학회'로 이름을 변경한 후 '조선어사전편찬회'를 만들어 국어사전을 만들고자 노력했으며, 맞춤법과 외래어 표기법도 지속적으로 연구했어요. 조선어학회는 오늘날 '한글학회'로 이어져 지금까지도 활발한 활동을 하고 있습니다. 그 결과 우리는 나라를 되찾고, '한글'이라는 고유한 언어로 세계 사회에서 주도적인 역할을 할 수 있게 되었습니다.

◇ 고전 속 인생의 한 문장 ◇

"한 국민이 다른 나라의 노예가 된다고 해도 자기 나라말을 잊지 않고 간직하면 그 감옥의 열쇠를 가지고 있는 것과 같다."

▶ 다른 나라의 지배를 받더라도 나라말을 잊지 않는다면 결국 나라를 되찾을 수 있다는 뜻이에요. 나라말을 계속 사용한다면 민족의 정신과 역사를 함께 공유할 수 있어 똘똘 뭉치는 데 큰 힘이 되기 때문이에요.

"오늘 할 공부를 내일로 미루었던 것이 우리 알자스의 큰 불행이었어."

▶ 나라를 빼앗기고 나서 드는 후회의 감정을 비유적으로 표현했어요. 공부를 미루지 않았다면 프랑스어를 온전히 배웠을 테고, 훈련을 미루지 않았다면 나라를 안 빼앗기지 않았을까 하는 작가의 생각을 문장에 드러낸 것이죠.

"수업은 끝났습니다. 모두 돌아가세요."

▶ 작가의 안타까운 마음이 드러나는 문장이에요. 이제 12시가 되었으니 모두 돌아가라는 말 외에는 할 수 없는 슬픈 상황을 표현했어요.

고전으로 생각 넓히기

다음 질문들에 관해 고민해 보는 시간을 가져 보세요.

① 우리나라의 언어인 '한글'이 사라진다면 어떤 일이 벌어질까요?

② 프란츠처럼 후회하지 않으려면 평소에 어떻게 생활해야 할까요?

③ 소중한 우리 한글을 어떻게 사용해야 할까요?

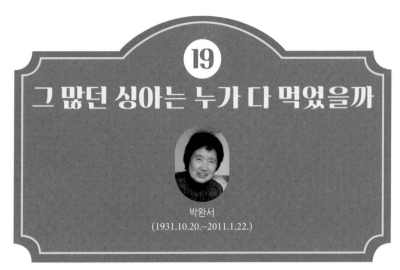

19

그 많던 싱아는 누가 다 먹었을까

박완서
(1931.10.20.–2011.1.22.)

소설로 그린 한국 근현대사의 자화상

   박완서는 1931년 10월 20일 경기도 개풍군 청교면 묵송리 박적골에서 태어났습니다. 1934년 아버지가 돌아가신 후 자녀 교육에 관심 많았던 어머니의 영향으로 서울로 이주해 학업을 이어 나갔습니다. 1950년 서울대학교 국어국문학과에 입학하였으나, 5일 후 한국전쟁이 발발하여 학업을 중단했습니다. 이후 결혼해 아들 1명, 딸 4명을 낳아 기르다 40세에 여성동아 장편소설 분야에 『나목』이란 작품으로 당선되어 등단하게 됩니다. 늦은 나이에 등단하였지만 왕성한 작품 활동으로 수많은 작품을 남기는데, 사회 문제를 비판하거나 우리 삶의 실체를 드러내는 작품들을 많이 남겼습니다. 수많은 수상 경력에 빛나는 박완서 작가는 한국 현대소설에서 손꼽히는 인물입니다.

주인공 '나'는 경기도 개풍군 청교면 묵송리 박적골에서 태어났습니다. 마을에는 18·19가족이 모여 살았는데, 소작농은 따로 없고 대부분 자기 땅에서 농사짓는 사람들이었습니다. 대부분 비슷하게 살았기에 빈부격차를 잘 모르면서 컸지만, 할아버지는 우리 집만 양반이고 다른 집은 다 상것이라고 하셨습니다. 세 살 때 아버지가 돌아가신 나에게 할아버지의 존재는 무척이나 컸습니다. 그런 할아버지가 건강이 나빠지자 나는 큰 충격을 받았습니다. 엄마는 오빠의 뒷바라지를 위해 나를 남겨 두고 서울로 갔습니다. 엄마는 시골살이에 신물이 난 것처럼 보였습니다. 건강했던 아버지가 복통으로 쓰러졌는데, 병원은 가 보지도 못하고 한약과 무당집 푸닥거리로 고치려다 결국 맹장염으로 세상을 떠났기 때문입니다.

몇 년이 흐른 후 나도 소학교에 입학하기 위해 서울로 가게 됩니다. 우리가 도착한 개성역은 내가 살던 곳과 달리 복잡하고 시끌시끌했습니다. 우리는 현저동 꼭대기집 문간방에 세 들어 살았는데, 화장실은 주인과 겹치면 안 되고 주인집 아이와는 놀면 안 된다고 했습니다. 엄마가 열심히 공부시켜 준 덕분에 나는 소학교 시험에 합격했습니다. 먼 통학길은 언제나 혼자였고, 학교에서는 일본어로 공부를 했습니다. 선

생님은 공평하려고 애써 주시는 것 같았지만, 항상 소외된 느낌을 받았습니다. 길에 있는 아카시아꽃을 먹어 보니 맛이 역겨웠습니다. 나는 고향에서 먹던 새콤달콤한 싱아

가 그리워졌습니다. 엄마는 무당이라면 질색했지만, 나는 굿 구경 다니면서 얻어먹는 것을 좋아했습니다. 엄마는 그럴 때면 이 동네를 저주하곤 했습니다.

　오빠가 총독부에 취직하여 돈을 벌기 시작했고, 6개월 후에는 와타나베 철공소에서 일했는데 월급이 백 원이 넘었습니다. 집을 사는 데 충분한 돈을 모으진 못했지만, 내가 주인집 딸을 할퀴어 상처를 낸 소동 이후로 무리를 해서 이사하게 되었습니다. 사대문 안으로 들어가진 못했지만 생활은 조금 나아졌습니다. 전쟁이 심해지며 쌀, 고무신, 운동화도 배급제로 바뀌었습니다. 일본의 패색이 짙어지면서 조선 청년들을 징병제로 데려가기 시작했습니다. 오빠는 시골에 가서 농사를 짓겠다고 하였고, 결혼할 여자가 있는데 늑막염 환자였습니다. 늑막염은 폐결핵으로 이어지는 무서운 질병입니다. 이후 일본이 패망하고 해방이 되었습니다. 개성에는 처음에는 미군이 주둔하였다가 소련군이 들어왔습니다. 다시 서울로 돌아와 작은 숙부의 도움을 받아 집값이 제일 비싼 광화문 근처 신문로에 집을 샀습니다. 드디어 사대문 안 사람이 되었습니다. 나는 세계의 다양한 문학 작품에 푹 빠져 생활했습니다. 하지만 안타깝게도 올케는 세상을 떠나버리고 말았습니다. 올케가 죽은 후 오빠는 말수도 적어지고, 누군가를 비난하는 표어를 만들어 밤에 붙이고 다녔습니다. 도망 다니던 오빠는 엄마의 간청과 숙부의 도움으로 집으로 돌아옵니다. 길에서는 좌우익의 대립으로 인해 시위가 끊이질 않았습니다. 이후 집을 다시 팔게 되었고 1년마다 이사를 다녔습니다. 오빠는 다른 여자를 만나 아들을 낳아 길렀습니다. 오빠는 교사로 취직하였고, 나는 서울대학교 국문과에 합격했습니다. 이후 6·25 전쟁이 발발했고 민청^{북한의 근로 단체}은 우리에게 반동분자^{진보적인 움직임을 가로막는 행동을} ^{하는 사람}의 명단을 복사하거나 김일성 수령에 열광하는 행동을 강요했습니다. 우리 집은 거물급 빨갱이 집^{인으로} 인식되었고 괴로운 시간을 보내게 되었습니다. 다리에 총을 맞은 오빠를 데리고 피난을 가기는 불가능해 가짜 피난을 가기로 결정하고 텅 빈 서울을 바라봅니다. 그리고 언젠가 이 모든 것을 내 손으로 기록하게 되리라는 생각이 스쳐 지나갔습니다.

◇ 책의 배경 엿보기 ◇

이 책은 일제 강점기와 과도기, 6·25 전쟁으로 이어지는 한국 근현대사를 자화상을 그리듯이 쓴 자전적 소설입니다. 작가가 직접 겪은 경험을 토대로 쓴 글이기에, 당시 사람들의 삶과 시대적 상황, 고난과 시련이 모두 담겨져 있습니다. 대한민국은 6·25 전쟁이 발발하기 전 이념의 대립으로 큰 사회적 혼란을 겪었습니다. 서로 자신이 옳다며 상대방을 음해하거나 목숨을 잃게 만드는 일도 발생하였습니다. 결국, 좌우의 대립은 우리나라를 둘로 쪼개놓는 비극으로 이어졌고, 우리나라는 지금까지 분단국가로 남아 있습니다. 민족의 역사에 대해 바르게 이해하고, 실수는 되풀이하지 않는다는 마음가짐을 꼭 지녀야 하겠습니다.

◇ 책의 핵심 주제 및 시사점 ◇

① 잃어버린 고향

고향 박적골에서 먹던 싱아를 서울에서는 볼 수 없었습니다. 상큼한 싱아 대신 느끼한 아카시아만 있었습니다. 길에서 들에서 배고픔을 채워 주던 싱아가 사라지고, 외국에서 들어온 아카시아가 그 자리를 대신 메우고 있었습니다. 싱아처럼 사라져 버린 것들이 무척이나 많습니다. 일제 강점기와 6·25 전쟁으로 인해 우리 민족의 고유한 풍속, 문화, 전통들이 모조리 변화하게 됩니다. 새로 생겨난 것들로 인한 변화는 당연하지만, 외세의 영향으로 바뀌게 된 것은 무척이나 아쉬운 점입니다.

② 이념의 대립

1945년 일본의 무조건 항복으로 인해 우리나라는 광복을 맞이합니다. 해방 직후 일본의 잔재를 몰아내기 위해 북쪽에는 소련군이, 남쪽에는 미군이 주둔하면서 자연스럽게 북한에는 공산주의가, 남한에는 자본주의가 국가 이념으로 자리 잡게 됩니다. 그 결과 6·25 전쟁이 발발하였고 같은 민족끼리 죽고 죽이는 동족상잔의 비극이 벌어집니다. 남한에서만 무려 40만 명에 가까운 사상자가 발생하였고, 전쟁고아·이산가족 등의 문제가 생겨납니다.

◇ 고전 속 인생의 한 문장 ◇

"책을 읽다가 문득 창밖의 하늘이나 녹음을 보면 줄곧 봐 온 범상한 그것들이 곧 전혀 다르게 보였다. 나는 사문외 그린 낯섦에 황홀한 희열을 느꼈다."

 작가는 도서관이 자신의 어린 날에 찬란한 빛이었다고 말합니다. 책을 읽는 재미는 책 속에 있지 않고 책 밖에 있습니다. 책을 읽으면 세상이 새롭게 보이기 때문이죠.

"다들 잊어버린 사소한 버릇이나 일화까지를 어른 되고 시집간 후에도 기억하고 있어서 기억력 좋다는 소리를 들었지만, 나는 그게 기억력의 문제가 아니라 애정 때문이라고 생각한다."

 작가는 할아버지를 떠나보내고 자잘한 기억까지 모두 간직하고 있는데, 기억력이 좋아서 그런 게 아니라 애정이 많았기 때문이라고 말하죠. 누군가에 대한 애정은 사소한 추억도 평생 기억에 남게 해 주죠.

"엄마는 우리가 가난하니까 사는 건 문밖에 살아도 할 수 없지만 학교는 문안에 있는 좋은 학교에 가야 한다고 했다."

▶ 자식 교육에 대한 열정은 예나 지금이나 큰 변화가 없습니다. 자녀에게 좀 더 좋은 것을 해 주고 싶은 것이 모든 부모의 마음이죠. 부모님이 우리에게 "공부해!"라고 말씀하시는 게 조금은 이해가 되나요?

고전으로 생각 넓히기

다음 질문들에 관해 고민해 보는 시간을 가져 보세요.

① 일제 강점기와 6·25 때 사람들의 삶은 어땠을까요?
② 좌우의 이념 대립으로 잃은 것은 무엇인가요?
③ 여러분에게도 주인공의 '싱아' 같은 소중한 추억의 존재가 있나요?

⑳ 난중일기

이순신
(1545.4.28.–1598.12.26.)

나라를 지킨 난세의 영웅 이순신

작가 소개

충무공 이순신은 넉넉하지 못한 양반가에서 태어나 22세에 처음으로 무예를 배우기 시작했습니다. 28세에 훈련원 별과에 응시했으나 말에서 떨어지는 사고로 탈락하고, 32세가 되어서야 관직에 나아갈 수 있었습니다. 이후 이순신은 뛰어난 정의감과 용맹함으로 전투에서 훌륭한 성과를 거둡니다. 하지만 두 번의 백의종군(白衣從軍)벼슬 없이 군대를 따라 싸움터로 감을 비롯하여 전쟁 기간 심리적, 정치적, 경제적 어려움을 겪습니다. 이순신은 나라가 어려운 시기에 나라를 위기에서 구해낸 역사적 인물입니다. 이순신의 3대 해전인 한산도 대첩, 명량해전, 노량해전은 너무도 유명하죠. 이외에도 수많은 전투를 승리로 이끈 이순신은 노량해전에서 승리와 함께 전사합니다.

이순신은 임진왜란이 발발한 해인 임진년(1592년)부터 7년 동안 『난중일기』를 써 내려 갔습니다. 『난중일기』는 군더더기 없이 간결한 기록으로 이루어진 책입니다. 일기의 첫 부분은 날씨로 시작하며, 전쟁의 상황이나 여러 장수들과의 대화 내용, 군수품, 식량, 전술 등 포괄적인 내용이 담겨 있습니다. 1592년 6월 2일의 일기를 보면 '우리 배가 둘러싸고는 서로 싸움을 벌였다. 편전과 크고 작은 승자총통을 비가 퍼붓듯 마구 쏘아 대었더니 왜장이 화살에 맞아 굴러떨어졌다'라고 쓰여 있습니다. 이순신은 일본과의 전쟁에도 많은 힘을 쏟았지만, 조정 대신들과의 관계에서도 큰 심리적인 어려움을 겪었습니다. 부패한 관리들에 대한 울분과 서러운 심경을 일기 곳곳에서 쉽게 찾아볼 수 있습니다. 또한, 이순신은 건강이 좋지 않아 자신의 건상 상태에 대해 써 놓은 부분들도 자주 눈에 띄는데, 전투 중 어깨에 입은 총상이 큰 영향을 미쳤던 것으로 추측됩니다. 1596년 3월 17일의 일기를 보면 '밤에 식은땀이 등을 흠뻑 적셨다. 옷 두 겹이 다 젖고 이부자리도 젖었다'라고 쓰여 있습니다.

어머니와 자식에 대한 애틋한 마음도 일기 곳곳에 표현되어 있습니다. 1593년 5월 4일의 일기에는 '오늘이 어머니 생신이지만 적을 토벌하는 일 때문에 가서 오래 사시기를 축수하는 술잔을 올리지 못하니 평생의 한이다'라고 쓰여 있습니다. 1597년 어머니가 사망한 같은 해에 아들도 전투에서 전사하는데, 그때의 심경이 『난중일기』에 고스란히 담겨 있습니다. 1597년 10월 14일의 일기를 보면 '내가 죽고 네가 사는 것이 마땅한데 네가 죽고 내가 살았으니 이런 어긋난 일이 어디 있을 것이냐, 천지가 캄캄하고 해조차도 빛이 변했구나'라고 쓰여 있습니다. 나라를 지킨 영웅이라도 가족을 잃은 슬픔은 모두와 다르지 않습니다.

『난중일기』는 임진왜란의 구체적인 전투 과정과 전술, 병사들의 수와 심리, 정치적인 상황 등을 모두 알 수 있는 귀중한 역사 자료로서, 유네스코 세계기록유산에도 등재되어 있습니다.

◇ 책의 배경 엿보기 ◇

임진왜란은 1592년 일본이 조선을 침략하면서 발발하여 1598년까지 이어진 전쟁입니다. 전쟁이 벌어질 당시 우리나라는 정치 세력 간 정쟁과 부실한 군사 체계로 어지러운 사회였습니다. 반면 일본은 백여 년간 지속되던 전쟁이 끝나고 도요토미 히데요시가 혼란기를 수습하고 전국시대를 통일하게 됩니다. 일본은 대륙을 침략하고자 하는 의욕으로 가득 차 조선에 통신사를 보내지만 협상이 결렬되자 바로 조선을 침공합니다. 일본군은 부산에 상륙한 지 3주 만에 한양_{당시 조선의 수도}에 도착합니다. 당시 왕이었던 선조는 한양에서 개성, 평양으로 피신합니다. 전쟁에서는 물자 공급이 필수입니다. 멀리 있는 섬에서 물자를 공급하는 것이 힘들었던 일본은 전라도를 약탈해 물길을 통해 전방의 군인들에게 물자를 공급할 계획을 세웁니다. 하지만 일본의 전략은 전라도의 수군 대장이었던 이순신에게 철저히 차단되고 조선은 기나긴 전쟁을 끝내게 됩니다.

◇ 책의 핵심 주제 및 시사점 ◇

① '난중일기'의 위상

지금으로부터 400여 년 전, 그것도 해군 사령관이 쓴 전쟁 일기는 세계적으로 찾아보기가 힘듭니다. 더구나 무려 7년이라는 긴 기간 동안 작성되었죠. 『난중일기』에는 전쟁의 상황뿐만 아니라 다양한 군 내부 인물들 사이의 갈등이나 정세도 상세히 기록되어 있습니다. 『난중일기』는 국내뿐만 아니라 외국에서도 널리 읽히고 있는데, 영국 해군의 발라드 제독은 이순신 장군을 본인 모국의 영웅인 넬슨보다 더 뛰어난 인물이라고 평가하기도 했습니다.

② 나라를 위한 희생

이순신은 임진왜란이 발발하기 훨씬 전부터 전쟁을 예측하고 준비하였습니다. 정부의 지원이 없었지만 독자적으로 화약을 만들고 군사훈련을 했죠. 또한, 권력에 무릎 꿇기보다는 자신의 신념을 올곧이 펼쳤습니다. 이 때문에 누명을 쓰고 감옥에 갇히기도 하지만 나라를 원망하지 않았으며, 나라가 위기에 처하자 다시 국가를 위해 목숨을 바쳤습니다.

◇ 고전 속 인생의 한 문장 ◇

"필사즉생 필생즉사(必死則生 必生則死)"

▶ 이순신은 명량해전을 하루 앞두고 여러 장수들을 불러 모아 이렇게 말했습니다. '반드시 죽고자 하면 살고, 반드시 살고자 하면 죽는다'는 뜻이죠. 그만큼 마음을 단단히 먹으면 살아남아 전쟁에서 승리할 수 있다는 이야기입니다.

"물령망동 정중여산(勿令妄動 靜重如山)"

▶ 이순신이 옥포해전에서 우왕좌왕하는 병사들을 보며 한 말로, '경거망동하지 말고 태산처럼 무겁게 행동하라'는 뜻입니다. 그리고 결국 훌륭한 리더십과 침착함이 전투를 승리로 이끕니다.

"전방급 신물언아사(戰方急 愼勿言我死)"

▶ '나의 죽음을 적에게 알리지 말라'라는 말입니다. 전쟁에서 지휘관의 사망은 전투의 패배로 이어지기 쉽습니다. 자신의 목숨을 바치면서까지 나라를 지키기 위해 애쓴 호국 정신을 엿볼 수 있습니다.

고전으로 생각 넓히기

다음 질문들에 관해 고민해 보는 시간을 가져 보세요.

① 내가 이순신이었다면, 12척의 배로 300척이 넘는 일본 배와 전투를 할 수 있었을까요?
② 나라를 위해 목숨을 바친 위인들에게 어떤 마음을 가져야 할까요?
③ 태산처럼 무겁게(차분하게) 행동하면 좋을 상황은 언제일까요?

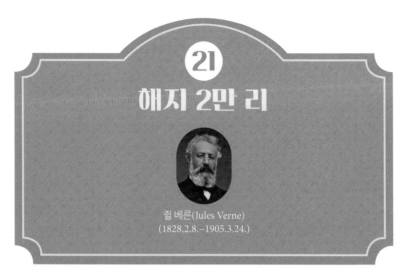

②1 해저 2만 리

쥘 베른(Jules Verne)
(1828.2.8.–1905.3.24.)

신비한 바닷속으로 떠나는 모험

작가 소개

쥘 베른은 1828년 프랑스의 항구도시 낭트 인근의 섬에서 태어났습니다. 어린 시절부터 모험소설을 즐겨 읽었으며, 가족들 몰래 인도로 가는 배에 탔다가 붙잡혀 돌아온 일화도 있습니다. 1863년 발표한 『5주간의 기구 여행』이 큰 인기를 끌며 인기 작가의 반열에 오르게 됩니다. 그는 '기이한 여행'이라는 시리즈로 수많은 소설을 출간하는데, 우리에게도 친숙한 작품인 『80일간의 세계 일주』, 『해저 2만 리』 등이 포함되어 있습니다. 쥘 베른은 평생 60여 편이 넘는 장편소설을 남겼으며, 잠수함이나 우주선 등 공상과학과 관련된 작품을 다수 남겨 '공상과학 소설의 아버지'라고 불리고 있습니다. 그의 책 속에 등장하는 상상의 물건들 중에는 실제로 만들어져 사용 중인 것들도 많습니다.

1866년 전 세계의 바다에서 정체를 알 수 없는 바다 괴물의 공격을 받아 배가 침몰하는 사건이 빈번하게 발생합니다. 100미터가 넘는 고래가 발견되었다는 소식도 함께 들리죠. 프랑스의 해양생물학자 아로낙스 교수와 그의 조수 콩세유는 미국 정부로부터 괴물을 잡아 없애는 것을 도와 달라는 편지를 받고 미 해군의 링컨함에 승선하게 됩니다. 아로낙스 교수와 콩세유, 고래 사냥꾼 네드는 3개월 넘게 북태평양을 이 잡듯이 뒤졌지만 허탕만 치죠. 하지만 수색을 포기하고 돌아가기로 결정한 마지막 밤에 커다란 괴물과 부딪히게 됩니다.

아로낙스 박사 일행은 바다에 휩쓸려 떠다니다 괴물의 등 위에 도착하죠. 신기하게도 괴물의 등은 쇠처럼 단단했습니다. 알고 보니 바다 괴물의 정체는 최첨단 기술로 제작된 거대한 잠수함 '노틸러스호'였습니다. 정신을 차려 보니 일행은 노틸러스호 안에 들어와 있었고, 비교적 자유로운 포로가 되었습니다. 잠수함 안에는 네모 선장과 승무원들이 있었습니다. 네모 선장은 친절했지만 그의 명령은 절대적이었고, 무조건 따라야 했습니다. 그는 아로낙스 일행에게 절대 육지로 데려다줄 수 없다고 말하며 잠수함을 타고 함께 생활할 것을 명하였습니다. 노틸러스호에서의 생활은 생각보다 풍족하였고 무척이나 신비로웠습니다. 잠수함 내부의 시설은 평생 생활하기에도 부족함이 없었고, 수많은 예술 작품과 과학 장비, 서적, 바다 생물의 견본 등이 있었습니다.

네모 선장과 일행은 해저를 산책하던 중 상어를 만나기도 하고, 토레스 해협을 건너가다 암초에 걸려 위기에 처하기도 합니다. 또한 거대한 조개에 손을 물릴 뻔하기도 하고, 상어의 공격으로부터 힘을 합쳐 인도인 잠수부를 구하기도 하죠. 대서양에 도착하자 아로낙스 일행은 탈출을 감행하기로 하지만 1702년에 침몰한 에스파냐 보물선이 있는 곳에서 보물을 실어 나르느라 때를 놓칩니다. 밤 11시경 네모 선장은 바다 산책을 제안합니다. 그곳에는 전설의 도시 아틀란티스가 있었습니다. 아틀란티스의 아름다움을 즐긴 후 잠수함으로 돌아가 석탄을 수급하는 모습을 봅니다. 노틸러스호는 모든 것을 바닷속에서 자급자족하며 살아가는 삶 그 자체였습니다. 남극을 여행하던 중에는 빙산에 갇혀 산소가 부족해 죽을 뻔한 위기를 겪는데, 물 위로 올라와 신선한 공기를 마시며 큰 기쁨을 얻습니다. 바하마 제도에 도착해 대왕 오징어떼의 습격을 받자 선원들은 잠수함에서 내려 무기를 들고 오징어를 공격합니다. 하지만 프랑스 승무원 한 명이 오징어에게 잡혀가 모두는 큰 슬픔에 빠집니다. 아로낙스 박사는 다시 한번 육지로 돌아가고 싶다는 의견을 전달하지만 묵살당합니다.

▲ 초판 표지

노틸러스호가 유럽에 다다랐을 때 어디선가 '쾅' 하는 폭발음이 울립니다. 국적 불명의 전함의 대포 소리를 듣고 노틸러스호는 전속력으로 달려들어 전함을 침몰시킵니다. 그리고 한참의 시간이 흐른 후 아로낙스 일행은 보트로 탈출에 성공합니다. 동시에 노틸러스호는 북유럽의 바다 소용돌이에 휘말려 침몰하며 이야기는 끝이 납니다.

✧ 책의 배경 엿보기 ✧

『해저 2만 리』의 배경은 유럽의 식민지 지배가 한창이던 시대입니다. 책 속에서 네모 선장은 착취당하던 인도인 잠수부를 구하고 말합니다. "그 인도인은 억압당한 나라의 주민입니다. 나는 그 사람의 동포이고, 내 숨이 끊어지는 순간까지 그 사람의 동포일 겁니다." 네모 선장은 바 닷속에서 타인에게 크게 관여하지 않지만, 인도인에게는 달랐죠. 아마 도 네모 선장은 자신이 살던 사회에서 빈부격차, 식민지제도, 권력 투쟁 등의 불합리함에 환멸을 느껴 잠수함에 타지 않았을까요? 그리고 바닷 속에서 살며 진실한 자신의 삶을 찾으려고 노력한 것 같습니다. 노틸러 스호에 탑승하면 누구나 평등한 대우를 받게 되었습니다. 포로가 된 아 로낙스 일행도 잠수함 내부를 자유롭게 돌아다니며 숙식도 제공받고, 바닷속을 자유롭게 탐험할 수 있었죠. 이러한 설정에는 인간은 모두 평 등한 존재라는 작가의 생각이 반영되어 있습니다.

✧ 책의 핵심 주제 및 시사점 ✧

① 도전 정신

아로낙스 박사 일행은 바다 괴물의 정체를 밝히기 위한 모험에 참여 합니다. 바다 괴물은 막연하고 무서운 존재였지만, 과감히 링컨함에 탑 승하죠. 노틸러스호에 붙잡힌 후에도 두려워하기보다는 바다의 아름다 움을 느끼고, 바다 생명들을 관찰하고, 노틸러스호의 위대함을 배웁니 다. 탈출이 불가능한 상황에 낙담하거나 좌절할 수도 있었지만, 아로낙 스 박사는 긍정적으로 생각하며 바닷속 탐험을 즐깁니다. 네모 선장도 살던 곳을 떠나 잠수함에서 새로운 삶을 시작한 인물입니다. 내가 가진 모든 것을 뒤로한 채 새로운 곳으로 떠나기는 쉽지 않습니다. 하지만 네모 선장은 진정한 행복을 위해 노틸러스호에서의 새로운 삶을 선택한 것이죠.

② 뛰어난 상상력

쥘 베른이 『해저 2만 리』를 쓸 당시는 현대적 형태의 잠수함이 발명되기 전입니다. 하지만 작가는 뛰어난 상상력을 발휘해 노틸러스호의 특징들을 그려 냅니다. 인공위성, 스마트폰, 드론, 자율주행차 역시 예전에는 모두 상상 속의 제품들이었죠. 하지만 이제는 현실이 되어 우리 삶에 깊숙이 영향을 미치고 있습니다. 과학은 우리가 상상한 것을 현실로 만들어 내는 일종의 마법이죠. 여러분도 평소에 상상한 것들을 만들려고 노력해 보세요. 천재 과학자 아인슈타인도 자신의 업적의 90% 이상을 상상으로 만들어 냈죠. 다양한 책을 읽고, 만들어 보고, 표현하는 과정을 통해 여러분도 상상력을 기를 수 있답니다.

◇ 고전 속 인생의 한 문장 ◇

"모든 인간은 바로 인간이기 때문에 존중받을 가치가 있지 않습니까?"

▶ 모든 인간은 그 자체로 존중받고 차별받지 않을 권리가 있습니다. 외모에 따라 재력에 따라, 신분에 따라 다른 대접을 받는다면 무척이나 슬프겠죠?

"바다에는 전제군주라는 것이 없지요. 어떤 지배나 권력도 이 바다 밑까지는 미치지 못합니다."

▶ 노틸러스호가 탐험하는 바닷속은 어떤 권력도 영향을 미치지 못합니다. 그저 바다를 탐험하고 감탄하고 즐기면 그만이죠. 어떻게 보면 이곳이 지상낙원일 수도 있어요.

"지구는 바다에서 시작되었고, 결국 바다로 끝날지도 몰라요."

▶ 네모 선장은 바다에는 완벽한 평화가 있으며, 인간도 바닷속에서 비로소 진정한 독립이 가능하다고 말합니다. 평생을 바닷속에서 산다면 그것도 즐거운 경험이 될 것 같아요.

고전으로 생각 넓히기

다음 질문들에 관해 고민해 보는 시간을 가져 보세요.

① 노틸러스호는 소용돌이에 휘말리고 나서 어떻게 되었을까요?
② 미래에 새롭게 개발될 물건 또는 기계를 한 가지만 상상해 보세요.
③ 만약 잠수함에서 1년 동안 생활한다면, 어디를 가장 가 보고 싶나요?

어니스트 헤밍웨이(Ernest Miller Hemingway)
(1899.7.21.–1961.7.2.)

후회하지 않는 삶

어니스트 헤밍웨이는 1899년 미국 시카고 근교의 오크파크에서 의사와 예술가인 부모 사이에 태어나 유복한 어린 시절을 보냈습니다. 고등학교를 졸업한 뒤 〈캔자스 시티 스타〉에서 기자로 활동하였고, 제1차 세계대전이 발발하자 자원입대하였으나 다리에 중상을 입고 귀국합니다. 1929년 자신의 참전 경험을 토대로 『무기여 잘 있거라』를 출간하여 작가로서 큰 명성을 얻습니다. 이후 해외 특파원 및 참전 기자로 활동하며 여러 권의 책을 출간합니다. 10여 년간 낚시했던 경험을 토대로 1952년 출간한 『노인과 바다』로 1953년에 퓰리처상과 1954년에 노벨문학상을 수상하게 됩니다. 헤밍웨이는 두 차례 비행기 사고로 중상을 입은 후 작품 활동을 중단하고, 1961년 스스로 생을 마감합니다.

  평생 바다낚시를 하며 살아가는 산티아고라는 노인이 있었습니다. 노인은 조각배를 타고 고기를 잡으러 나갔는데, 벌써 84일째 아무것도 잡지 못했죠. 마을 사람들은 그런 노인을 보며 안타까워하기도 하고, 때로는 조롱하기도 했습니다. 처음 40일 동안은 같은 마을에 사는 소년 마놀린과 함께였지만, 40일이 지나도록 고기를 잡지 못하자 마놀린의 부모는 노인의 운이 다하였다며 노인의 배에 타는 것을 금지합니다. 마놀린은 결국 다른 배를 타고 낚시를 하러 다니게 되지만, 소년은 매일 노인의 출항을 도와주며 존경심을 표현했습니다. 왜냐하면 노인은 거듭된 불운으로 낚시에 실패했지만 좌절하거나 자책하지 않았고, 오히려 더 의욕적인 모습이 보였기 때문입니다.

  85일째 되는 날에도 노인은 혼자 배를 타고 바다로 나갔는데, 그날 새벽에도 마놀린이 출항 준비를 도와주었습니다. 노인은 먼바다에 자리를 잡고 마놀린이 준비해 준 정어리를 미끼로 사용해 낚시를 시작합니다. 기다림은 꽤나 길었습니다. 구름이 피어오르는 육지를 구경하기도 하고 군함새를 보기도 했습니다. 얼마나 기다렸을까, 물 위에 솟아 있던 막대기가 바닷속으로 푹 빠져 요동치기 시작했습니다. 노인은 본능적으로 큰 물고기임을 직감합니다. 낚싯줄을 한 번에 당기면 끊어질 수 있기 때문에 줄을 쥐었다 풀었다 하며 물고기가 더 깊이 물도록 유도합니다. 물고기의 힘이 얼마나 센지 배가 먼 거리를 끌려가기도 하고, 손에서 피가 나기도 하고, 물과 음식도 부족해졌지만 노인은 절대 포기하지 않았습니다. 물고기도 낚싯줄을 계속 끌어당기며 노인에게 포기할 것을 요구했죠. 하지만 노인의 끈기와 열정이 더 강했습니다. 며칠

이 지나자 물고기는 결국 조각배 근처로 오게 되었고, 노인은 배 주변을 빙빙 도는 청새치를 끌어당겨 작살로 목숨을 끊었죠. 크기가 18척^약

약
5미터이나 되는 기나란 청새치를 배에 묶고 육지로 돌아오던 중 청새치의 피 냄새를 맡은 상어가 접근합니다. 노인은 상어를 쫓아내려고 노력했지만, 상어는 청새치의 살을 한 입씩 뜯어 먹기 시작했습니다. 기나긴 상어와의 사투 끝에 한밤중에 육지에 도착하지만, 청새치는 머리와 앙상한 뼈만 남아 있을 뿐이었습니다. 노인은 피곤한 몸을 이끌고 집으로 가 잠을 청합니다.

다음 날 아침, 어부들은 산티아고의 배에 있는 커다란 청새치를 보고 감탄하며 존경스러워합니다. 하지만 마놀린은 산티아고가 상처를 입고 지친 모습을 보며 안타까워하죠. 마놀린은 노인에게 건강을 회복한 뒤

낚시를 더 가르쳐 달라고 말하고, 노인은 다시 잠이 들어 초원의 왕 사자가 되는 꿈을 꾸며 이야기는 끝이 납니다.

◇ 책의 배경 엿보기 ◇

이 책의 배경은 쿠바의 수도인 아바나입니다. 헤밍웨이는 30여 년간 쿠바에서 살았는데, 쿠바는 일 년 내내 덥고 습한 기후로 특히 한낮에는 책을 쓰기가 어려웠다고 합니다. 그래서 헤밍웨이는 책을 쓰다가도 낮이 되면 배를 타고 낚시를 하러 나가곤 했습니다. 헤밍웨이는 자신의 낚시 경험을 바탕으로 노인과 청새치의 사투를 간결한 문체로 담아냈습니다. 『무기여 잘 있거라』, 『누구를 위하여 종은 울리나』 등을 통해

작가로서 큰 명성을 얻었지만, 이후 10여 년 넘게 긴 침체기를 겪으며 '헤밍웨이는 끝났다'는 조롱을 받기도 했죠. 하지만 『노인과 바다』를 발표하며 멋지게 부활합니다.

◇ 책의 핵심 주제 및 시사점 ◇

① 결과보다 과정이 중요

노인은 바다와 하나가 되는 과정을 통해 청새치를 잡는 데 성공합니다. 때론 청새치에게 연민을 느끼기도 하지만, 이 또한 하나의 과정이라 생각하죠. 또한 힘들게 잡은 물고기를 뜯어 먹는 상어와 마주하며 또한 번 위기를 겪지만, 노인은 포기하지 않고 필사적으로 상어를 물리치려고 합니다. 결국 남은 건 청새치의 머리와 뼈밖에 없었지만, 노인은 그 과정 자체에 의미를 두죠. 노인을 비웃던 어부들도 청새치가 비록 뼈밖에 남지 않았지만, 크게 감탄하며 존경을 표합니다.

② 중요한 것은 꺾이지 않는 마음

84일 동안 낚시에 실패했다면 누구든지 좌절할 수 있습니다. 하지만 노인은 85일째에도 어김없이 출항을 하죠. 노인은 주변의 시선에 아랑곳하지 않고 자신이 세운 목표를 위해 노력합니다. 또한, 3일간의 청새치와의 사투에도 힘든 상황을 즐기며 청새치와 자연을 느끼며 버텨냅니다. 그리고 고생 끝에 조각배보다 더 큰 청새치를 낚게 되죠. 내가 하고 싶은 일이 있다면, 주변의 우려와 상황의 어려움을 모두 뛰어넘는 열정을 발휘해 보세요. 멋진 결과를 얻을 수 있을 겁니다.

"인간은 패배하도록 창조된 게 아니야. 인간은 파멸당할 수는 있을지 몰라도 패배할 수는 없어."

▶▶ 노인은 청새치와 사투를 벌이면서도 끝까지 포기하지 않습니다. 인간은 패배할 수 없으니 자신도 포기할 수 없다고 말하죠. 목표를 향해 노력하는 노인의 마음이 느껴집니다.

"노인의 모든 것이 늙거나 낡아 있었다. 하지만 두 눈만은 그렇지 않았다. 바다와 똑같은 빛깔의 파란 두 눈은 여전히 생기와 불굴의 의지로 빛나고 있었다."

▶▶ 노인의 신체는 비록 늙었지만, 정말 좋아하는 일을 만날 때만큼은 두 눈이 초롱초롱합니다. 노인의 의지와 기쁜 마음을 표현한 구절입니다.

"언제나 매번 새로 처음 하는 일이었고, 그 일을 하고 있는 순간에는 과거를 결코 생각하지 않았다."

▶▶ 노인은 84일 동안이나 낚시에 실패했지만, 매번 처음 하는 일처럼 마음을 다잡았습니다. 과거에 연연하면 앞으로 나아갈 수 없기 때문이죠.

고전으로 생각 넓히기

다음 질문들에 관해 고민해 보는 시간을 가져 보세요.

① 청새치가 뼈밖에 남지 않았습니다. 이 낚시는 성공일까요, 실패일까요?

② 84일 동안 낚시에 실패했다면, 여러분은 낚시를 계속할 건가요?

③ 왜 결과보다 과정이 더 중요하다고 이야기할까요?

23

갈매기의 꿈

리처드 바크(Richard Bach)
(1936.6.23.–)

높이 나는 새가 멀리 본다

리처드 바크는 1936년 미국 일리노이주에서 태어났습니다. 롱비치 주립대학에서 퇴학당하고 공군에 입대해 비행기 조종사가 되었습니다. 3천 시간 이상 비행한 경험이 『갈매기의 꿈』을 쓰는 데 있어 큰 원동력이 됩니다. 해변을 산책하던 리처드 바크는 문득 떠오른 영감으로 『갈매기의 꿈』을 쓰게 됩니다. 총 18군데 출판사에서 거절을 당하고, 시간이 흐른 뒤 우여곡절 끝에 1970년 뉴욕 맥밀란출판사에서 출판이 됩니다. 『갈매기의 꿈』은 출판 후 5년 만에 700만 부 이상 판매되었고, 지금까지도 전 세계에서 스테디셀러로 널리 사랑받고 있습니다. 리처드 바크는 『갈매기의 꿈』 외에도 『영원을 건너는 다리』, 『환상』, 『ONE』 등 많은 작품을 남겼습니다.

주인공인 조나단 리빙스턴은 갈매기입니다. 그런데 다른 갈매기들과는 조금 다릅니다. 다른 갈매기들은 먹이를 구하러 날아다니는 게 전부인데, 조나단은 비행하는 자체에 큰 의의를 둡니다. 조나단은 매일 어떻게 하면 새로운 비행에 도전할 수 있는지 고민하죠. 조나단의 부모님조차 그를 나무랐지만, 조나단의 의지는 쉽게 꺾이지 않았습니다. 그리고 조나단은 마침내 멋진 곡예비행을 해내게 됩니다. 조나단은 갈매기들에게 인정받기를 기대했지만, 오히려 곡예비행을 한 대가로 갈매기 무리에서 추방을 당합니다. 현실에 안주하는 갈매기들은 새로운 도전을 하고 싶어 하지 않았죠.

무리에서 추방되어 혼자 생활하던 조나단에게 갈매기 두 마리가 나타납니다. 조나단은 이들을 시험하기 위해 높은 곳으로 날아갑니다. 뒤를 돌아보니 자신과 같은 비행 속도를 유지하는 갈매기 두 마리가 보였죠. 이들은 조나단이 보통 갈매기가 아님을 눈치채고 조나단을 더 높은 곳으로, 새로운 세계로 데리고 갑니다. 새로운 세계에는 그리 많지 않은 갈매기가 있었습니다. 하지만 모두 비행의 한계를 뛰어넘은 갈매기들이었죠. 조나단은 여기서 스승 '치앙'을 만나 육체적인 한계뿐만 아니라 정신적인 한계를 초월하는 것이 필요하다는 것을 배웁니다. 조나단은 스스로 생각하고 믿으면 무슨 일이든 해낼 수 있다는 마음가짐을 가지게 됩니다. 그리고 육체적인 한계를 초월한 존재가 됩니다. 조나단에게 모든 것을 가르친 스승 치앙은 번쩍하고 사라져 버리고 말죠.

조나단은 자신이 추방당한 곳에 돌아가 갈매기들에게 가르침을 주고 싶은 마음이 듭니다. 고향에 가기 전 자신과 같은 처지인 갈매기를 만나 비행을 가르칩니다. 가르치는 제자는 어느덧 여섯 마리로 늘어납니다. 조나단은 제자들과 함께 무리로 돌아갑니다. 1만 년 동안 깨진 적 없는 무리의 규칙(추방 당한 갈매기는 절대 돌아올 수 없음)이 깨진 순간입니다. 무리로 돌아온 조나단은 역시나 찬밥 신세입니다. 그곳의 갈매기들은 조나단을 무시하지만, 조나단은 아랑곳하지 않고 제자들에게 열심히 비행을 가르칩니다. 몇몇 갈매기들은 관심을 보였고 제자들은 점차 늘어납니다. 그러던 중 위기에 빠진 갈매기를 구해 내지만, 죽은 갈매기를 살려냈다며 오히려 악마로 오해받습니다. 조나단은 이제 떠날 때가 됐음을 직감하고, 진정한 자신을 찾기 위해 떠나기로 결정합니다. 조나단은 자신의 스승 치앙이 사라졌던 것처럼 빛과 함께 새로운 세상으로 사라집니다.

◇ 책의 배경 엿보기 ◇

『갈매기의 꿈』은 특정한 시대나 역사적 사건과는 관련이 없습니다. 그저 요즘 시대를 살아가는 사람들에게 한계를 뛰어넘는 힘, 하고 싶은 일을 할 수 있는 힘을 일깨워 주는 책입니다. 예전보다 풍족한 삶을 살게 되었지만, 풍족한 삶 속에서 그저 배운 대로만 행동하면 '나'를 찾을 수 없게 됩니다. 물론 '항상 그래 왔으니 당연히 그래야 한다', '규칙이니 무조건 따라야 해', '이렇게만 하면 충분해' 같은 말을 잘 따르면 큰 문제가 생기지는 않습니다. 하지만 사회가 정한 테두리 안에서만 생활하다 보면 틀에 갇혀 폭넓은 사고를 하거나 새로운 도전을 하기 어려워지죠. 책에서는 꿈이 있는 자는 꿈이 없는 곳에서 벗어나야 한다고 말합니다. 새로운 도전을 위해 주어진 현실에서 과감히 벗어나는 것도 진정한 '나'를 찾는 데 도움이 되는 방법이 될 겁니다.

◇ 책의 핵심 주제 및 시사점 ◇

① 꿈을 위한 노력

적당히 살아간다면, 적당한 삶을 살아가게 됩니다. 하지만 특별한 존재가 되고 싶다면 남들과는 조금 달라야 합니다. 현실에 안주하지 않고 새로운 목표와 도전 정신이 있어야 합니다. 새로운 시선으로 주변을 바라보고, 주변의 시선도 의식하지 않아야 하죠. 조나단은 수많은 실패를 겪지만 결국 이를 통해 특별한 존재가 됩니다. 목표를 향해 매일 노력한다면 누구든 꿈을 이룰 수 있습니다.

② 훌륭한 스승과 제자 사이

조나단은 스승 치앙에게 모든 것을 배우고, 배운 내용을 제자들에게 전수합니다. 훌륭한 스승과 제자를 통해 높은 지식과 학문은 전수되고 발전되어 갑니다. 청출어람(靑出於藍)쪽에서 뽑아낸 푸른 물감이 쪽보다 더 푸르다는 뜻으로, 제자나 후배가 스승이나 선배보다 나음을 비유적으로 이르는 말이라는 말처럼, 조나단은 치앙보다 더 많은 제자를 가르치고 쫓겨난 무리로 돌아가는 용기를 보여 줍니다. 이 과정을 통해 누구나 조나단처럼 자신의 목표를 이루기 위해 노력한다면 자신의 한계를 뛰어넘고 능력을 마음껏 펼쳐 더 멋진 세계를 경험할 수 있게 된다는 교훈을 전합니다.

◇ 고전 속 인생의 한 문장 ◇

"높이 나는 새가 멀리 본다."

▶ 새로운 도전보다는 현실에 안주하는 게 편합니다. 하지만 멀리 앞날을 내다보며 자신의 꿈을 위해 한 걸음 나아갈 때 비로소 진정한 '나'를 찾을 수 있습니다.

"우리는 자유롭단다. 그러니 어디든 갈 수 있고, 있는 그대로의 자신으로 있어도 괜찮단다."

▶ 갈매기 무리에는 한 번 추방되면 돌아갈 수 없다는 규칙이 있습니다. 조나단도 알고 있던 사실이죠. 하지만 자신의 신념을 믿고 행동하는 조나단에게는 큰 문제가 되지 않는 일이었습니다. 조나단은 이에 아랑곳하지 않고 제자를 가르치며 본인의 신념대로 행동합니다.

"올바른 규칙은 자유로 인도해 주는 것뿐이지. 그 이외의 규칙은 없다네."

▶ 우리가 만든 규칙이 스스로를 가두는 올가미가 될 때도 있습니다. 사회를 유지하는 규칙은 지켜져야 하지만, 개인의 발전을 저해하는 규칙은 존재할 이유가 없죠. 올바른 규칙은 모두를 자유로 이끌어 주는 것 외에는 없습니다.

고전으로 생각 넓히기

다음 질문들에 관해 고민해 보는 시간을 가져 보세요.

① 조나단이 새로운 비행에 도전할 수 있었던 원동력은 무엇일까요?

② 여러분이 누군가의 스승이 된다면, 무엇을 가르치고 싶나요?

③ 여러분은 어떤 일에 새롭게 도전해 보고 싶나요?

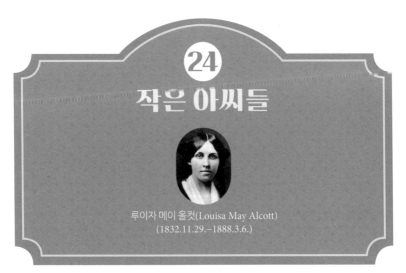

24

작은 아씨들

루이자 메이 올컷(Louisa May Alcott)
(1832.11.29.–1888.3.6.)

서로 다른 네 자매 이야기

루이자 메이 올컷은 1832년 미국 펜실베이니아에서 태어났습니다. 아버지는 진보 성향의 사회 개혁가였습니다. 경제적으로 어려운 가정 환경에서 성장하며 임시 교사, 가정교사 등 여러 일을 하며 자랐습니다. 1863년에는 남북전쟁에 간호병으로 참전한 경험을 토대로 『병원 스케치』를 출간하여 작가로서 이름을 알리기 시작합니다. 여성주의와 노예 해방 등을 주제로 한 책을 주로 집필하였으며, 한 출판사의 권유로 쓰기 시작한 『작은 아씨들』로 큰 인기를 얻습니다. 이 작품은 루이자 메이 올컷이 자신과 자매들의 어린 시절을 떠올리며 쓴 책입니다. 이후에도 다양한 책을 출판하였고 결혼은 하지 않았으며 1888년 아버지가 돌아가신 후 이틀 뒤에 사망합니다.

『작은 아씨들』은 메그, 조, 베스, 에이미 네 자매의 이야기입니다. 아버지는 남북전쟁에 참전 중이며, 자매는 어머니와 함께 생활해 나갑니다. 옆집에 사는 로리와 로리의 할아버지와도 가까이 교류하며 지냅니다. 주인공들을 간단히 설명하자면, 첫째 메그는 전통을 중시하며 실용성을 추구합니다. 둘째 조는 활발하고 독립적인 말괄량이인데, 글 쓰는 것을 무척 좋아합니다. 셋째 베스는 수줍음이 많은 소녀이며, 집안일을 가장 열심히 하죠. 막내 에이미는 다소 철부지 같은 면이 있지만, 예술적인 재능이 있습니다.

첫째 메그는 돈을 벌기 위해 상류층의 가정교사로 일을 합니다. 때로는 상류층의 삶을 부러워하기도 하지만, 자신의 허영심을 반성하고 소박한 삶을 살고자 하죠. 둘째 조는 책을 좋아하고 글쓰기를 열심히 하는데, 후에 조가 쓴 소설이 신문에 실리기도 합니다. 셋째 베스는 피아노를 치고 싶은 마음이 가득했으나 형편상 피아노를 치지 못해 안타까워했습니다. 옆집 로리의 할아버지는 자신의 집에 있던 피아노를 베스에게 선물로 주죠. 막내 에이미는 조가 쓴 소설을 태워 버렸다가 조와 갈등하고, 화해를 위해 조를 따라나섰다가 호수에 빠져 목숨을 잃을 뻔하기도 합니다. 전쟁에서 크게 다친 아버지의 소식을 듣고 둘째 조는 자신의 머리카락을 잘라 치료비를 마련합니다. 가장 착한 셋째 베스는 이웃집 아이를 돌보다가 성홍열에 걸리게 되고, 막내 에이미는 고모할머니 댁에 잠시 맡겨지게 됩니다. 다행히 베스의 건강이 회복되고 아버지도 집에 돌아오시며 가족은 다시 행복을 되찾습니다.

이후 메그는 성실한 가정교사 브룩과 결혼을 합니다. 어릴 때부터 옆

집에 살았던 로리는 조에게 청혼하지만 거절당하고 말죠. 그리고 조는 더 큰 꿈을 이루기 위해 뉴욕으로 떠나고, 그곳에서 베어라는 남자를 만나 사랑에 빠지지만 혼인은 하지 않습니다. 로리는 아름답게 자란 에이미를 보며 사랑을 고백하지만, 에이미는 자신의 언니에게 청혼했던 로리에게 쉽게 마음을 열지 않습니다. 그러다 셋째 베스의 건강이 급격하게 나빠지고, 그 소식을 들은 조는 뉴욕에서 한달음에 돌아오죠. 그리고 베스는 언니의 품에서 숨을 거둡니다. 로리는 힘들어하는 에이미의 곁을 지켜 주고, 둘은 함께 유럽을 여행하며 사랑에 빠지게 됩니다. 에이미는 로리와 함께 미술을 공부하고 자신의 자아를 찾아 가죠. 조는 가족의 이야기를 글로 써냅니다. 조가 쓴 『작은 아씨들』이 책으로 출판

되었고, 연인이었던 베어는 이 사실을 알려 주러 옵니다. 그리고 둘은 다시 운명처럼 가까워지게 되죠. 책은 조가 학교를 설립하고 책이 출판되는 과정을 지켜보며 교육자로 일하는 것으로 끝이 납니다.

◇ 책의 배경 엿보기 ◇

『작은 아씨들』은 주인공인 네 자매들이 자라는 과정을 중심으로 한 성장소설입니다. 시대적 배경은 미국의 남북전쟁이죠. 남북전쟁에 참여한 아버지의 부재 속에서 자라나는 네 자매를 실감 나게 표현했죠. 당시 여성들은 직업을 가지기도 어려웠고, 결혼해서 살림을 하는 게 일반적이었습니다. 하지만 주인공 '조'는 자신의 꿈을 위해 노력하고, 결국

꿈을 이루어냅니다. 가족을 위해 희생하고 수동적인 삶을 사는 여성들과는 정반대의 모습이죠. 당시의 독자들은 『작은 아씨들』을 통해 꿈을 향해 나아갈 용기를 얻었을 것입니다.

◇ 책의 핵심 주제 및 시사점 ◇

① 여성 인권의 변화

책이 출간된 1860년대는 가정을 지키는 현모양처가 대표적인 여성상이던 시대입니다. 하지만 이 책은 여성도 자신의 능력을 충분히 계발할 수 있다는 메시지를 전달합니다. 독신으로 사는 것도 괜찮고, 결혼과 육아가 인생의 전부가 아니라는 표현도 나옵니다. 당시 여성들은 정치에 참여할 참정권도 없었고, 직업을 가지기도 여의치 않았습니다. 이후 사회가 점차 발전하며 여성도 참정권을 갖게 되었고, 다양한 직업을 갖고 자신의 능력을 뽐낼 수 있게 되었습니다. 최근에는 여러 나라에서 여성 대통령, 여성 총리 등이 배출되고 있으며, CEO나 전문직에도 많은 여성들이 진출하여 활약하고 있습니다.

② 가족의 힘

아버지가 돈을 벌어 올 수 없는 상황이 되자 엄마와 네 자매는 똘똘 뭉쳐 위기를 극복해 냅니다. 평소에는 티격태격하는 사이지만, 위기가 닥치면 모두 하나가 되는 모습을 보여 주죠. 혼자서는 해결하기 어려운 일도 힘을 합치면 두려울 게 없습니다. 가족은 때로는 다투기도 하지만, 어려움에 처하면 가장 먼저 손을 내밀어 주는 존재입니다.

◇ 고전 속 인생의 한 문장 ◇

"사랑은 두려움을 날려 버리고 감사함은 자존심을 이길 수 있기 때문이다."

▶ 사랑과 감사가 우리 삶에서 얼마나 큰 역할을 하는지 느끼게 해 주는 문장입니다. 사랑과 감사가 없는 삶은 팥 없는 단팥빵과 같죠. 사랑과 감사를 적극적으로 표현해 보세요.

~⌒~

"불안하고 고달픈 순간이 더 많은 삶이지만, 이런 내 인생에도 소소한 행운들이 존재한다."

▶ 힘든 삶이라도 기쁨은 있기 마련입니다. 세상에서 내가 가장 불행한 사람이라고 생각하지 마세요. 지금 이 순간에도 여러분에게 많은 행운과 기쁜 일이 기다리고 있을 수 있어요.

~⌒~

"성공의 외줄은 지상에서 고작 1미터 높이에 있었다."

▶ 주인공은 인생이 외줄 타기이고 그 아래는 천 길 낭떠러지가 있을 것이라 두려워했지만, 실제로는 고작 1미터 높이에 지나지 않았습니다. 혹시 떨어지진 않을까 발끝만 보며 긴장하지 말고 자신감 있게 삶을 살아 보세요.

고전으로 생각 넓히기

다음 질문들에 관해 고민해 보는 시간을 가져 보세요.

① 내가 어려움을 겪을 때 가족은 어떤 역할을 해 줄 수 있을까요?
② 여성의 인권이 확대되면 어떤 장점이 있을까요?
③ 만약 형제자매가 여러분이 쓴 원고를 태워 버렸다면 용서할 수 있나요?

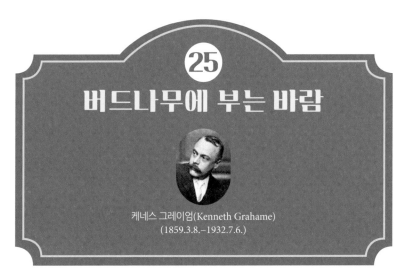

25
버드나무에 부는 바람

케네스 그레이엄(Kenneth Grahame)
(1859.3.8.–1932.7.6.)

뭉치면 살고 흩어지면 죽는다!

케네스 그레이엄은 어려서부터 다방면에 재능을 보였지만, 어려운 집안 사정으로 대학을 중퇴하게 됩니다. 졸업 후 은행원으로 직장 생활을 하던 중 글을 쓰게 되었습니다. 알코올 중독이었던 아버지와 외할머니 댁에서 자랐던 자신의 삶을 바탕으로 쓴 『황금시대』, 『꿈꾸는 날들』이 큰 인기를 끌어 작가로서 주목을 받게 됩니다. 『버드나무에 부는 바람』은 앞을 보지 못하는 아들 앨러스테어에게 들려주기 위해 쓴 이야기로, 섬세한 풍경 묘사가 특히 눈에 띄는 책입니다. 이 책은 1908년 출간 이후, 영국인들이 대대로 물려 읽는 명작으로 자리 잡습니다. 스무 살 생일을 앞둔 아들이 세상을 떠난 후에는 글쓰기를 그만두었고, 1932년에 생을 마감합니다.

땅속 집에서 오랜 시간을 보낸 두더지는 대청소를 하다가 청소 솔을 집어던지고 땅 위로 올라옵니다. 두더지는 배에서 노를 젓고 있는 물쥐를 만나 친구가 됩니다. 두더지는 배가 뒤집히는 사고로 물쥐 집에 묵게 되는데, 물쥐는 두더지를 알뜰살뜰 챙기며 친절하게 대해 주죠. 이후 둘은 배를 타고 강을 따라 여행하며 멋진 자연과 동물들에 대해 안목을 넓혀 갑니다. 두더지는 새로운 장소에서 새로운 감정을 느끼며 기뻐합니다. 물쥐는 원시림에 사는 동물은 성격이 좋지 않다고 말합니다. 하지만 이곳에서 보고 싶던 오소리 아저씨와 만나게 되죠. 오소리 아저씨는 음침한 원시림에 살긴 하지만, 현명하고 지혜로워 강에 사는 동물들에게 많은 도움을 주는 동물입니다. 그들은 또한 강 마을 최고 부자인 두꺼비도 만나게 됩니다. 두꺼비는 남의 말에는 귀 기울이지 않고 자신의 생각이 모두 옳다고 믿죠. 두꺼비는 두더지와 물쥐를 무작정 마차에 태워 여행을 시작하지만, 주인의 허락도 없이 남의 자동차를 마음대로 타다가 감옥에 갇히고 맙니다. 자신이 하고 싶은 것은 무엇이든 해야 하는 성격 때문이었죠. 감옥에 가서도 반성은 전혀 하지 않습니다. 물쥐와 두더지는 집으로 돌아가기로 결정합니다. 그러던 중 오소리 아저씨와 다시 만나게 되고, 아저씨와 이야기를 나누다 보니 두꺼비를 구출해야겠다는 생각이 들게 되죠. 셋은 머리를 맞대고 두꺼비를 구출할 계획을 세웁니다.

하지만 세 마리의 동물이 계획을 실행하기도 전에 두꺼비는 스스로 감옥에서 탈출합니다. 변장을 해서 탈출에 성공한 것이죠. 탈출한 두꺼비는 자신의 집으로 돌아가지만, 집은 이미 악명 높은 담비와 족제비들에게 점령당한 상태입니다. 두꺼비는 고민 끝에 친구들에게 도움을 요청하고, 두더지, 물쥐, 오소리 아저씨와 힘을 합쳐 집을 되찾는 데 성공합니다. 두꺼비는 자신의 업적을 내세우기보다, 친구들 덕분에 족제비를 내쫓았다고 고맙다고 말하죠. 그리고 그동안 자신이 했던 말과 행동에 대해 반성합니다. 두꺼비는 친구들의 멋진 우정으로 인해 자연과 친구들의 소중함을 배우게 됩니다. 마음씨 착한 두더지, 남을 배려하고 지혜로운 물쥐, 새로운 것만 보면 눈이 돌아가는 두꺼비, 묵묵히 도움을 주는 착한 오소리 아저씨까지 총 네 마리의 동물은 어려운 문제와 고민거리를 함께 고민하고 해결하며 더욱 성숙한 존재로 성장합니다.

◇ 책의 배경 엿보기 ◇

『버드나무에 부는 바람』은 아름다운 버드나무 숲과 강을 배경으로 합니다. 강가에 사는 동물들은 원시림에 사는 동물들을 경계하고 좋아하지 않습니다. 난폭하고 사납다고 생각하기 때문이죠. 하지만 오소리 아저씨를 통해 원시림에 사는 모든 동물들이 다 나쁘지는 않다는 사실을 알려 줍니다. 동물로 표현되어 있기는 하지만 그들의 모습은 사람들과 크게 다르지 않습니다. 호기심이 많지만 두려움도 많은 두더지, 영리한 물쥐, 지혜로운 오소리 아저씨, 자기밖에 모르는 두꺼비는 우리가 일상생활에서 흔히 볼 수 있는 성격 유형들입니다. 『버드나무에 부는 바람』은 이처럼 서로 다른 이들이 모여 하나가 되어 가는 과정을 통해 사람들의 삶을 자연스레 돌아보게 하는 작품으로, 지금도 여전히 널리 읽히고 있습니다.

◇ 책의 핵심 주제 및 시사점 ◇

① 우정의 힘

두꺼비는 한 가지 일에 꽂히면 무조건 돌진하는 성격입니다. 이 성격으로 인해 주변에 피해를 주고, 처벌을 받기도 합니다. 하지만 두꺼비는 친구들과 힘을 모아 집을 되찾은 사건을 계기로 친구들의 마음을 이해하고, 감사의 마음을 표현하기 시작합니다. 말썽꾸러기가 친구들의 따뜻한 마음을 통해 변하게 된 것이죠. 여러분도 주변의 친구들을 변화시킬 수도 있고, 친구들이 여러분을 변화시킬 수도 있습니다. 친구와 갈등이 있을 수도 있지만, 대화로 해결하다 보면 몸도 마음도 더욱 성숙한 존재가 될 수 있답니다.

② 부모의 마음

『버드나무에 부는 바람』은 작가가 앞이 잘 보이지 않는 자신의 아들을 위해 쓴 책입니다. 세상의 많은 것을 보여 줄 수는 없지만, 생생하게 느끼게 해 주고 싶었죠. 책에는 자연의 싱그러움과 등장인물들의 상황이 상세히 묘사되어 있습니다. 마치 내가 그곳에 있는 것처럼 느껴지죠. 자녀에게는 무엇이든 해 주고 싶은 부모의 마음이 드러납니다. 부모님과 조금 사이가 먼 친구들도 있을지 모릅니다. 표현 방식이 다를 뿐이지, 여러분의 부모님도 여러분을 사랑하는 마음은 똑같다는 걸 알아 주세요.

◇ 고전 속 인생의 한 문장 ◇

"시간은 한 번 가면 다시는 돌아오지 않아."

▶ 시간은 되돌릴 수 없습니다. 어두운 땅속에서 평생을 보내기에는 짧은 시간이죠. 따라서 인생을 살아가며 많은 것을 보고 배우고 느끼며 사는 것이 중요합니다. 여러분도 새로운 도전을 해 보는 건 어떨까요?

"언젠가는, 그땐 너무 늦겠지만, 친구들이 네 곁에 있을 때에 좀 더 소중히 여기지 못한 걸 안타까워하게 될 거야."

▶ 친구가 옆에 있을 때 소중히 여겨야 합니다. 친구는 평생 함께할 것 같겠지만, 크게 다투고 나면 틀어지기도 하는 존재입니다. 따라서 친구의 마음을 헤아려 주고 배려해 주는 것이 꼭 필요해요.

"집이 얼마나 소중한 곳인지, 살아가면서 어딘가 쉬어 갈 곳이 있다는 것이 얼마나 좋은 일인지를 확실하게 깨달았다."

▶ 두더지는 여행을 다니며 집의 소중함을 다시 깨닫게 되죠. 가장 익숙해서 소홀히하기 쉽지만, 내가 가장 편안함을 느끼는 곳은 바로 '집'이랍니다.

고전으로 생각 넓히기

다음 질문들에 관해 고민해 보는 시간을 가져 보세요.

① 주변에 두꺼비 같은 친구가 있다면 어떻게 대해야 할까요?
② 두더지처럼 여러분이 새롭게 도전해 보고 싶은 분야는 무엇인가요?
③ 자신의 잘못을 성찰하는 삶은 왜 필요할까요?

봄봄

김유정
(1908.2.12.–1937.3.29.)

순박하고 어리석은 인물들을 통해 표현한 삶과 해학

작가 소개

김유정은 일찍 부모를 여의고 고향을 떠나 서울에서 학교를 다녔습니다. 일제 강점기에 활동했던 작가로 1935년 단편소설 「소낙비」가 조선일보 신춘문예에, 「노다지」가 조선중앙일보 신춘문예에 당선되었습니다. 이후 활발한 창작활동을 하였는데 『봄봄』, 『동백꽃』이 널리 알려져 있습니다. 2년여 간의 짧은 작가 생활을 하며 30편이 넘는 작품을 남겼지만, 30세라는 젊은 나이에 생을 마감하게 됩니다. 대부분의 작품은 일제 강점기의 어려운 삶을 해학적으로 들여다보고 인간에 대한 훈훈한 사랑을 예술적으로 재미있게 그려 냅니다. 김유정의 소설 속 우둔한 등장인물들은 웃음을 짓게 하는 동시에 안타까움을 주는 특징이 있습니다.

주인공인 '나'는 데릴사위로, 마름인 예비 장인이 차녀 점순이와 혼인을 시켜 주겠다고 해서 3년 7개월이나 새경 한 푼 못 받고 머슴으로 일하고 있습니다. 점순이는 열여섯 살인데, 장인은 점순이의 키가 작다면서 결혼을 자꾸 미루고 계속 일만 시켜서 내 속을 끓이죠. "장인님! 인제 저…" 뒤통수를 긁으며 말하는 나에게 장인은 "이 자식아! 성례구 뭐구 미처 자라야지!" 하고 외칩니다. 장인은 머슴을 얻는 대신 데릴사위를 데려다가 일을 시키며 부려 먹기로 악명이 높죠. 맏딸은 데릴사위를 무려 10명이나 갈아 치웠다가 2년 전 시집을 보냈습니다. '나'는 점순이의 세 번째 데릴사위입니다. 금방 내쫓으려다 어수룩하고 일도 잘하니 붙여 놓고 성례를 시켜 줄 생각은 전혀 없습니다. 왜냐하면 점순이의 동생은 이제 겨우 여섯 살이라 데릴사위를 들이려면 빨라도 4~5년은 있어야 하기 때문이죠. 장인은 이런저런 핑계를 대며 나를 점순이와 결혼시켜 주지 않습니다.

장인이 이렇게 할 수 있는 까닭은 장인이 '마름'이기 때문입니다. 마름은 땅의 주인인 지주로부터 소작농을 관리하는 권한을 부여받는데, 남의 땅을 빌려 농사짓는 소작농들을 마음대로 주무를 수 있는 권력이 있었습니다. 동네 사람들도 장인이 내뱉는 욕을 모두 들으면서도 굽신굽신했죠. 나는 점순이의 집에 데릴사위로 들어온 지 벌써 삼 년이 넘었는데 돈은 한 푼도 받지 못했습니다. 점순이가 키가 크면 된다길래 자를 가지고 키를 재 보려 해도 장인은 내외를 해야 한다며 마주 서서 이야기도 못 하게 합니다. 처음 들어올 때 기한을 정하지 않고 키가 크면 성례를 하기로 계약을 했기 때문에 다른 방법이 없습니다.

작년에는 내가 3~4일이나 건성으로 끙끙 앓았더니 마지막에는 장인이 울상이 되어 말했습니다. "어서 일어나 일을 해. 그래야 올가을에 농사 잘되면 너 장가들지 않니?" 그 말에 벌떡 일어나 며칠 동안 얼심히 일했지만, 장인은 또다시 "키가 커야지 혼인을 하지 저걸 데리고 무슨 혼인을!"이라며 말을 바꾸어 버렸습니다.

그러던 어느 날 점순이가 새참을 가지고 와 저만큼 떨어져 이쪽으로 등을 향하고 웅크리고 앉아 있었습니다. 내가 다 먹고 물러섰을 때, 점순이는 그릇을 챙기며 "밤낮 일만 하다 말 텐가!" 하고 종알거렸습니다. 나도 혼잣말로 "그럼 어떡해?"라고 외치자 "성례시켜 달라지, 뭘 어떡해!" 하고 얼굴이 빨개져서 도망쳐 버립니다. 이 말을 듣고 나는 장인과 같이 구장 댁에 찾아가 성례와 관련한 이야기를 하지만, 성과 없이 돌아오게 됩니다. 동네 친구 뭉태를 만났지만 위로해 주기는커녕 나를 슬슬 긁는 말만 해서 화를 돋우죠. 점순이도 구장님한테 갔다가 그냥 왔냐며 수염이라도 잡아채지 그랬냐며 성을 냅니다.

나는 굳게 마음을 먹고 바깥마당 빈 멍석 위에 드러누워서 장인과 실랑이를 벌입니다. 장인은 지게막대기로 내 허리를 찌르고 배도 찌르고 발로 옆구리도 찼습니다. 이때까지는 참을 만했지만 볼기짝을 후려갈길 때는 벌떡 일어나 장인의 수염을 잡아채 버렸죠. 장인은 나의 사타

구니를 잡고 늘어집니다. 사실 그렇게까지 화가 난 건 아니었지만 이 모든 걸 지켜보던 점순이 때문에 했던 행동입니다. 나는 장인을 발아래 있는 언덕 아래로 여러 번 떠밀어 굴려 버

렸습니다. 하지만, 점순이는 나에게 달려들어 내 귀를 잡아당기며 마냥 울기 시작합니다. 그리고 '나'는 장모와 점순이에게 양팔을 붙잡힌 채 장인에게 얻어맞으며 이야기는 끝이 납니다.

◇ 책의 배경 엿보기 ◇

　책의 배경은 1930년대 일제 강점기입니다. 일제의 토지 약탈로 인해 우리나라 농민들은 농사지을 땅을 빼앗기고 소작농으로 살아가게 되죠. 마을 사람 10명 중 8, 9명은 소작농이었습니다. 소작농은 땅을 빌려 쓰는 조건으로 매년 일정한 돈을 내야 합니다. 일 년 내내 농사를 지어도 밥도 제대로 못 먹고 가난한 삶을 살 수밖에 없었죠. 그 당시는 '지주-마름-소작농'이라는 구조로 농촌 사회가 유지되고 있었습니다. 땅의 지주가 직접 소작농에게 땅을 빌려주지 않고, 중간에 마름이 대리인 역할을 하며 소작농들을 관리했죠. 따라서 소작농들에게는 얼굴도 본 적 없는 지주보다 마름이 더 두려운 존재였습니다. 항상 불만이 가득할 수밖에 없지만 생존을 위해서는 불의를 참을 수밖에 없었죠. 그 모습이 마름인 장인과 데릴사위인 '나'로 표현되어 있습니다. 책은 비속어와 사투리, 희극적인 행동을 통해 해학성을 표현했지만, 안타까운 삶을 살았던 농민들의 현실 역시 엿볼 수 있습니다.

◇ 책의 핵심 주제 및 시사점 ◇

① 봄봄

제목이 '봄'이 아니라 '봄봄'인 이유는 무엇일까요? 이 소설의 배경은 '봄'입니다. 그러면 왜 봄을 두 번이나 썼을까요? 내년 '봄'에 결혼시켜 주겠다는 장인의 약속, 3년이 넘게 새경 한 푼 주지 않은 채 반복되고 있는 '봄'의 약속, 지치고 힘든 소작농들의 삶을 반복적으로 드러내는 장치로서 '봄봄'이라고 제목을 정한 것이 아닐까 합니다. 누군가에게는 아름다운 계절인 '봄'이 반어적 표현으로 누군가에게는 힘든 계절일 수도 있습니다. 아무래도 주인공은 내년에도 결혼을 하지 못한 채 다시 '봄'을 맞이할 것 같다는 생각이 드네요.

② 어수룩한 '나'와 장인의 갈등

'나'는 장인에게 두들겨 맞고도 성례시켜 주겠다는 말에 히죽 웃는 인물입니다. 제대로 된 계약서도 없이 덜컥 데릴사위로 들어가고, 점순이의 한마디에 장인에게 죽자 살자 달려들죠. 이 둘은 나이에 맞지 않게 서로 때리고 잡아 뜯으며 바보 같은 모습을 보입니다. 하지만 이런 모습이 마냥 우스꽝스러워 보이는 것이 아니라 연민을 느끼게 합니다. 해학적으로 표현하긴 했지만 당시 사회 분위기를 잘 드러내는 등장인물들입니다.

◇ 고전 속 인생의 한 문장 ◇

"어 참, 너 일 많이 했다. 고만 장가들어라."

▶ '장인이 이런 말을 했으면…' 하고 주인공이 생각하는 부분이에요. 하지만 장인
은 절대 저런 말을 하지 않죠. 올가을이나 내년 봄을 이야기하며 차일피일 미루
기만 해서 애가 타는 주인공입니다.

"소작인이 뇌물로 닭 마리나 좀 보내지 않는다든가, 첫 번째에 논을 빌려서 맬
때 돈을 좀 안 준다든가 하면 그해 가을에는 영락없이 땅을 빼앗고 안 빌려준
다."

▶ 마름인 장인이 소작농들을 괴롭혔다는 사실을 알 수 있는 부분이에요. 농부에
게 농사지을 땅이 없다면 무엇을 할 수 있을까요? 그래서 소작농들은 울며 겨
자 먹기로 마름에게 뇌물이나 돈을 바치곤 했습니다.

"에그머니! 이 망할 게 아버지 죽이네."

▶ 점순이의 양면성이 드러나는 대사예요. 본인이 성례를 하고 싶다고 이야기는
했지만, 막상 자기 아버지가 당하는 걸 보니 참을 수가 없었던 거죠. 주인공인
'나'는 점순이의 반응에 어리둥절하죠. 독자들에게 웃음을 주는 장면입니다.

고전으로 생각 넓히기

다음 질문들에 관해 고민해 보는 시간을 가져 보세요.

① 주인공이 장인을 때린 행위는 정당한 것인가요?

② 마름과 소작농처럼 불편한 관계는 오늘날에 무엇이 있을까요?

③ 주인공 '나'처럼 불합리한 일을 당하지 않으려면 어떻게 해야 할까요?

펄 벅(Pearl Sydenstricker Buck)
(1892.6.26.–1973.3.6.)

후회하지 않는 삶

펄 벅은 생후 3개월에 선교사인 부모를 따라 중국으로 건너가 15세까지 생활하다 미국으로 돌아와 대학교를 졸업합니다. 다시 중국으로 간 펄 벅은 중국에서 오랫동안 생활한 경험을 바탕으로 작품을 썼는데, 특히 중국 국민당 정부군의 난징 공격 때 가족이 몰살당할 뻔한 경험이 큰 영향을 끼칩니다. 1931년 출간한 『대지』로 미국 여성 작가 최초로 노벨상과 퓰리처상을 동시에 수상합니다. 중국에 공산 정권이 들어서자 추방을 당하게 된 펄 벅은 미국으로 돌아와 전쟁고아와 사생아들을 위한 자선사업을 벌입니다. 1963년 한국을 배경으로 한 『갈대는 바람에 시달려도』를 출간하였으며, 1967년에는 부천에 '소사희망원'을 세워 한국의 다문화 아동을 위한 복지 활동을 하기도 합니다.

청나라에서 가난한 농사꾼의 아들로 태어난 왕룽은 아버지와 둘이서 빈농으로 살아갑니다. 신붓감을 고를 경제력이 없었기에 황가네 집의 종을 아내로 맞이하게 됩니다. 아내의 이름은 '오란'이었는데, 외모는 별 볼 일 없었지만 묵묵하게 일을 잘하는 부인이었죠. 힘든 농사일도 열심히 하고, 시아버지도 깍듯이 모셨죠. 부부는 열심히 일한 끝에 돈을 조금씩 모을 수 있었고, 농사짓기 좋은 땅도 조금씩 살 수 있었습니다. 왕룽은 땅에 대한 애착이 엄청났습니다. 이제야 조금 가난에서 벗어났다고 느낄 즈음, 큰 흉년이 들어 마을 전체가 굶주리고 삶이 어려워지죠. 결국, 왕룽 가족은 땅을 팔고 남쪽으로 무작정 떠나게 됩니다. 그곳에서 왕룽은 인력거꾼이 되어 돈을 벌고, 아내 오란은 아이들과 함께 동냥을 하며 근근이 입에 풀칠하며 살아갑니다.

그러던 어느 날 남부 지역에서 혁명이 일어납니다. 나라가 혼란스러운 틈을 타 부잣집을 습격해 약탈하는 일도 발생하죠. 왕룽도 자신이 사는 천막 인근에 있던 부잣집에 들어가 큰돈을 줍게 됩니다. 함께 간 오란도 부잣집에 숨겨져 있던 값비싼 보석들을 챙겨 나옵니다. 인력거를 끌고 동냥을 하던 왕룽네 가족은 하루아침에 큰 부자가 되었고, 다시 고향으로 돌아와 넓은 땅을 모두 구입하고 마을의 지주가 됩니다. 소작농과 일꾼을 부리며 더 이상 일을 하지 않아도 되었죠. 이제 날씨를 걱정하지 않아도 될 만큼 부유한 삶을 영위하게 됩니다. 삶이 여유로워지자 왕룽은 '연화'라는 기생을 첩으로 들입니다. 그는 연화에게 빠져 농사뿐만 아니라 다른 가정일도 전혀 돌보지 않았죠. 그러는 동안 삶의 고단함과 남편에 대한 배신감이 겹쳐 오란은 세상을 떠나게 됩니다. 왕룽은 뒤늦은 후회를 하지만 소용이 없었죠. 왕룽은 아이들을 모두 다르게 키우고 싶었습니다. 큰아들은 서양 학문을 배운 학자로, 둘째 아들은 상인으로, 셋째는 농사를 짓는 농부로 키우고 싶어 했습니다. 하

지만 뜻대로 되지 않죠. 왕룽은 새로 부인을 얻고, 자식들에게 땅을 물려주려는 계획을 세우며 이야기는 끝이 납니다.

◇ 책의 배경 엿보기 ◇

『대지』의 배경은 중국의 근대화 시기로, 청나라에서 현 중국으로 넘어가는 신해혁명을 바탕으로 합니다. 1900년 의화단 운동청나라 말기 화북 지역에서 일어난 외세 배척 운동 이후 청나라는 서구권에 막대한 배상금을 물게 됩니다. 국가적 위기와 정치적 무능이 드러나며 혁명이 일어나게 되죠. 청나라 정부는 이를 진압하기 위해 당시 군부를 중심으로 한 정치 세력을 이끌던 위안스카이에게 도움을 요청합니다. 위안스카이는 무력과 협상을 통해 중화민국 임시 대총통에 오르게 되죠. 이제 청나라의 황제 제도는 없어지고 중화민국 정부가 탄생할 것을 예상하였으나, 위안스카이가 스스로를 다시 황제라 칭하며 독재를 시작하자 전국에서 이에 대한 반발로 여러 차례 내전이 발생합니다. 이후 공화주의가 확산되며 지금의 중화인민공화국이 탄생하게 됩니다. 『대지』는 군벌과 토지의 중요성, 왕룽 아들들의 가치관 변화 등을 통해 중국의 근대화 과정을 드러냅니다.

◇ 책의 핵심 주제 및 시사점 ◇

① 인간의 끝없는 욕심과 정말 소중한 것

왕룽은 처음에 땅을 조금씩 사며 큰 기쁨을 느꼈습니다. 넉넉히 먹고 살 순 없었지만 가족과 함께 행복한 삶을 보냈죠. 인력거를 끌며 입에 풀칠할 때도 마찬가지였습니다. 하지만 주운 돈과 보석으로 지주의 입장이 되자 왕룽은 돌변합니다. 더 많은 땅, 더 많은 돈, 다른 이성을 원하게 되죠. 그 과정에서 자신과 함께 가정을 꾸렸던 부인을 나 몰라라 하게 됩니다. 하지만 부인이 세상을 떠나자 왕룽은 크게 후회하죠. 많이 가질수록 욕심이 커지기 쉽지만, 가장 소중한 가족 간의 유대와 사랑을 놓친다면 자칫 모든 것을 잃게 될 수도 있습니다.

② 자연의 위대함

흉년이 들어 남쪽 지역으로 무작정 떠나게 된 왕룽네 가족은 돈과 보석을 줍고 넘치는 부를 얻으면서 결국 타락하게 되죠. 흙에서 시작한 왕룽의 인생은 결국 흙으로 다시 돌아가게 됩니다. 한 인간의 삶은 시작과 끝을 맞이하였지만, 대지는 영원히 그 자리에 있습니다. 마찬가지로 메뚜기떼의 습격으로 농작물을 모두 잃게 되었지만, 땅은 변함이 없죠. 이처럼 인간은 유한한 삶을 살지만, 자연은 항상 그대로 있습니다. 자연은 항상 그 자리에서 인간의 짧은 삶을 포근히 안아 주는 것처럼 느껴집니다. 위대한 자연의 한결같음은 배울 점이 많습니다.

◇ 고전 속 인생의 한 문장 ◇

"이 대지는 생명이 있는 인간에게는 무상하고 허무한 땅이기도 했다."

▶ 대지는 집이 있던 적도 있고, 시체를 묻은 적도 있으며, 누군가가 밟고 지나갔던 곳이기도 합니다. 시간이 지나니 모든 것은 흙으로 돌아가고 대지만 남았습니다. 대지는 영원히 변치 않으며, 인간의 노력에 따라 얼마든지 새롭게 바꿀 수도 있습니다.

"우리는 땅에서 나왔고, 다시 땅으로 돌아가야 해. 아무도 너희한테서 땅을 빼앗지 못해."

▶ 왕룽은 세상을 떠나기 전 아들들에게 땅의 중요성을 언급합니다. 하지만 아들들은 왕룽이 세상을 떠나자 땅을 팔아 돈을 얻고, 그 돈을 바탕으로 여러 가지 일들을 하게 되죠. 시대의 변화로 땅에 대한 가치관이 변화함을 보여 줍니다.

"그는 따뜻하고 부드러운 흙을 손에 꼭 쥐고 있었다."

▶ 땅을 팔려는 생각을 가진 아들들의 부축을 받으면서도, 왕룽은 끝까지 땅을 지키려고 했습니다. 자기 인생의 모든 것인 흙을 움켜쥐며 눈물로 버티죠. 인생에서 가장 소중한 것은 쉽게 내려놓기 어렵습니다.

고전으로 생각 넓히기

다음 질문들에 관해 고민해 보는 시간을 가져 보세요.

① 농부들에게 '땅'은 어떤 존재일까요?
② 왕룽과 오란이 부잣집에 들어가 돈과 보석을 가지고 나온 행동은 정당한가요?
③ 오란처럼 하고 싶은 말을 전혀 하지 않은 채 살아간다면 어떨까요?

28

수레바퀴 아래서

헤르만 헤세(Hermann Hesse)
(1877.7.2.–1962.8.9.)

누구나 가지고 있는 수레바퀴

작가 소개

　헤르만 헤세는 1877년 독일 남부의 도시 칼프에서 목사의 아들로 태어났습니다. 헤르만 헤세는 시인이 되고 싶다는 생각으로 청소년기를 보냅니다. 명문 신학교에 진학했지만, 학교에 대한 부적응과 신경 쇠약으로 인해 학교를 도망쳐 나오게 됩니다. 또한 자살을 시도하여 정신 병원에 수감되기도 합니다. 이후 시계 공장과 서점에서 일하며 문학회 학생들과 교류하며 정서적인 안정감을 얻습니다. 1906년 자전적 소설 『수레바퀴 아래서』를 출간하고, 1919년에는 자기 인식의 과정을 고찰한 『데미안』을 출간합니다. 1946년 『유리알 유희』로 노벨문학상과 괴테상을 동시에 수상하게 됩니다.

주인공 한스 기벤라트는 독일의 작은 시골 마을에서 사는 소년입니다. 또래에 비해 똑똑하고 여러 방면에서 뛰어난 재능을 지녔죠. 마을 사람들은 총명한 한스를 보며 감탄했습니다. 한스는 어려서 어머니를 여의고 아버지와 살고 있었습니다. 아버지의 직업은 중개업자였는데, 계급에 대한 콤플렉스 때문에 아들에게 거는 기대가 무척이나 컸습니다. 한스는 학교뿐만 아니라 교회에서도 따로 교육을 받으며 전국에서 수재를 선발하는 시험인 '헤카 톰 베'라는 시험을 보게 됩니다. 이 시험에 합격하게 되면 신학교에 들어가 성직자가 될 수 있는데, 이는 당시 독일에서 제일가는 출세의 지름길이었습니다. 이 시험에 한스는 차석으로 합격합니다. 한스는 합격을 하게 되어 무척이나 기쁜 마음으로 잠시 휴식을 위해 낚시를 하러 갑니다. 하지만 신학교 입학 전 부족한 공부와 선행 학습을 해야 가서도 1등을 할 수 있다며 목사와 교장 선생님께 제지를 당합니다. 그리고 수학, 그리스어, 히브리어 등을 쉴 새 없이 공부합니다. 신학교에 입학한 한스는 친구들과 잘 어울리지 못하고 공부에만 매진해 성적이 뛰어난 모범생으로 학교생활을 합니다. 신학교는 성직자를 배출하기 위한 기관이라 무척이나 보수적이고 규율이 엄격했습니다. 한스는 모범적으로 학교생활은 했지만, 학업에 큰 흥미는 느끼지 못하고 답답함을 느꼈습니다.

그러던 중 한스는 헤르만 하일러와 가까워지게 됩니다. 하일러는 모범생 한스와는 정반대의 성향을 지닌 아이였죠. 시를 짓는 데 특별한 재능이 있었고, 반항심이 가득해 학교에서 정한 규칙을 지키지 않았으며, 신학교 교육에 대해서도 비판적인 시각을 가지고 있었습니다. 하일러는 학교에서 문제아로 찍히게 되고, 금고형에 처해지게 됩니다. 교장은 한스를 불러 하일러와 어울리지 말라고 지시하고, 한스는 이때부터 하일러와 거리를 두기 시작합니다. 신학교에 다니는 아이들이 모두 무사히 졸업하는 것은 아니었습니다. 퇴학을 당하거나 도망치거나 죽는 경우도 종종 있었습니다. 힌딩거라는 소년은 호수 주변을 산책하다가 호수에 빠져 죽고 말죠. 이 일을 계기로 한스와 하일러는 다시 가까워지게 되고, 한스는 친구의 영향을 받아 반항심과 우울감이 자라나게 됩니다. 친구 하일러는 학교를 탈출했다 다시 잡혀 오는데, 이 사건을 계기로 퇴학을 당합니다. 그 후 한스는 성적이 점점 떨어지고 신경 쇠약까지 걸려 결국 학교를 그만두고 고향으로 돌아오게 됩니다.

고향으로 돌아온 한스에게는 아무것도 남아 있지 않았습니다. 박수갈채를 받으며 떠났지만 실패하고 돌아온 한스를 반기는 이는 아무도 없었죠. 정신적으로 힘들어하며 자살까지 생각해 본 한스에게 엠마라는 여인이 나타납니다. 한스는 그녀를 운명의 연인이라 생각했지만, 엠마는 이내 떠나 버리고 말죠. 아버지는 한스에게 시계 부품 공장에 취직할 것을 권유합니다. 수습 기계공으로 취직한 한스는 다시 한번 열심히 살아 보기로 마음먹죠. 그러다 기계공들과 함께한 회식 자리에서 한스는 취할 정도로 술을 마십니다. 한스는 다음 날 강에 빠져 싸늘한 주검으로 발견되며 이야기는 끝이 납니다.

◇ 책의 배경 엿보기 ◇

당시 독일은 역사상 최초로 통일 국가가 설립된 시기였습니다. 의무 교육이 시작되어 아이들은 통제와 엄격한 규율 속에서 공부를 했습니다. 특히 신학교는 더욱 엄격했으며, 국가의 이념을 실현하기 위한 교육을 받았습니다. 개인의 인성과 특기는 고려되지 않은 채 정해진 교육만 받아야 했으며, 가르치는 내용에 대한 비판이나 질문은 엄격히 배제되었습니다. 이 시기에 교육을 받은 아이들 중에는 정신적인 어려움을 겪거나 중도에 학업을 그만두는 경우도 많았습니다. 『수레바퀴 아래서』는 헤르만 헤세가 당시 독일의 교육을 비판하며 자전적인 내용을 담아 쓴 소설입니다.

◇ 책의 핵심 주제 및 시사점 ◇

① 나만의 수레바퀴

사람들은 모두 태어날 때부터 자신만의 수레바퀴를 굴립니다. 혼자 알아서 굴리는 아이도 있고, 주변의 도움을 받거나 주위의 눈치를 보며 굴리는 아이도 있습니다. 굴리는 것을 포기하면 수레바퀴 아래 깔리기도 하죠. 우리 사회는 제자리에 있으면 나태하고 게으르다고 판단합니다. 따라서 수레바퀴를 어떻게 굴릴지 고민할 겨를도 없이 남들을 따라서 굴려야만 합니다. 책에서는 맹목적으로 수레바퀴를 굴려야만 인정받는 학교와 사회에 대한 비판적인 생각을 드러냅니다. 조금 느리더라도, 방향이 다르더라도, 때로는 쉬어 가더라도 나만의 목표를 향해 수레바퀴를 굴려 보는 건 어떨까요?

② 대한민국의 과도한 교육열

『수레바퀴 아래서』는 과도한 교육열로 인해 주인공이 겪는 어려움을 담아낸 소설입니다. 우리나라도 지나친 교육열로 인한 폐해가 많이 나타나고 있습니다. 어릴 때부터 영어 유치원에 다니거나 초등학생이 고등 수학을 선행 학습하며 밤 10시가 넘도록 공부하기도 합니다. 당연히, 공부를 잘하면 좋은 대학에 가거나 좋은 직장에 취업할 가능성이 높아집니다. 원하는 일을 하려면 공부는 필수인 사회죠. 하지만 공부를 못한다고 너무 좌절하진 마세요. 수레바퀴는 꼭 공부를 잘해야만 빠르고 바르게 굴릴 수 있는 게 아닙니다. 공부 외에도 자신만의 특기를 찾고 그 분야의 전문성을 길러 나간다면, 나만의 수레바퀴를 굴릴 수 있어요.

◇ 고전 속 인생의 한 문장 ◇

"기운이 빠진다면, 수레바퀴 아래에 깔리고 말 거야."

▶ 한스가 열심히 공부하는 무번생일 때는 수레를 굴리는 소년이었지만, 공부를 놓는 순간 수레바퀴 아래에 깔리는 존재가 될 운명입니다. 기운이 빠지거나 멈추는 순간 자신이 끄는 수레에 짓밟히게 될지도 모른다는 내용입니다.

"우리는 수레바퀴 아래 깔린 달팽이가 아니다. 어쩌면 우리는 수레를 끌고 앞으로 나아가야 할 운명을 짊어진 수레바퀴 그 자체인지도 모른다."

▶ 우리의 인생은 끝없이 앞으로 나아가는 수레바퀴일지도 모릅니다. 맹목적으로 앞을 향해 나아갈지, 올바른 방향성을 가지고 천천히 나아갈지는 여러분의 선택에 달려 있습니다.

"영혼이 상하는 것보다는 차라리 몸이 열 번 죽는 게 낫단다."

▶ 한스가 신학교에 가기 전 듣게 되는 조언입니다. 우리의 영혼은 타인의 이야기에 영향을 많이 받습니다. 평소에 생각하는 훈련을 게을리하면 더욱 주변에 휘둘리기 쉽죠. '나'라는 사람에 대한 정체성을 통해 영혼을 단련시킬 필요가 있습니다.

고전으로 생각 넓히기

다음 질문들에 관해 고민해 보는 시간을 가져 보세요.

① 내가 주인공 한스였다면, 하일러와 가까이 지냈을까요?

② 나를 위한 삶이 아닌, 주변의 기대에 부응하는 삶은 행복할 수 있을까요?

③ 신학교를 그만두게 된 한스에게 어떤 도움이 필요했을까요?

29

압록강은 흐른다

이미륵
(1899.3.8.–1950.3.20.)

어려운 시대에 고향을 떠나야 했던 사람들의 이야기

이미륵은 1899년 황해도 해주에서 태어났습니다. 본명은 이의경인
데, 필명으로 미륵불에서 따온 이미륵을 사용하였습니다. 부유한 집에
서 태어나 경성의학전문학교에 다니던 중 3.1 운동에 참여하게 됩니다.
일제의 탄압을 피해 중국 상하이로 망명을 하였다가 독일로 건너가 베
를린 대학교 의학부에 입학합니다. 졸업 후 뮌헨 대학교 부속 병원에서
근무하기도 합니다. 전공과는 관련 없는 창작활동에도 열중합니다. 그
는 우리나라를 배경으로 하는 이야기들을 독일어로 써서 출간하였는
데, 1946년에 발표한 『압록강은 흐른다』가 독일에서 베스트셀러로 큰
인기를 끌게 됩니다. 1947년부터 대학에서 동양학을 가르치다가 1950
년 병환으로 사망합니다.

아들을 낳지 못하고 딸만 셋을 낳은 어머니는 아이 낳기를 빌어 주는 노파에게 부탁해 49일 동안 부처님의 제자 미륵에게 축원을 올립니다. 그 결과 주인공이 태어나게 되어, 이름을 '미륵'이라고 지었습니다. 미륵의 아버지는 지주였는데, 미륵과 사촌 형인 수암에게 한학을 가르쳐 주었습니다. 미륵과 사촌 형은 장난을 치거나 싸움을 즐겨 해 어른들에게 혼쭐이 나거나 매를 맞기 일쑤였습니다. 여름에는 골짜기에 달려가 멱을 감거나, 승경도라는 오늘날의 보드게임에 해당하는 재미있는 놀이도 하고, 연극도 관람하며 시간을 보냈습니다. 물론 공부도 게을리하지는 않았습니다. 수암은 공부를 이어가기 위해 시골로 가야 했기에 미륵과 작별하게 됩니다.

그러던 어느 날 일제 강점기가 시작되며, 일본 군인들이 집으로 들어와 집안을 수색합니다. 마을 주민들은 이유 없이 끌려가서 피투성이가 되도록 두들겨 맞고 돌아옵니다. 공포스러운 사회 분위기 속에서 미륵은 아버지의 권유로 신식 학교에 입학하는데, 신학문은 기존에 배웠던 한학과 과목이나 내용이 전혀 달라 학습에 어려움을 겪습니다. 그러던 중 미륵과 사이가 좋았던 아버지가 세상을 떠나는 아픔도 겪게 되죠. 매일 밤늦게까지 공부를 하였지만, 일본어로 된 교과서와 새롭게 바뀐 책들은 무척이나 어려웠습니다. '에이브러햄 링컨'과 '수소'와 '인력'은 모두 낯설었죠. 미륵은 매일 밤낮으로 공부만 한 탓에 건강도 조금씩 나빠지기 시작합니다. 주변의 도움을 많이 받았지만, 공부가 적성에 맞지 않았던 건지 성적은 크게 나아지지 않죠.

어머니는 미륵을 안타깝게 여겨 4년간 이어온 공부를 중단하고 송

림마을의 돌다리 아저씨 집에 가서 쉬자고 합니다. 미륵은 일 년 정도를 쉬면서 많은 생각을 한 끝에 서울에 있는 전문학교 진학을 위해 공부를 시작합니다. 사실, 유럽으로 떠날까도 고민했지만 쉽게 결정을 내리지 못하죠. 결국, 친구들의 도움을 받으며 화학, 물리, 수학 등을 열심히 공부한 끝에 경성의학전문학교에 입학합니다. 식민 치하에서 공부하는 것은 녹록지 않았습니다. 살얼음판을 걷는 느낌도 종종 있었죠. 그러다 1919년 3.1 운동이 일어나자 미륵은 친구들과 함께 참여하게 됩니다. 이후 미륵은 일본 경찰에게 쫓기는 몸이 되어 고향으로 돌아오는데, 어머니는 유럽으로 도망칠 것을 권유합니다. 미륵은 어부의 도움을 받아 압록강을 건너 중국 상하이에 다다릅니다. 압록강을 건널 때 고향에 대한 추억에 잠기기도 하죠. 상하이에서 몇 개월을 생활한 끝에 여권을 받아 유럽으로 향합니다.

미륵은 독일에서 생활하며 고향에서 오는 편지를 하염없이 기다리지만, 편지는 오지 않습니다. 그러던 어느 날 큰누나에게 한 통의 편지를 받게 됩니다. 편지를 통해 어머니가 돌아가셨다는 이야기를 전해 들으며 슬픔에 빠진 채 이야기는 끝이 납니다.

◇ 책의 배경 엿보기 ◇

일본은 1910년 8월 29일 대한제국의 주권을 완전히 강탈하고 식민지 지배를 시작합니다. 헌병 경찰 제도를 실시해 우리나라 사람들을 단압하고, 학교 교원들에게도 제복과 함께 대검을 착용하게 했죠. 한국군은 모두 무장 해제시키고 민간인의 총포 소지를 금지합니다. 특히 태형 제도를 실시해 죄 없는 한국인들을 연행해 태형을 집행하였습니다. 일제는 또한 애국 계몽 운동을 탄압하고 일본어로 교육을 하게 함으로써, 우리 민족의 혼을 송두리째 빼앗으려 하였습니다. 하지만 우리나라는 민족자결주의를 발표하고 1919년 3월 1일 거족적인 독립 만세 운동을 벌이며 일제의 무단통치에 저항합니다. 3.1 운동은 전 세계의 이목을 끌었고, 대한민국 임시정부 수립에도 영향을 미칩니다.

◇ 책의 핵심 주제 및 시사점 ◇

① 압록강과 우리 민족

미륵은 압록강을 건널 때 뒤를 돌아보며 우리나라에 대한 애틋한 마음을 드러내죠. 지금은 비록 북한과 중국의 경계인 압록강이지만, 당시 압록강을 넘어 중국으로 향한 독립운동가들과 그 시대 사람들에게는 조금 더 큰 의미였답니다. 압록강은 우리나라 사람이면 누구나 지니고 있는 '애국심'과 '정서적 안정'을 뜻했습니다. 끝없이 흐르는 압록강을 우리나라를 지탱하는 생명수이자 근원으로 생각했죠. 그리고 압록강을 건너서 중국으로 넘어가는 것은 돌아오기 힘든 길을 의미했습니다. 작가는 평생 압록강을 다시 넘지 못하고 타국에서 생을 마감합니다.

② 변화와 도전

미륵과 아버지는 신학문을 거부하거나 회피하지 않고, 도전하는 태도를 보입니다. 변화하는 것보다 현상을 유지하는 게 더 편리하고 마음도 편안합니다. 하지만 새로운 도전은 큰 변화를 만들어 낼 수 있죠. 미륵도 끝없는 도전 끝에 목표하는 대학에 진학하고 유럽으로 떠나게 됩니다. 오늘날 우리가 누리는 편리한 생활은 과학자들의 도전 정신 덕분입니다. 현실에 안주하기보다는 '왜 그럴까?', '어떻게 하면 좀 더 편리하게 바꿀 수 있을까?'와 같은 생각을 해 보세요. 작은 생각의 변화가 삶의 큰 변화를 만들어 낼 수 있습니다. 여러분도 새로운 내용을 배울 때 무조건 어렵다고 하기보다는 새로운 도전 과제로 받아들인다면 좀 더 마음이 가벼워질 거예요.

◇ 고전 속 인생의 한 문장 ◇

"소리가 멈출 때까지 기다려라. 그런 다음 너의 돌을 놓되, 절대 경솔하게 놓지 말아라."

▶▶ 아버지가 미륵과 바둑을 두며 한 말입니다. 아버지는 상대의 약점이 보이는 것이 때로는 함정일 수도 있다고 하였습니다. 바둑뿐만 아니라 모든 일을 할 때는 신중하게 할 필요가 있습니다.

"그 집 정원에는 꽈리가 자라고 있었는데, 그 빨간 열매가 햇빛에 빛났다."

▶▶ 미륵이 독일에서 꽈리를 보고 고향을 떠올리며 추억에 잠기는 장면입니다. 꽈리를 통해 부모님과 가족들과 함께했던 추억을 떠올리고 실제 고향에 온 착각을 일으키게 됩니다.

"비록 우리가 다시 못 만나는 한이 있더라도 결코 슬퍼하지는 말거라. 너는 정말 나에게 많은 기쁨을 안겨 주었단다."

▶▶ 어머니가 미륵과 작별 인사를 하며 남긴 말입니다. 일제 강점기에는 수많은 사람들이 가족과 이별하고 멀리 떠나는 일이 생겼습니다. 가족은 몸은 멀리 떨어져 있어도 서로 의지하며 응원하는 존재입니다.

고전으로 생각 넓히기

다음 질문들에 관해 고민해 보는 시간을 가져 보세요.

① 미륵처럼 부모님과 작별을 해야 한다면, 어떤 이야기를 하고 싶나요?
② 압록강을 건널 때 미륵의 마음은 어땠을까요?
③ 내가 3.1 운동을 계획하고 실행한다면, 어떤 준비를 해야 할까요?

30
사자소학

주자
(1130–1200)

조선 시대에 사용하던 교과서

『사자소학』은 정확하게 알려진 저자가 없습니다. 대신, 사자소학의 기본 틀인 소학을 집필한 '주자'에 대해 알려드릴게요. 주자는 '이동기 수설(理同氣殊說)'을 주장했어요. 모든 사물은 근본 원리인 이(理)는 똑같되, 그것을 나타내는 재료인 기(氣)는 각각 다르다는 말이에요. 간단히 말하면 인간의 마음을 물에 비유했을 때, 물은 모두 똑같은 물이지만, 물을 담는 그릇은 서로 달라 제각각이죠. 따라서 제각각인 기(氣)를 올바르게 수양하면 모두 하나가 될 수 있다고 보았죠. 올바른 수양을 위해 쓰였던 책이 『소학』인 셈이에요. 당시 시대적 상황과 맞물려 주자의 주자학은 사회 이념으로 널리 통용되었습니다.

『사자소학』은 중국 송나라 유학자 주자가 짓고 제자가 편찬한 『소학(小學)』을 좀 더 보기 쉽게 편집한 책입니다. 한 구절을 4개의 글자로 만들었기에 『사자소학(四字小學)』이라고 부릅니다. 옛 서당에서 『천자문』과 함께 필수 교재로 사용한 책으로, 사람으로서 지켜야 할 도리와 도덕 및 예절이 총망라된 책입니다. 지금의 초등학교 저학년 정도의 아이들이 배웠던 책이라니 여러분도 추억을 떠올리며 한 번씩 읽어 보세요.

父	生	我	身	母	鞠	吾	身
아비 부	날 생	나 아	몸 신	어미 모	기를 국	나 오	몸 신

아버지는 내 몸을 낳으시고, 어머니는 내 몸을 기르셨다는 뜻이에요.
부모님의 사랑이 얼마나 큰지 알 수 있는 내용이에요.

人	無	責	友	易	陷	不	義
사람 인	없을 무	꾸짖을 책	벗 우	쉬울 이	빠질 함	아닐 불	옳을 의

잘못을 꾸짖어 주는 친구가 없다면, 올바르지 않은 행동을 하기 쉽다는 뜻이에요.
친구를 가려 사귀며 돈독하게 유지해야겠죠?

作	事	謀	始	出	言	顧	行
지을 작	일 사	꾀할 모	비로소 시	날 출	말씀 언	돌아볼 고	갈 행

일을 할 때는 시작부터 잘 계획해야 하고, 말을 할 때는 행동을 돌아보라는 뜻입니다.
시작이 반이라고 했으니 어떤 일을 시작할 때는 신중해야 하고, 내가 지키지 못할
일은 말해서는 안 되겠죠?

損	人	利	己	終	是	自	害
덜 손	사람 인	이로울 리	자기 기	끝날 종	옳을 시	스스로 자	해칠 해

남에게 손해를 입히면서 자신을 이롭게 하면, 결국 자신을 해치게 된다는 뜻입니다.
나만 잘되자고 주변에 피해를 주면, 결국 나도 불행해질 수 있어요.

人	之	德	行	謙	讓	爲	上
사람 인	갈 지	덕 덕	갈 행	겸손할 겸	사양할 사	할 위	위 상

사람의 덕행 중에 제일인 것은 '겸손'과 '사양'이라는 뜻입니다.
자신을 뽐내는 것도 필요하지만, 겸손과 사양도 꼭 필요해요.

◇ 책의 배경 엿보기 ◇

시대가 변할 때마다 나라에서 강조하는 도덕규범이나 가치는 변화합니다. 조선 시대에는 삼강오륜(三綱五倫)에 나온 도덕적 가치를 특히 강조하였어요. 이를 위해 학교에서는 『사자소학』을 배웠고, 도덕적 실천 사례를 책으로 엮어낸 『삼강행실도(三綱行實圖)』와 『오륜행실도(五倫行實圖)』를 함께 배웠죠. 학교에서뿐만 아니라 가정에서도 『사자소학』을 활용해 인성교육을 시켜 부모를 공경하고 부모에게 효도하는 건강한 사회를 만들고자 했습니다. 이뿐만 아니라 스승과 친구, 나라에 대한 마음가짐 등도 배울 수 있었습니다. 자신의 인격을 수양하고 주변인들과 올바른 관계를 맺길 바랐던 조선 시대의 교육관은 오늘날에도 많은 영향을 미치고 있습니다. 불신, 시샘, 경쟁, 갈등이 많아지는 현대 사회에 『사자소학』은 많은 시사점을 남깁니다.

◇ 책의 핵심 주제 및 시사점 ◇

① 가정 교육의 중요성

주선 시대에는 가정 교육을 무엇이나 중시했습니다. 가정에서 엄격하고 절제된 교육을 하였고, 잘못하면 회초리를 맞기도 했죠. 잘못된 행동을 하였을 때 가정에서 충분한 꾸지람을 듣고 죄를 뉘우치는 과정을 통해 자신을 돌아보고 타인과 올바른 관계를 맺을 수 있었습니다. 친구들과 놀다가 잘못을 저지르면 동네 어른들께 함께 꾸중을 듣기도 했죠. 최근에는 사회가 많이 변화하고 복잡해지면서 예전보다 가족이 함께하는 시간이 줄었지만, 『사자소학』에서 강조하는 가정 교육은 오늘날에도 꼭 필요한 부분입니다.

② 효 사상

우리나라뿐만 아니라 대부분의 나라에서 부모에게 효도해야 한다는 내용을 가르칩니다. 가정이 평안해야 사회가 평안해지고 나라도 평안해지기 때문이죠. 『사자소학』에 쓰여 있는 '욕보기덕(欲報其德), 호천망극(昊天罔極)'은 '부모님의 은혜를 갚고자 하면 하늘처럼 끝이 없다'란 뜻입니다. 낳아 주고 길러 주신 부모님께 감사함을 다할 때, 사소한 것에도 감사하는 마음이 커지고 긍정적인 마음이 자라나게 되죠.

◇ 고전 속 인생의 한 문장 ◇

"일기부모(一欺父母), 기죄여산(其罪如山)"

▶ '부모님을 한 번이라도 속이게 되면 그 죄는 산처럼 높다'는 뜻입니다. 부모님께
는 진실만을 말해야 합니다. 부모님은 우리가 거짓말하는 것도 사실 다 알고 있
답니다.

"형우제공(兄友弟恭), 불감원노(不敢怨怒)"

▶ '형은 동생을 사랑하고 아우는 형에게 공손하게 행동해야 하며, 원망하거나 화
내지 말라'는 뜻입니다. 형은 동생을 아껴야 하고, 동생은 공손해야 다툼이 없습
니다. 두 가지 중 한 가지라도 어긋나면 화목하기 어렵습니다.

"장자자유(長者慈幼), 유자경장(幼者敬長)"

▶ '어른은 어린이를 사랑하고, 아이는 어른을 공경하라'는 뜻입니다. 아이도 어른
도 상호 존중하는 태도가 필요하지만, 어른에게는 좀 더 사랑을 강조했습니다.
여러분도 부모님을 공경하면, 더 큰 사랑을 받게 되겠죠?

고전으로 생각 넓히기

다음 질문들에 관해 고민해 보는 시간을 가져 보세요.

① 부모님께 거짓말을 해서 크게 혼난 경험이 있나요?
② 내 욕심을 위해 다른 사람에게 피해를 주면 어떤 일이 생길까요?
③ SNS의 문제점을 해결하기 위해 『사자소학』을 활용한다면 어떻게 할 수 있을까요?

31
허생진

박지원
(1737-1805)

무능력한 지배계급을 비판하다

연암 박지원은 조선 후기의 문신이자 대표적인 실학자입니다. 아버지가 벼슬 없는 선비로 지냈기에 할아버지 밑에서 자랐습니다. 과거에 실패한 후 벼슬에 큰 뜻을 두지 않고 학문과 책을 저술하는 데 힘썼는데, 당시 발달했던 청나라의 선진 문물을 배우고 실천해 나라에 적용하고자 했습니다. 청에 사절단으로 파견되어 북경과 열하 지역을 여행하고 쓴 『열하일기』가 대표적인 작품으로 알려져 있습니다. 연암 박지원은 50세가 되어서야 벼슬길에 올라 작은 마을의 현감으로 역할을 다합니다. 그리고 68세의 나이에 '깨끗이 목욕시켜 달라'라는 유언을 남긴 채 숨을 거둡니다.

묵적골에 사는 허생은 하루 종일 책만 읽는 가난한 선비였습니다. 책만 읽다 보니 돈을 벌지 못했고, 아내가 삯바느질을 하여 겨우 입에 풀칠을 하며 살았어요. 어느 날, 아내는 허생에게 책을 그만 읽고 도둑질이라도 해서 돈을 가져오라고 말합니다. 허생은 10년을 목표로 공부하던 중이었지만, 결국 아내의 등쌀에 못 이겨 7년 만에 공부를 중단하게 됩니다. 허생은 한양에서 가장 부자인 변 씨를 찾아가 대뜸 만 냥을 꿔 달라고 합니다. 변 씨는 허생의 당당한 태도에 이름도 묻지 않은 채 만 냥을 빌려주죠. 허생은 빌린 만 냥으로 안성으로 내려가 온갖 과일을 다 사들입니다. 허생이 모든 과일을 다 사 버리자 전국의 과일 가격이 치솟았고, 상인들은 어쩔 수 없이 허생에게 판 가격보다 10배 비싼 가격에 다시 과일을 사들입니다. 허생은 10배가 넘는 돈을 벌게 되죠. 이후 허생은 제주도로 건너가 말총을 모두 사들입니다. 그러자 이번에는 말총으로 만드는 망건 가격이 10배로 뛰어 허생은 또 10배가 넘는 돈을 벌게 됩니다.

큰돈을 번 허생은 늙은 사공을 만나 무인도를 알아봐 달라고 합니다. 땅이 넓지는 않았지만 농사를 짓기에도 좋고 마실 물도 얻을 수 있는 곳이었습니다. 이후 허생은 도둑의 우두머리를 찾아가 돈을 줄 테니 도둑질을 그만둘 것을 요청하며, 도둑 한 명당 여자 한 명과 소 한 필을 가지고 섬으로 오라고 말하죠. 이후 빈 섬에서 농사를 지어 3년 동안의 곡식을 비축해 두고 남은 식량은 배로 싣고 나가 판매합니다. 흉년이 든 장기도라는 곳에 식량을 팔아 은 백만 냥을 벌기도 하죠. 허생은 번 돈의 절반을 도둑들에게 나누어 주고 글을 아는 자들은 모두 함께 배에 태워 섬을 떠납니다. 섬을 나오면서 남은 배들은 모두 불태워 버리고 너무 많은 돈도 필요 없다며 오십만 냥은 바다에 버리죠.

허생은 전국을 놀아다니며 가난한 사람들에게 도움을 줍니다. 그래도 십만 냥이 남아 돈을 빌려준 변 씨에게 만 냥의 열 배인 십만 냥을 갚으려고 하죠. 변 씨는 놀라 이자만 받겠다고 하자, 본인은 장사치가 아니라며 화를 내며 돌아갑니다. 변 씨는 허생을 다시 찾아가 친분을 쌓습니다. 그리고 허생은 자신이 매점매석(買占賣惜)물건값이 오를 것을 예상하여 한꺼번에 사들인 후 비싼 값을 받기 위해 팔기를 꺼림으로 큰돈을 벌었지만, 나라를 망치는 일이라고 변 씨에게 조언합니다.

변 씨는 북벌을 준비하는 어영대장 이완과 가까운 사이였어요. 변 씨를 통해 허생에 대해 듣게 된 이완은 허생을 찾아가 나라를 위해 힘써 줄 것을 요청합니다. 이에 허생은 나라를 위한 세 가지 계책을 말해 줍니다. 첫째, 삼고초려(三顧草廬)인재를 맞아들이기 위하여 참을성 있게 노력함. 촉한의 유비가 난양에 은거하고 있던 제갈량의 초가집으로 세 번이나 찾아갔다는 데서 유래했다.하여 인재를 등용할 것. 둘째, 명나라를 위한다면 명나라의 후손을 귀하게 대접할 것. 셋째, 청나라에 들어가 그들에 대해 좀 더 알아볼 것이었어요. 하지만 이완은 세 가지 모두 불가능하다고 대답하죠. 그럴듯한 북벌을 주장하지만 실제로는 무엇도 할 수 없는 사대부를 보며 화가 난

허생이 칼을 뽑아 이완을 찌르려 하자 이완은 놀라서 줄행랑을 치죠. 이튿날 이완이 다시 찾아갔지만, 집은 텅 비어 있었고 허생은 온데간데없이 사라져 버립니다.

◇ 책의 배경 엿보기 ◇

책의 배경인 조선 시대 후기는 근대 사회로의 변화가 요구되던 시대였습니다. 더 이상 글만 읽으며 탁상공론(卓上空論)현실성이 없는 허황한 이론이나 논의을 할 게 아니라 실제적인 변화를 일으키자는 '실학'을 주장하는 학자들이 등장합니다. 임진왜란과 병자호란으로 백성들의 삶은 피폐해졌지만 당시의 사회 이념이었던 '성리학'은 큰 도움이 되지 못했기 때문이죠. 실학자들은 학문의 연구는 현실에 바탕을 두어야 한다고 강조하며 농사, 상공업, 국학의 혁신을 통해 모두가 잘살게 되는 나라로 바꾸고자 합니다. 그 생각이 잘 표현된 소설이 바로『허생전』입니다.

◇ 책의 핵심 주제 및 시사점 ◇

① 매점매석이 가능한 취약한 경제 구조

여러분이 만약 엄청나게 많은 돈으로 전국의 과일을 모두 구입한다고 생각해 보세요. 가능할까요? 당연히 불가능합니다. 하지만 이 당시 사회는 취약한 경제 구조로 인해 매점매석이 쉽게 가능했어요. 이러한 불안한 경제 구조는 백성들의 삶을 더 힘들게 만들었습니다.

② 양반의 허례허식

허생은 양반들에게 꼭 필요한 과일과 말총을 매점매석합니다. 양반들은 체면치레를 위해 얼마가 들더라도 잔치에 필요한 과일과 상투를 트는 데 필요한 말총을 살 것이기 때문입니다. 작가는 백성들의 어려움은 모르는 체하고 체면치레에 급급한 양반들의 허례허식을 꼬집습니다. 더불어 이완이 허생의 세 가지 계책을 모두 거절하는 장면을 통해 명목상으로만 북벌론을 강조하는 사대부를 비판합니다.

✧ 고전 속 인생의 한 문장 ✧

"마음속 자기 욕심을 버린 자리에, 다른 사람들을 위해 베푸는 정성이 가득하다면 사람들은 절로 모이게 되어 있소."

▶ 허생은 빈 섬을 알아보며 욕심을 버리고 다른 사람들을 위한 정성이 가득하면 사람들은 저절로 모인다고 말합니다. 자신의 욕심만 취하려는 사람은 주변에 사람이 없고, 베푸는 사람 주변엔 저절로 사람이 모이기 마련입니다.

"바다가 마르면 얻는 사람이 생기겠지."

▶ 허생은 은자 오십만 냥을 바다에 던지며 이렇게 말합니다. 불가능한 상황을 이야기하며 누구도 가져가지 못할 것임을 시사하죠. 이 돈은 나라에서도 놓아둘 곳이 없다며 나라의 빈약한 경제 체계를 비판합니다.

"만금이라는 돈이 어찌 사람의 도(道)를 살찌우기야 하겠소?"

▶ 허생은 돈은 얼굴을 번지르르하게 만들 수는 있지만 정신을 살찌울 수는 없다고 말합니다. 물질적인 것보다 정신적인 것을 더 중시하는 허생의 태도가 드러나는 구절입니다.

고전으로 생각 넓히기

다음 질문들에 관해 고민해 보는 시간을 가져 보세요.

① 허생은 왜 바다에 은자 오십만 냥을 버렸을까요?
② 꼭 필요하지 않은데 남들 눈을 신경 쓰느라 소비하는 것들은 무엇이 있을까요?
③ 허생처럼 큰돈을 번다면 여러분은 어디에 쓰고 싶나요?

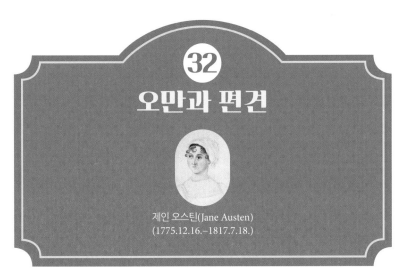

오만과 편견

제인 오스틴(Jane Austen)
(1775.12.16.–1817.7.18.)

누군가의 오만과 다른 이의 편견

제인 오스틴은 영국 햄프셔주 스티븐턴에서 태어났습니다. 아버지인 조지 오스틴은 옥스퍼드 대학교를 나와서 목사를 하며 마을 사람들의 신임을 얻었습니다. 어릴 때부터 서재에 드나들며 책을 읽고 습작을 하였습니다. 사랑하던 남성과의 결혼이 상대방 집안의 반대로 무산되어 큰 슬픔을 겪고, 21세에 첫 장편 소설 『첫인상』을 집필했지만 출판을 거절당합니다. 이후 아버지가 돌아가시고 가정 형편이 어려워져 여기저기를 전전하다가 초턴이라는 작은 마을에 정착해 평생을 독신으로 삽니다. 1813년에 『첫인상』을 개작한 『오만과 편견』을 출간하며 큰 인기를 얻게 됩니다. 작가로서 왕성한 활동을 이어갔으나 젊은 나이에 병세가 깊어져 42세의 나이에 세상을 떠납니다.

19세기 영국의 시골 마을 롱본에는 베넷 부부와 다섯 명의 딸이 살고 있었습니다. 베넷 부인은 딸들을 좋은 집안과 맺어 주고자 부단한 노력을 했습니다. 집 근처 네더필드 저택에 북부에서 온 청년 빙리가 세입자가 될 것이라는 이야기를 들은 베넷 부인은 자신의 딸들 중 한 명을 그와 꼭 결혼시켜야겠다고 생각하죠. 빙리가 주최한 무도회에는 빙리의 친구 다아시도 참석합니다. 다아시는 빙리보다도 더 부유하고 멋진 풍채를 자랑했죠. 여성들은 다아시에게 큰 관심을 보였어요. 하지만 활달한 성격의 빙리와 달리 다아시는 사교적이지 않고 까칠하며 오만한 태도를 보입니다. 혼자 있는 둘째 딸 리지(엘리자베스)와 춤을 추라는 주변의 권유를 완강히 거절하기도 합니다.

무도회가 끝난 후 첫째 딸 제인은 빙리와 만남을 이어 나갑니다. 다아시는 처음에는 리지가 전혀 마음에 들지 않았지만, 두 번째 만남에서 그녀의 매력에 푹 빠지게 됩니다. 반면, 리지는 다아시의 춤 요청을 거

▲ 리지(엘리자베스)와 아버지

절하며 거리를 둡니다. 제인은 빙리의 여동생에게 식사 초대를 받습니다. 가던 도중 비를 맞아 감기에 걸리게 되어 자연스레 빙리의 집에 묵게 되고, 이를 계기로 제인과 빙리는 가까워지게 되죠. 한편, 리지는 위컴이라는 청년을 만나게 되는데, 다아시와는 악연이 깊은 인물이었습니다. 위컴은 다아시의 아버지가 자신에게 큰돈과 성직자 자리를 주기로 약속했지만, 아버지가 돌아가신

후 다아시가 그 약속을 파기했다고 이야기합니다. 이에 리지는 다아시에 대한 안 좋은 감정이 더욱 커지게 되죠. 그러다 빙리와 다아시는 런던으로 떠나게 됩니다. 런던으로 간 빙리는 제인에게 한 번의 연락조차 하지 않죠.

몇 개월 후 우연히 만난 다아시는 리지에게 청혼을 합니다. 하지만 리지는 단칼에 거절하며 제인과 빙리의 결혼을 방해한 이유와 위컴에게 약속을 지키지 않은 이유를 묻습니다. 하지만 다아시는 대답을 하지 않은 채 자리를 뜹니다. 다음 날 다아시는 리지에게 장문의 편지를 건네주고 떠납니다. 편지에는 당신 어머니의 처신과 세 여동생의 행동을 보고 결혼을 막는 게 최선이라 생각했다는 내용과 위컴이 큰돈을 요구하여 주었지만 방탕한 생활로 모두 탕진하고 계속 무리한 요구를 하였다는 내용이 적혀 있었죠. 이를 계기로 리지는 다아시에 대한 오해가 모두 풀리고 위컴에 대한 불신이 생기죠.

그러던 어느 날 리즈는 막내 여동생 리디아가 위컴과 함께 야반도주를 했다는 소식을 듣습니다. 하지만 결혼을 하지 않을 수도 있다는 내용도 함께 들리죠. 알고 보니 위컴은 베넷 집안의 유산을 노리고 계획적으로 접근한 것이었습니다. 하지만 실제로는 큰 재산이 없는 것을 알게 되자, 돈을 주지 않으면 결혼하지 않겠다고 협박을 합니다. 이 상황을 알고 있던 다아시는 몰래 위컴에게 돈과 직업을 주며 결혼을 성사시킵니다. 리지는 이 일로 크게 감동을 받게 되죠. 이후 빙리는 제인에게, 다아시는 리지에게 청혼하며 해피엔딩을 맞이합니다.

◇ 책의 배경 엿보기 ◇

책의 배경인 18세기 말은 영국의 전통적인 고전주의가 저물고 낭만주의가 널리 퍼져 가는 시기였습니다. 기존에 부와 권력을 쥐고 있던 귀족 계급의 영향력이 상대적으로 줄어들고, 신흥 세력들의 영향력이 커지게 됩니다. 신흥 세력은 '부르주아 계급'이라 불렸는데, 산업화로 인해 막대한 부를 쌓은 상인들이 대표적입니다. 이로 인해 기존의 엄격한 계급 구분이 약화하고, 대중문화가 생겨나고, 종교의 영향력도 다소 감소되기 시작합니다. 당시의 결혼은 가문과 가문의 결합이었기에 베넷 부인은 좋은 가문과 딸들을 결혼시키기 위해 애썼습니다.

◇ 책의 핵심 주제 및 시사점 ◇

① 오만과 편견의 실체

다아시는 상류층에서 나고 자라 행동에 거리낌이 없어 다소 오만하게 보일 수 있는 인물입니다. 아쉬운 것 없이 모든 것을 누리고 생활하다 보니 자연스레 체득된 태도이죠. 그러나 다아시의 오만은 그의 환경이 만든 것이지, 그의 성품 자체가 오만하다는 뜻은 아닙니다. 리지는 다아시의 일부 모습과 위컴의 거짓말로 인해 다아시가 오만하며 이기적이라는 편견을 가집니다. 이후 다아시가 보였던 오만과 리지가 가졌던 편견은 모두 서로에 대한 오해였다는 사실이 밝혀집니다. 누구나 오만과 편견을 가질 수 있지만, 그 사람에 대한 정확한 이해와 대화 없이 섣불리 판단하는 일은 금물입니다. 더구나 확인되지 않은 사실로 특정인에 대해 편견을 가지는 행동은 큰 상처를 줄 수도 있습니다.

② 진정한 사랑과 결혼

『오만과 편견』에서 결혼은 가문과 가문과의 결합입니다. 다아시와 리지의 결혼은 당시 시대 상황으로는 불가능한 결혼이었습니다. 다아시의 가문은 부유한 상류층인 반면, 리지의 가문은 지참금조차 제대로 준비하기 힘든 형편이었기 때문이죠. 하지만 둘은 진정한 사랑을 하게 되고 행복한 결혼에 이르게 됩니다. 현실의 벽을 진정한 사랑으로 극복하는 스토리는 시대를 뛰어넘어 공감대를 불러일으킵니다. 그만큼 사랑과 결혼은 인생에서 중요하다는 것을 뜻합니다.

◇ 고전 속 인생의 한 문장 ◇

"재산이 많은 독신 남성이 아내를 필요로 한다는 것은 보편적으로 인정된 하나의 진리이다."

▶『오만과 편견』의 유명한 첫 문장입니다. 하지만 책에서는 미혼 여성이 재산이 많은 남성을 필요로 하는 내용만 등장합니다. 이를 통해 첫 문장과 책의 내용을 대비시켜 당시 결혼 문화를 풍자하고 있습니다.

‿

"우리는 우리의 관념과 편견으로 가득 차 있다. 아무리 공정하게 생각해도, 결국 그것 역시 주관적인 견해일 뿐이다."

▶사람은 누구나 편견을 가지고 있습니다. 똑같은 사실을 100명이 판단하면 저마다 생각이 다를 수밖에 없기 때문이죠. 따라서 공정하게 생각하려고 노력하지 않으면 지나친 편견에 빠질 수 있으니 주의가 필요합니다.

‿

"당신을 사랑해서 나의 분별력마저 잊어버렸습니다."

▶강렬한 사랑에 빠지면 분별력을 잃어버리기 마련입니다. 주변은 전혀 보이지 않고 세상에 두 사람만 존재하는 것처럼 느껴지기도 하죠. 그만큼 사랑의 힘은 위대합니다.

고전으로 생각 넓히기

다음 질문들에 관해 고민해 보는 시간을 가져 보세요.

① 위컴은 결혼을 핑계로 돈을 받고 나서 개과천선했을까요?

② 나에 대해 거짓된 소문이 퍼지고 있다면 어떻게 행동해야 할까요?

③ 다아시는 왜 리지에게 바로 사실대로 이야기하지 않고, 편지를 건네주고 떠났을까요?

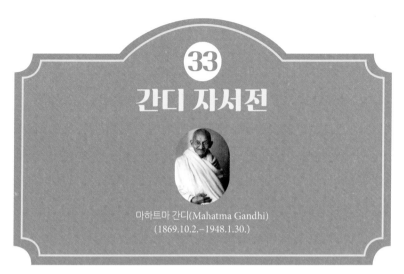

간디 자서전

마하트마 간디(Mahatma Gandhi)
(1869.10.2.–1948.1.30.)

비폭력 운동과 민족 운동 지도자의 삶

작가 소개

마하트마 간디는 1869년 인도 서부의 포르반다르에서 태어났습니다. 간디의 집안은 상인 계급이었습니다. 1887년 18세에 대학에 합격했지만, 영국 유학을 결정해 런던에서 법률을 공부합니다. 1891년 변호사 면허를 취득하고 인도로 돌아와 변호사로 개업하였습니다. 1893년 남아프리카에서 변호사 일을 했는데, 그곳에서 인도인이 차별받는 모습을 보고 인종차별 반대 운동을 펼치게 됩니다. 간디는 약소민족이 자결 자주권을 되찾게 하기 위해 노력했고, 강대국들의 제국주의를 비판했습니다. 폭력을 없애기 위한 폭력도 반대하여, 비폭력 운동을 전개했습니다. 1948년 1월 30일 반이슬람 성향의 힌두교 급진파 청년에게 총을 맞아 사망합니다.

간디의 아버지는 네 번의 결혼을 하였는데, 간디는 네 번째 부인과의 사이에서 태어난 막내였습니다. 어린 시절 간디는 수줍음이 많은 아이였고, 거짓말이나 부정적인 마음과는 거리가 멀었습니다. 친구들과 어울리며 몰래 고기를 먹기도 하고 담배를 피우기도 하였지만, 아버지께 진심 어린 용서를 빌고 용서를 받게 됩니다. 간디는 아버지의 인자한 마음으로부터 큰 깨달음을 얻고 비폭력 운동의 영감을 얻습니다. 18세 때 육식과 주색을 하지 않는다는 서약을 하고 어머니에게 영국으로 유학 가는 것을 허락받습니다. 영국에 가서도 남 앞에서는 말을 제대로 하지 못해 변호사 일을 잘할 수 있을지 염려되었습니다. 1891년 7월 인도로 돌아왔지만 변호사 일이 제대로 풀리지 않았습니다.

1893년 남아프리카에서 인도인의 참상을 목격하고 프리토리아에 거주하던 인도인들과 접촉해 집회를 열고 인도인의 권리를 위해 힘씁니다. 당시 인도인은 선거권을 가지지 못하였고, 밤 9시 이후에는 외출도 금지되어 있었습니다. 남아프리카의 영국 식민지인 나탈 정부에서 인도인의 나탈 이민을 금지하는 '3파운드 인두세세금을 낼 수 있는 능력의 차이를 고려하지 않고 모든 이에게 일률적으로 매기는 세금' 문제가 발발하였고, 간디는 앞장서서 서명 운동과 투쟁을 하였습니다. 간디는 종교적 진리를 추구하는 데 많은 시간을 보냅니다. 기독교인들과 접촉하며 종교 서적을 다수 읽었으나 기독교의 교리를 믿지는 않았습니다. 힌두교의 신앙도 완전한 믿음을 주진 못하였고, 이슬람교에 관한 공부도 게을리하지 않았습니다. 특히 톨스토이의 『신의 나라는 네 안에 있다』라는 책을 읽고 큰 감명을 받습니다. 간디는 힌두교 서적도 읽으며 생활의 지침으로 삼습니다. 공공사업을 위해 대부분의 돈을 기부하고, 자신은 검소한 생활을 유지합니다.

간디는 영국과 트란스발공화국현재 남아프리카 공화국에 있었던 과거 영국의 식민지이 벌인 보어전쟁에는 직접 참여합니다. '인도의 완전한 해방은 영국을 통해 가능하다'란 믿음 때문이었습니다. 이후 트란스발 정부는 인도인들은 신상을 등록하고 지문을 찍은 등록증을 가지고 다녀야 하며, 그렇지 않을 경우 벌금이나 형벌, 또는 추방을 당한다는 법안을 공표합니다. 간디와 인도인들은 사티아그라하 운동시민 불복종 운동을 펼치며 투쟁하였지만, 법안은 시행됩니다. 간디는 옥중에서 사람들이 자발적 등록을 하면 법안을 폐지하겠다는 스뫼츠 장군의 제안을 받아들입니다. 하지만 법은 폐지되지 않았고, 간디는 2천 장의 등록증을 모두 불태워 버립니다. 이후 간디는 사티아그라하 운동을 이어 나갑니다. 사람들이 기부한 땅과 돈으로 '톨스토이 농장'을 만들어 사티아그라하 운동자들의 수도장을 설립합니다. 간디는 이곳에서 생활하며 교육을 담당했습니다.

인도로 돌아온 간디는 영국으로부터의 독립을 위해 비폭력 불복종 운동을 펼칩니다. 영국 상품의 불매와 납세 거부, 공직 사퇴 등 영국에 대해 폭력 없이 저항할 것을 호소합니다. 또, '하르탈' 운동을 시작합니다. '하르탈'이란 '완전한 휴업·파업'을 뜻하는 것으로, 모든 인도인이 일을 하지 말자는 운동이었습니다. 이후 영국이 '소금세'라는 세금

을 매기자 사티아그라하 운동이 다시 시작되었지만, 수많은 사람들이 잡혀가고 폭행을 당하거나 죽임을 당했습니다. 1947년 8월 15일 인도는 독립을 하게 되었지만, 무슬람 연맹 지도자인 알리 진나는 이슬람교의 나라 파키스탄을 세우게 되죠. 이후 간디는 힌두교 청년에 의해 암살당하여 생을 마감하게 됩니다.

◇ 책의 배경 엿보기 ◇

19세기 중반 인도는 영국의 식민지가 됩니다. 영국은 동인도 회사를 통해 인도를 간접 지배하고 있었습니다. 영국은 인도를 원료를 공급하는 기지화하며 상품을 판매하는 곳으로 전락시킵니다. 영국은 인도인의 토지를 빼앗고 생산력을 저하시켜 인도 사람들은 점점 더 살기가 힘들어졌죠. 영국 동인도 회사의 종교에 대한 몰이해로 인해 '세포이 항쟁'이 발발하였습니다. 영국에 의해 진압되었지만, 동인도 회사는 해체되고 영국은 인도에 대해 직접 지배를 시작하게 됩니다. 1914년 제1차

세계대전이 발발하자 인도는 영국과 대등한 지위를 부여받기를 기대하며 협조합니다. 하지만 약속은 지켜지지 않았고, 인도는 1919년 사티아그라하 투쟁을 시작으로 끝없는 독립운동을 전개합니다.

◇ 책의 핵심 주제 및 시사점 ◇

① 인류와 평화를 사랑한 간디

인도는 약 200년 동안 영국의 지배를 받았습니다. 우리나라가 일제 강점기에 고통을 받았던 것처럼, 인도 사람들도 많은 설움을 겪었죠. 인도의 독립에 큰 영향을 미친 간디는 무력 대신 '사티아그라하'로 부르는 비폭력 운동을 벌입니다. 감옥에도 여러 번 다녀오는 등 모진 고생을 하지만, 폭력적인 시위보다는 평화를 사랑하는 마음으로 독립을 위해 진심을 다했습니다. 간디는 영국의 옷을 사 입지 말자며 물레로 직접 옷을 짜 입었고, 소금법이 시행되었을 때는 직접 바닷가에 가서 사람들과 소금을 만들었죠. 사람들은 간디를 보고 힘을 얻었고, 함께 권리를 회복하고 독립을 하기 위한 투쟁에 참여하였죠.

② 나보다 우리, 민족을 더 사랑한 마하트마 간디

간디는 스스로 금욕과 절제를 통해 마음을 다스렸고, 인도인의 정당한 권리를 위해 평생을 살아간 인물입니다. 마하트마는 '위대한 영혼'이라는 뜻인데, 인도의 시인 타고르가 붙여 준 이름입니다. 간디는 인도인이 차별받고 부당한 대우를 받는 것을 보며 비폭력 저항 운동을 벌이죠. 간디는 자신에게 직접 피해가 오지 않았어도 민족을 위해 자신을 희생하였습니다. 또한 간디는 국산품 장려 운동과 노동을 거부하는 운동으로 분열된 인도를 하나로 이끄는 데 성공합니다. 인도는 카스트 제도와 종교 갈등으로 하나가 되기 무척이나 힘들었지만, 하나가 되어 독립에 성공하게 됩니다.

"진리의 이상은, 한번 세워진 맹세는 정신으로나 글자로나 충분히 지켜져야 할 것을 요구한다."

▶ 간디는 스스로 맹세를 하고 지키는 과정에서 많은 고뇌를 겪습니다. 간디는 외형적으로 맹세를 지키는 것도 중요하지만, 정신적으로도 그것을 지키는 것이 중요하다고 말합니다.

"진리를 찾아가는 자는 티끌보다도 겸손해져야 한다."

▶ 간디는 진리를 찾기 위해 겸손을 강조했습니다. 그 누구보다 진리에 가장 가까운 인물이었지만, 겸손함을 잃지 않았죠. 간디의 삶은 스스로를 드러내지 않아도 가장 빛났습니다.

"강인함은 몸의 크기에서 오는 것이 아니야. 그것은 마음의 크기에서 비롯된단다."

▶ 간디는 왜소한 체구였지만, 커다란 마음으로 인도인들의 마음을 움직였습니다. 진정한 강함은 물리적 힘이 아니라 넓은 마음과 사랑의 힘이죠.

고전으로 생각 넓히기

다음 질문들에 관해 고민해 보는 시간을 가져 보세요.

① 간디는 왜 폭력적인 저항 운동을 하지 않았을까요?

② 수줍음이 많았던 간디가 어떻게 민족 운동을 지도할 수 있게 되었을까요?

③ 만약 전 세계에서 '하르탈 운동(노동 거부 운동)'이 펼쳐진다면 어떤 일이 생길까요?

34
백범일지

김구
(1876.8.29.–1949.6.26.)

나의 소원은 우리나라 대한의 완전한 자주 독립이오

작가 소개

백범 김구는 일제 강점기에 항일 운동을 하던 독립운동가입니다. 3.1 운동 직후 중국의 상해로 망명하여 대한민국 임시정부에서 의정원 의원, 경무국장, 내무총장, 국무총리 대리 등 핵심적인 역할을 합니다. 이후 1931년 한인애국단을 조직하여 윤봉길과 이봉창의 항일 의거를 지휘하였습니다. 1948년 남한과 북한이 별도의 정부를 수립하려는 결정에 반대하며 「3천만 동포에게 읍고함」이라는 성명서를 통해 남·북이 아닌 하나의 통일 정부를 세우자고 강력히 호소합니다. 분단이 된 이후에도 민족통일 운동을 전개하던 중 사저인 서울 서대문구의 경교장에서 육군 소위 안두희가 쏜 총에 암살을 당하며 생을 마감하게 됩니다.

김구는 1876년 황해도 해주에서 태어났으며, 본명은 김창암입니다. 안동 김씨 경순왕의 후손으로, 대대로 벼슬을 하던 집안이었으나 효종 때에 김자점이 반역 혐의를 입어 몰락하게 되었습니다. 김구는 집에 있던 돈을 훔쳐서 떡을 사 먹으려다 걸려 아버지에게 죽도록 맞은 적도 있는 개구쟁이였죠. 집안이 넉넉지 않았지만 한자 공부를 시작으로 열심히 학문에 정진합니다. 열일곱 살이 되어 과거 시험에 참여하였으나 과거 급제를 위해 매점매석이 이루어지는 모습을 보고 학문의 길을 포기합니다. 이후 돈을 벌기 위해 관상학을 공부하였으나, 자신의 얼굴이 천하고 흉한 관상이며 못생긴 것을 깨닫고 크게 실망하죠. 다음 해에 유명한 동학 선생을 만나 대화를 나누고 동학에 적극적으로 가담하게 됩니다. 동학의 목표는 새로운 나라를 선설하는 것이었는데, 김구가 꼭 이루고 싶은 현실과 맞아떨어졌기 때문입니다. 동학에 가입하면서 이름을 김창수로 개명하고, 아기 접주동학의 교구를 말하는 접의 우두머리로 이름을 날렸습니다. 동학 운동이 실패로 끝나자 안태훈안중근의 아버지의 마을에 가서 공부를 이어 갔으며, 유학자인 고능선의 가르침을 받아 많은 문학을 섭렵합니다.

이 시기 우리나라에는 1895년 명성황후 시해 사건, 1896년 단발령 선포, 아관파천 등 여러 역사적인 사건들이 발생하였습니다. 김구는 의병에 참가하기 위해 치하포 주막에서 머무는데 칼을 찬 일본군을 보고 달려들어 폭행하고 칼로 살해합니다. 이 사건으로 인천에 있는 감옥에 투옥되어 사형수가 되죠. 사형을 중지하라는 고종의 칙령으로 다행히 사형을 면한 김구는 2년 뒤 탈옥에 성공합니다. 이후 김구는 마곡사로 들어가 1년 넘게 승려 생활을 하였으며, 이후 예수교에 들어가 신앙생활을 합니다. 주위의 반대를 이겨내고 최준례와 결혼에 성공하고, 교사로서 계몽 활동을 이어갑니다. 1905년에는 을사늑약 체결로 의병 운동이 발발하였으나 모두 실패하였습니다. 김구는 예수교 소속으로서 상소를 올리는 것에 참여합니다. 1907년에는 국권회복운동의 국내 최대 비밀 결사조직이었던 신민회 회원으로 참여하였고, 1910년에는 양산학교를 확장하고 교장으로서의 역할에 충실하였습니다. 국민을 계몽하면 나라를 되찾을 수 있다고 믿었기 때문이죠. 1911년에 안명근이 학교 설립 자금을 모집하던 중 잡혀가게 되고, 함께했던 계몽 운동가들도 모두 심문을 받게 됩니다. 김구는 15년 형을 받고 악명 높은 서대문 형무소에 수감됩니다. 힘든 수감 생활이었지만, 김구는 독립운동에 대해 더욱 확고한 의지를 가지게 됩니다. 후에 감형받아 마흔두 살에 출소합니다.

1919년 김구는 뜻있는 사람들과 함께 상해로 망명하여 임시정부를 조직합니다. 임시정부 초기에 5년간 경무국장으로 복무하였고, 이후에는 국무령이 되었습니다. 김구는 일본의 박해를 피해 상해를 떠나 중경에 정착하고, 중국 국민당 장제스와 동맹을 맺습니다. 1940년 한국 광복군을 창설하고 미군과 공동 작전도 약속하지만, 일본이 외세에 의해 무조건 항복을 하게 되며 자주독립의 꿈은 무너져 버렸습니다. 미군정 하에 대통령 자격이 아닌 개인 자격으로 입국한 그는 남북분단을 우려해 신탁통치를 반대하고 통일 정부 수립을 위해 힘쓰다가 1949

년 6월 결국 암살로 인해 생을 마감하게 됩니다.

◇ 책의 배경 엿보기 ◇

　김구의 『백범일지』는 대한민국의 근현대사를 자세히 들여다볼 수 있는 역사적 사료입니다. 김구는 호를 백범으로 지었는데, 이는 백정(白丁)과 범부(凡夫)를 줄인 말입니다. '백정'처럼 천한 사람들과 '범부'처럼 평범한 사람들도 애국심을 가지고 조국 독립의 필요성을 깨달아야 한다고 생각했기 때문입니다. 대한민국은 1945년 8월 15일, 일본의 무조건 항복으로 인해 광복을 맞이하게 됩니다. 하지만 김구와 임시정부 요인들은 입국에 어려움을 겪습니다. 미군정에서 임시정부가 아닌 개인의 자격으로 입국할 것을 요구하였기 때문입니다. 김구는 결국 개인 자격으로 입국하였습니다. 당시 한반도는 미국과 소련에 의한 신탁통치를 찬성하는 세력과 반대하는 세력으로 대립하고 있었습니다. 민족 통일을 갈망했던 김구의 목표는 달성되지 못하였으나, 민족과 나라에 대한 그의 사랑과 열정은 후대에도 길이 남겨져 영향을 미치고 있습니다.

◇ 책의 핵심 주제 및 시사점 ◇

① 나의 소원

『백범일지』 중 '나의 소원'에는 「"네 소원이 무엇이냐?" 하고 하느님이 내게 물으시면, 나는 서슴지 않고 "내 소원은 대한 독립이오" 하고 대답할 것이다. "그다음 소원은 무엇이냐?" 하면, 나는 또 "우리나라의 독립이오" 할 것이요, 또 "그다음 소원은 무엇이냐?" 하는 셋째 번 물음에도, 나는 더욱 소리를 높여서 "나의 소원은 우리나라 대한의 완전한 자주독립이오" 하고 대답할 것이다.」라고 적혀 있습니다. 김구의 나라를 사랑하는 마음과 자주독립에 대한 의지가 얼마나 절실했는지 느껴지는 대목입니다.

② 독립운동의 역사와 중요성

『백범일지』를 읽어 보면 우리나라 독립운동의 역사를 살펴볼 수 있습니다. 동학 농민 운동, 을사늑약, 애국 계몽 운동, 신민회 활동, 무관학교, 임시정부, 이념의 대립 등에 대해 자세히 기록되어 있습니다. 우리나라는 비록 분단국가이지만, 외세의 침입을 막기 위해 부단한 노력을 하였습니다. 그 결과 현재 대한민국이라는 나라로서 전 세계에 영향을 미치고 있습니다. 김구는 모든 사람을 교육해 애국심을 기르고자 했습니다. 나라를 사랑하는 마음을 통해 '하나'가 되고자 한 그의 노력은 독립운동에 큰 획을 그었습니다.

◇ 고전 속 인생의 한 문장 ◇

"왜놈이 국권을 강탈하고 조약 체결을 강제하는데 우리 인민은 원수의 노예가 되어 살 것인가 아니면 죽을 것인가!"

▶ 1905년 일제는 '을사늑약'을 통해 대한제국의 외교권을 박탈하였습니다. 외국과 일체 교류를 할 수 없고 고립될 수밖에 없는 조약이었죠. 이 문장은 을사늑약에 대한 분노가 가득 담긴 표현임과 동시에 애국 계몽 운동의 필요성을 절실히 알리는 문장입니다.

"제 시계는 어제 선서식 후 선생님의 말씀에 따라 6원을 주고 구입한 것인데, 선생님 시계는 불과 2원짜리입니다. 저는 이제 1시간밖에 더 소용없습니다."

▶ 윤봉길 의사는 훙커우 공원에서 일제의 주요 인사들을 죽거나 다치게 한 독립운동가입니다. 이 대화는 윤봉길 의사가 거사를 치르기 1시간 전에 김구와 나눈 대화로, 윤봉길 의사의 결연한 의지가 느껴지는 문장입니다.

"상호불여신호(相好不如身好), 신호불여심호(身好不如心好)"

▶ 김구가 관상학을 공부하던 중 본 구절입니다. '얼굴 좋은 것이 몸 좋은 것만 못하고, 몸 좋은 것은 마음 좋은 것만 못하다'란 뜻이죠. 김구는 관상학적으로 좋은 곳이 없었고, 얼굴도 천한 상이었죠. 하지만 김구는 좌절하지 않고 이때부터 마음을 다잡고 내적 수양에 힘쓰기 시작했고, 이 마음가짐은 김구가 평생 독립운동을 하는 밑거름이 됩니다.

고전으로 생각 넓히기

다음 질문들에 관해 고민해 보는 시간을 가져 보세요.

① 김구가 임시정부 자격으로 입국했다면, 우리나라에 어떤 변화가 있었을까요?
② 김구가 애국 계몽 운동을 한 이유는 무엇일까요?
③ 내가 독립운동가였다면, 무장 투쟁과 계몽 운동 중 무엇을 하였을까요?

35
죄와 벌

표도르 도스토옙스키(Fyodor Mikhailovich Dostoevskii)
(1821.11.11.–1881.2.9.)

죄를 지으면 벌을 받아야 하나요?

작가 소개

 도스토옙스키는 러시아 모스크바에서 태어난 소설가입니다. 17세 때 육군중앙공병학교에 입학하여 다양한 서구권 문학작품을 접하고, 1846년에는 『가난한 사람들』을 집필합니다. 이후 활발하게 작품 활동을 이어가던 도스토옙스키는 러시아의 전제 정치를 비판하며 공산적 사회주의를 신봉하는 페트라솁스키 사건에 연루되어 사형을 선고받습니다. 다행히도 총살형이 집행되기 직전 시베리아에서 4년의 징역형과 병역의무 판결로 변경되어 목숨을 건집니다. 1866년에는 속기사를 고용하여 『노름꾼』과 『죄와 벌』을 구술한 대로 받아 적게 해 발표합니다. 죽기 한 해 전인 1880년 최후의 걸작인 『카라마조프가의 형제들』을 발표하고, 1881년 60세의 나이로 세상을 떠납니다.

라스콜리니코프는 러시아 페테르부르크에 사는 가난한 대학생입니다. 힉비를 낼 돈이 없어 휴학을 하며 하숙집에 살고 있었죠. 하숙집 월세도 밀려 집주인 몰래 외출해야만 했고, 쓸 돈이 없어 전당포에 물건을 맡기고 돈을 빌리는 생활을 합니다. 전당포 노파는 쌀쌀맞고 물건을 제값에 맡겨 주지도 않았죠. 평소 전당포 노파에 대한 불만이 가득했던 라스콜리니코프는 극한의 빈곤과 자신의 신념에 따라 살인을 계획합니다. 그는 가난한 사람들의 물건을 저당 잡아 돈을 얻는 노파는 '악'이고, 나쁜 노파의 돈을 빼앗아 자신과 같은 선량한 대학생들을 위해 그 돈을 쓰는 게 '정의'라고 생각합니다. 그날 밤 길을 가던 중 노파가 저녁 시간에 혼자 있다는 사실을 듣게 되죠. 그는 수백 번이나 자신의 행동을 정당화하고 생각을 확고하게 나십니다. 그리고 도끼를 챙겨 전당포를 방문해 노파를 살해하고 금품을 챙깁니다. 하지만 계획과 달리 노파의 여동생과 마주치게 되어 무의식적으로 도끼를 휘둘러 살해하게 됩니다. 운 좋게 사람들 눈에 띄지 않고 집으로 돌아오지만, 다음 날 오전 경찰서에서 소환장을 받습니다. 라스콜리니코프는 올 것이 왔다고 생각하며 경찰서로 가지만 살인 사건이 아닌, 집주인의 채무 통지 때문임을 알게 됩니다. 집으로 돌아와 이틀가량 실신 상태로 잠이 들었다 깨어난 그는 전당포 아래층에서 페인트칠을 하던 칠장이가 유력한 용의자로 지목되어 잡혀 가게 되었다는 이야기를 듣습니다.

라스콜리니코프는 길을 가던 중 며칠 전 술집에서 대화를 나눈 퇴직 관리가 마차에 치여 죽는 모습을 보게 됩니다. 이를 안타깝게 여겨 부모님께 받은 한 달 치 생활비 전부를 퇴직 관리 딸인 소냐에게 장례에 쓰라며 줍니다. 집으로 돌아오자 어머니와 여동생이 방에서 자신을 기다리고 있었습니다. 멀리서 가족이 찾아왔지만 그는 어떤 말도 하지 못하고 기절합니다. 다음 날 라스콜리니코프는 친구 라주미힌과 함께 예심 판사인 포르피리를 찾아갑니다. 전당포에 맡긴 자신의 은시계를 되찾기 위해서였죠. 사실 포르피리는 라스콜리니코프를 범인으로 의심하고 있었습니다. 두 달 전 잡지에 기고한 그의 논문 때문이었죠. 논문의 내용은 세상에는 특별한 존재와 다수의 평범한 인간이 존재하는데, 특별한 존재는 세상을 바꾸기 위해 불필요한 소수를 해쳐도 처벌받지 않아야 한다는 내용이었습니다. 라스콜리니코프는 자신을 추궁하는 포르피리를 피해 황급히 자리를 뜹니다.

사망한 퇴직 관리의 딸인 소냐는 집안 사정상 거리의 여인이 되지만 본인이 지켜야 할 기본적인 양심을 소중히 여기는 인물입니다. 라스콜리니코프는 소냐에게 자신이 전당포 노파를 살인한 진범임을 말하고, 자수를 권유받게 됩니다. 이후 라스콜리니코프는 경찰서에 가서 자수를 하고 시베리아 감옥에서의 8년 형을 선고받습니다. 라스콜리니코프를 불쌍히 여긴 소냐는 시베리아로 함께 떠나 면회도 하고 수감 생활에도 큰 도움을 줍니다. 그리고 그 둘은 사랑에 빠지고 죄를 뉘우치며 새롭게 태어나며 이야기는 끝이 납니다.

◇ 책의 배경 엿보기 ◇

이 책의 배경은 1860년대 러시아입니다. 그 당시 러시아는 근대화로 인해 사회가 급변하던 시기로, 표트르 대제의 계획도시인 상트페테르부르크는 유독 변화의 폭풍에 크게 휩쓸립니다. 1861년에 농노제가 폐지되며 지배 계급의 착취에서 벗어난 시민들은 일자리를 찾아 도시로 향합니다. 상트페테르부르크에는 수많은 사람들이 몰려들었고, 서구권에서 발생한 빈부격차 및 빈민들의 생활고 문제가 고스란히 벌어집니다. 책 속에 등장하는 주인공의 비참한 삶과 가난은 당시 도시 빈민들의 삶의 애환을 그대로 드러낸 것입니다.

◇ 책의 핵심 주제 및 시사점 ◇

① 법의 양면성

현실에서는 살인을 저지르면 벌을 받게 됩니다. 이때 죄의 고의성, 계획성, 잔인함 등 여러 요소를 고려하여 형량이 결정됩니다. 하지만 전쟁 중에 살인을 저지르게 된다면 어떨까요? 전쟁에서 승리한 지휘관은 명예를 얻고, 적을 많이 죽인 군인은 특급 포상을 받게 됩니다. 누구 하나 살인을 저질렀다고 손가락질을 받지 않습니다. 『죄와 벌』에서 주인공은 자신이 특별한 존재라고 생각하고 노파는 사회에 도움이 되지 않는 벌레라고 생각해 살인을 저지릅니다. 전쟁 상황으로 생각해 보면 일부분 정당화될 수도 있겠죠. 하지만 일상생활에서 살인이 정당화된다면 우리는 불안해서 밖을 돌아다니지도 못할 것입니다. 법은 양면성이 있지만, 근본적으로 우리를 보호하기 위해 존재합니다.

② 자신의 세계에 갇힌 사람들

주인공 라스콜리니코프는 자기 생각에 갇혀 주변과의 소통에 어려움을 겪습니다. 자기 삶이 어려운 원인을 타인에게 전가하고, 분노의 대상으로 삼습니다. 우리는 모두 행복할 권리가 있습니다. 하지만 타인을 불행하고 고통스럽게 만들 수 있는 권리는 없죠. 특별한 동기 없이 저지르는 '무동기 폭행'과 살인을 일컫는 '묻지 마 폭행', '묻지 마 살인'도 자신만의 세계에 갇힌 사람들이 벌이는 범행입니다. 이와 같은 사람들에게는 주변의 도움이 적극적으로 필요합니다. 사람은 사회적 동물이기에 충분한 교류와 대화를 나누다 보면 자신의 세계가 아닌 더 넓은 세계와 만날 수 있습니다. 항상 주변과 교류하고 소통하는 것이 꼭 필요한 이유입니다.

◇ 고전 속 인생의 한 문장 ◇

"찌는 듯이 무더운 7월 초의 어느 날 해 질 무렵, S골목의 하숙집에서 살고 있던 한 청년이 자신의 작은 방에서 거리로 나와, 왠지 망설이는 듯한 모습으로 K다리를 향해 천천히 발걸음을 옮기고 있었다."

▶ 작가가 수백 번 고쳐 쓴 소설의 첫 문장입니다. 장소, 시간, 내용까지 작품 전체의 내용을 온전히 드러내는 구절이죠. 지켜야 할 사회적 규범을 어기는 주인공의 모습과 고뇌를 잘 드러냅니다.

"가난할 때까지는 그래도 타고날 때부터 지닌 선천적인 고결한 감정을 보존할 수 있지만, 적빈 상태에 이르면 아무도 그럴 수는 없거든요."

▶ 지독한 가난은 인간으로서 감정조차 잊을 정도로 악영향을 미칩니다. 부정적인 감정은 더 바람직하지 못한 감정을 일으키고 나에 대한 부정으로까지 나아갈 수 있습니다. 사람이 살아가는 데 기본적인 의식주는 꼭 필요합니다.

"양심이 있는 자는, 자신의 오류를 의식한다면 괴로워하겠죠. 이게 그에겐 벌입니다."

▶ 라스콜리니코프는 죄를 추궁하는 판사에게 위와 같이 대답합니다. 죄를 추궁하는 것에서 빠져나옴과 동시에 자신에게 하는 말이기도 하죠. 결국 주인공은 자신의 오류를 의식해 무척이나 괴로워합니다.

고전으로 생각 넓히기

다음 질문들에 관해 고민해 보는 시간을 가져 보세요.

① 내가 잘못을 저질렀을 때 숨겨야 할까요, 말해야 할까요?
② 라스콜리니코프는 자신의 신념에 따라 행동했는데 왜 자수를 했을까요?
③ 선량한 다수를 위해 사회에 피해를 주는 소수의 사람을 희생시켜도 될까요?

36

위대한 유산

찰스 디킨스(Charles John Huffam Dickens)
(1812.2.7.–1870.6.9.)

모든 유산을 그대에게 상속합니다

찰스 디킨스는 1812년 영국 포츠머스에서 존 디킨스와 엘리자베스 디킨스의 여덟 자녀 중 둘째로 태어납니다. 아버지가 빚 때문에 감옥에 수감되어 찰스 디킨스는 어린 나이에 공장에서 일하며 어려운 시절을 보냅니다. 학교를 중퇴하고 속기사로 취직해 의회 기자로 일하게 됩니다. 하지만 문학에 대한 열정은 식지 않았죠. 1833년 첫 단편 「포플러 거리의 만찬」을 발표하였고, 1838년 발표한 「올리버 트위스트」가 폭발적인 인기를 끌며 작가로서 유명해집니다. 이후에도 풍자, 해학, 시대적 상황과 관련된 수많은 작품을 발표하였습니다. 1870년 작품을 집필하던 도중 심장마비로 사망하는데, 영국 문인에게 가장 큰 영예인 웨스트민스터 대성당에 안장됩니다.

핍은 어렸을 때 부모님이 돌아가시고 대장장이와 결혼한 누나의 집에 얹혀살고 있습니다. 핍은 어느 날 부모님과 형제들이 묻혀 있는 묘지에 쪼그려 앉아 울고 있었는데, 그때 감옥에서 탈출한 죄수가 나타나 핍을 위협합니다. 내일까지 음식과 쇠고랑을 자를 수 있는 줄칼을 가지고 오지 않으면 가만두지 않겠다고 하죠. 집에 가자 괴팍한 누나는 말도 없이 나갔다며 잔소리를 하며 위협했고, 마음씨 착한 매형 조는 누나를 말렸죠. 다음 날 핍은 죄수가 요청한 것들을 몰래 챙겨 집을 나섭니다. 얼마 후 크리스마스가 되어 조의 친척들이 찾아오는데, 심성이 못된 그들은 어린 핍을 놀리며 즐거워합니다. 이후 군인들이 찾아와 핍과 모두는 크게 놀랍니다. 핍은 탈옥수를 도와준 죄로 잡혀갈 거라 생각했지만, 의외로 군인들과 함께 늪으로 가서 탈옥수를 잡는 것을 볼 수 있게 되죠.

이후 윗마을 대저택에 사는 돈 많은 노처녀 해비샴이 가끔 자기 집에 놀러올 남자아이를 구하는데 핍이 선택됩니다. 해비샴은 결혼식 날 남편이 편지만 남겨 두고 떠난 것에 충격을 받아 모든 시계를 멈추어 놓은 채 어두운 방 안에서 생활하고 있었습니다. 핍은 가끔씩 저택에 드나들며 그 집에 사는 또래 아이인 에스텔라와 카드놀이를 합니다. 에스텔라는 핍이 천하다며 무시하지만, 핍은 에스텔라에게 오묘한 감정을 느끼며 언젠가 반드시 신사가 되겠다고 결심하죠. 시간이 흘러 핍은 더 이상 해비샴의 집에 가지 않게 되었고, 이후 조와 도제 계약을 맺고 대장장이가 되기로 합니다. 하지만 핍은 그런 자신의 모습을 에스텔라가 볼까 봐 무척이나 걱정했습니다. 한편 집에 혼자 있던 누나는 괴한의 침입으로 머리를 다쳐 정신병에 걸리게 됩니다.

몇 년 뒤 멋진 차림의 재거스라는 변호사가 핍을 찾아와 그가 엄청난 유산을 받게 되었다고 말합니다. 핍은 당장 런던으로 가서 신사 교육을 받고 재산을 물려주는 이유를 묻지 않는 조건으로 막대한 유산을 받게 됩니다. 하루아침에 부유한 상속자가 된 핍은 문맹인 조를 부끄럽게 여기기 시작합니다. 쉽게 돈이 생기자 씀씀이는 점점 커져 빚은 점차 늘어났죠. 한편 에스텔라는 드러믈이라는 비열한 남자와 결혼을 하고, 해비샴은 세상을 떠납니다. 해비샴이 에스텔라를 양녀로 들인 것은 남자에 대한 복수심 때문이었죠.

핍이 스물세 살이 되자 자신의 유산 상속자와 만나게 됩니다. 해비샴일 거라고 추측했지만, 알고 보니 자신이 음식과 줄칼을 가져다준 탈옥수 프로비스였죠. 프로비스는 컴피션이라는 남자에게 사기를 당해 종신형을 선고받은 상태였는데, 컴피션은 바로 해비샴과 결혼을 약속했던 남자였죠. 프로비스는 신사로 변한 핍을 보기 위해 위험을 무릅쓰고 돌아온 것이었죠. 만약 다시 잡힌다면 사형을 선고받게 될 수도 있기에 핍은 프로비스의 밀항을 돕기로 합니다. 하지만 작전은 실패하고 핍은 유산을 모두 국가에 몰수당합니다. 핍은 빈털터리가 되어 병까지 얻지만, 조는 핍의 빚을 전부 갚아주고 병간호도 해주죠. 다행히도 핍은 이후 사업으로 큰 돈을 벌고 폐허가 된 해비샴의 저택에서 혼자가 된 에스텔라를 만나 영원한

친구가 되기를 약속하며 이야기는 끝이 납니다.

◇ 책의 배경 엿보기 ◇

이 책의 배경은 19세기 영국입니다. 영국은 신사의 나라라고 불릴 정도로 신사의 매너를 강조합니다. 신사는 예의를 중시하고 여성과 약자를 배려하는 교양인을 뜻하죠. 주인공 핍은 영국의 수도인 런던에서 신사 교육을 받으며 신사가 되기 위해 노력합니다. 하지만 실상은 자신을 정말 아껴 주는 사람들을 격이 떨어진다고 생각해 멀리하는 등 속 빈 강정에 불과합니다. 책 속에는 핍 외에도 많은 신사들이 등장합니다. 신사라고 으스대거나 방탕한 삶을 살고 상대방에게 상처 주는 말도 서슴없이 하는 이들이었죠. 이 책은 소중한 것은 멀리한 채, 겉모습과 사회적 모습에만 치중하는 사회 분위기를 비판합니다.

◇ 책의 핵심 주제 및 시사점 ◇

① 진정한 신사는 누구일까

이 책은 가난했던 핍이 신사가 되어 가는 과정을 통해 '진정한 신사'의 의미에 대한 물음을 던집니다. 핍은 자신을 끔찍이 아껴 준 조를 하대하고, 스스로를 신사라고 여깁니다. 하지만 핍이 받은 신사 교육은 막대한 돈으로 그저 깔끔한 옷과 말투, 생활 태도 같은 눈에 보이는 부분을 교육받는 게 전부이죠. 신사의 정의는 계속 변화하고 있지만, 기본적으로 예의를 갖추고 격식 있는 태도로 사람을 대하는 사람을 뜻합니다. 소중한 사람을 하대했던 핍보다 핍을 한결같이 사랑하고 존중하고 배려해 주었던 조가 진정한 신사가 아닐까요?

② 성장과 가치관의 변화

픕은 가난하게 살다 신사로 변모하여 살아 보기도 하고, 모든 것을 잃었다 다시 사업으로 돈을 벌기도 합니다. 그 과정에서 픕은 한 가지 목표를 향해 맹목적으로 나아가다 보면 놓치는 일이 많다는 것과 욕망은 자신을 발전시키기보다는 자신을 속박하고 올바른 판단을 흐리게 한다는 것을 깨닫게 됩니다. 그리고 그 깨달음을 통해 스스로를 성찰하고 한 단계 더 성장하게 되죠. 자신에 대한 올바른 성찰은 우리를 더욱 강하게 만들어 준답니다.

◇ 고전 속 인생의 한 문장 ◇

"나는 하나의 편리한 도구로서, 기계 심장을 지닌 인형 같은 존재로서만 새 티스 하우스에 봉인되었던 것이다."

▶ 핍은 미스 해비샴이 자신과 에스텔라를 짝지어 주려고 유산을 상속해 준 것으로 알고 있었지만, 친척들에게 고통을 주기 위해 돈 몇 푼으로 고용된 도구에 불과했다는 걸 알게 되죠. 핍의 좌절과 충격이 느껴집니다.

"나는 이 키스가 상스럽고 천한 소년에게 동전 한 닢 던져 주듯이 주어진 것이라는, 그래서 아무런 가치가 없다는 느낌밖에 들지 않았다."

▶ 핍은 에스텔라를 보고 사랑에 빠집니다. 하지만 에스텔라에게 느꼈던 모멸감, 상처들이 떠오르며 복잡한 감정에 휩싸이게 됩니다. 사랑하는 사람과의 뽀뽀가 이렇게 불행할 수도 있다니 슬픈 감정이 느껴지네요.

"힘과 부드러움을 겸비하고 있는 그를, 사람을 으깰 수도 있고 계란 껍질을 살며시 두드릴 수도 있는 증기 해머와 같은 존재로 생각하곤 했다."

▶ 조는 핍이 어떤 상황과 위치에 있더라도 항상 옆을 든든히 지켜 주었습니다. 핍이 신사가 되어 조를 피할 때도, 유산 상속에 실패해 빈털터리로 돌아왔을 때도 든든한 바람막이가 되어 줍니다.

고전으로 생각 넓히기

다음 질문들에 관해 고민해 보는 시간을 가져 보세요.

① 만약 여러분이 막대한 유산을 상속받게 된다면, 무엇을 하고 싶나요?
② 복수심만 가득한 삶을 살았던 해비샴에게 조언해 줄 말을 떠올려 보세요.
③ 인생을 사는 데 있어서 돈보다 중요한 가치로 무엇이 있을까요?

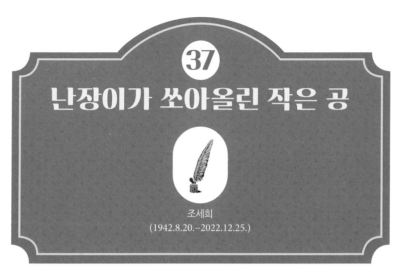

37
난장이가 쏘아올린 작은 공

조세희
(1942.8.20.–2022.12.25.)

도시 빈민들의 비참한 삶

조세희는 1942년 경기도 가평군에서 태어났습니다. 1965년에 경향 신문 신춘문예에 「돛대 없는 장선」이 당선되며 문단에 등단하게 됩니다. 이후 출판사와 잡지사에서 근무하던 그는 1975년 『칼날』을 발표하며 문단의 주목을 받기 시작하였고, 1976년에 『뫼비우스의 띠』, 『우주 여행』, 『난장이가 쏘아올린 작은 공』 등 난장이표준어규정에 따르면 '난쟁이' 가 맞음 연작을 발표합니다. 난장이 연작은 빈부격차와 계급간의 갈등 등 1970년대 한국 사회가 가진 모순들을 날카롭게 드러냈습니다. 『난장이 가 쏘아올린 작은 공』은 1979년에 동인문학상을 받았고, 2000년대에는 대학수학능력시험에 지문으로 출제되기도 합니다.

난장이 가족은 낙원구 행복동에 사는 도시의 소외 계층입니다. 5명의 가족은 아버지와 어머니, 큰아들 김영수, 둘째 아들 김영호, 막내딸 김영희입니다. 어려운 현실에서 천국을 꿈꾸며 살던 난장이 가족에게 어느 날 재개발 사업으로 인한 철거 계고장^{행정상의 의무 이행을 재촉하는 내용을 담은 문서}이 날아듭니다. 철거가 진행될 예정이니 삶의 터전을 떠나라는 뜻이었죠. 어머니는 혹시 몰라 무허가 건물 번호가 새겨진 알루미늄 표찰을 떼어 간직합니다. 동사무소에서 확인한 새 아파트에 입주하기 위한 금액은 터무니없이 비쌌습니다. 기존에 그곳에 살던 주민들은 엄두조차 낼 수 없는 금액이었죠. 행복동 주민들은 어쩔 수 없이 시에서 주겠다는 이주 보조금보다 조금 웃돈을 받고 입주권을 팔기 시작하였고, 난장이네 집도 입주권을 팔 수밖에 없는 상황에 처합니다. 영수는 어려운 현실을 벗어나고 싶어 공부를 열심히 하고 싶었습니다. 하지만 아버지의 정신이 온전치 않고 수입이 예전 같지 않았기에 결국 중학교 3학년 때 다니던 학교를 그만두게 되죠.

이후 어머니와 영수, 영호는 돈을 벌기 위해 인쇄소 제본 공장에 나가게 됩니다. 공장에서는 노동자들끼리 대화하고 가까워지는 것을 경계했습니다. 점심시간 10분과 운동시간 20분 외에는 모두 노동을 하였습니다. 이를 항의하던 영수와 영호는 해고되어 직장을 잃습니다. 그러던 어느 날 아버지는 살기가 너무 힘들다며 달에 있는 천문대에서 일을 하게 되어 달나라로 떠나겠다는 말을 남긴 후, 그 길로 집을 나가 세상을 떠납니다. 살아 있을 때 가고 싶었던 달나라를 차디찬 공장 굴뚝에서 몸을 던져서야 도달할 수 있었죠. 난장이 가족은 검은 승용차를 타고

온 부동산 개발업자에게 집을 팔게 됩니다. 영희는 어떤 방식으로든 집을 지켜야겠다고 생각해 업자를 따라가 함께 생활합니다. 그리고 기회를 엿보다가 금고에 있는 자기 집 표찰을 가지고 돌아오죠. 영희는 동사무소에 들러 모든 일처리를 마치고 집을 되찾지만, 아버지의 사망 소식에 슬픈 눈물을 흘립니다.

영수네 가족은 폐수와 공장 연기로 가득한 은강시 만석동으로 이사를 가고 영수, 영호, 영희는 그곳 공장에 취직을 합니다. 영수는 사업주의 횡포에 맞서 노동 운동을 하며 노조를 만듭니다. 하지만 사측의 탄압에 영수와 동료들은 곤경에 처하게 되고, 분노한 영수는 본사를 찾아가 사업주를 찾아내 살해하겠다고 마음을 먹습니다. 그리고 사업주로 착각해 사업주의 동생을 살해한 영수가 사형을 선고받으며 이야기는 끝이 납니다.

◇ 책의 배경 엿보기 ◇

이 책은 1970년대 산업화 과정에서 삶의 터전을 빼앗기고 어려움을 겪는 도시 빈민의 삶을 사실적으로 표현하였습니다. 난장이 가족이 사는 동네 이름을 '낙원구 행복동'으로 설정하여 소외 계층의 비참한 삶을 반어적으로 드러냈습니다. 아버지와 영수는 달나라로 떠나고 싶어 합니다. 아무리 발버둥 쳐도 벗어날 수 없는 불행한 현실에서 그들이 할 수 있는 것은 비현실적인 장소인 '달나라'로 떠나고 싶다고 생각하는 것밖에 없었나 봅니다. 아버지는 현실이 고단할 때마다 작은 쇠공을 하늘로 쏘아 올립니다. 하지만 이내 바닥으로 다시 떨어져 버리고 말죠. 이 책을 통해 작가가 드러낸 빈부격차와 사업하의 문세섬, 가진 자와 못 가진 자의 대립은 많은 생각할 거리를 남깁니다.

◇ 책의 핵심 주제 및 시사점 ◇

① 물질만능주의

현대 사회는 돈이면 다 된다는 인식이 강해지고 있습니다. 인간이 살아가면서 겪는 감정과 발전보다는 돈에 더 초점을 맞추는 경향을 보입니다. 물론, 돈이 많으면 좋겠지만 돈은 결국 인간이 만들어 낸 하나의 결과물입니다. 결과물을 위한 과정에서 사람들이 소외당하고 어려움을 겪는다면 무슨 소용이 있을까요? 이 책은 이처럼 소외당하는 사람들을 진정으로 생각해 보는 기회를 제공해 줍니다.

② 자본주의와 노동자

작품에서 '난장이'로 표현되는 도시 빈민 계층은 자본주의 사회의 폐해를 그대로 드러냅니다. 아무리 발버둥 쳐도 현실은 변함이 없고, 빛 좋은 재개발 사업은 이들의 삶을 송두리째 빼앗아 가죠. 노동자들은 생존에 필요한 최저 임금도 제대로 받지 못한 채 사업주에게 착취당하고, 장시간 근로에도 휴게 시간조차 제대로 보장받지 못합니다. 작품이 발표된 이후 수십 년의 세월이 흐른 현재 그때보다는 많이 나아졌지만 여전히 힘든 시간을 보내는 노동자들이 있는 것도 사실입니다.

◇ 고전 속 인생의 한 문장 ◇

"천국에 사는 사람들은 지옥을 생각할 필요가 없다. 그러나 우리 다섯 식구는 지옥에 살면서 천국을 생각했다."

▶ 어려운 삶을 극복할 수 없었던 막막함을 드러낸 문장입니다. 스스로 현재의 문제를 해결할 수도, 주변의 도움을 받을 수도 없는 힘든 현실이 안타깝습니다.

"우리 집에는 나무가 없습니다. 나는 건강하지 못합니다."

▶ 공장 사장의 정원에는 나무 의사들에게 건강 관리를 받는 나무들이 있습니다. 하지만 공장에서 조수 일을 하는 사람은 건강하지 못합니다. 사장의 집에 있는 나무보다도 대접을 받지 못하는 노동자의 안타까운 삶이 드러나는 부분입니다.

"영희가 팬지꽃 두 송이를 공장 폐수 속에 던져 넣고 있었다."

▶ 팬지꽃의 꽃말은 '나를 생각해 주오'입니다. 영희가 세상을 떠난 아버지를 그리워하는 마음을 팬지꽃으로 표현한 것이죠. 하지만 팬지꽃이 폐수 속에 빠져 금세 오염되는 모습을 통해 아버지를 향한 영희의 순수한 애도조차 오염되어 버리는 슬픈 현실을 드러냅니다.

고전으로 생각 넓히기

다음 질문들에 관해 고민해 보는 시간을 가져 보세요.

① 영희는 부동산 개발업자 몰래 표찰을 도둑질합니다. 이 행동은 정당한가요?
② 아버지는 왜 가족을 두고 홀로 달나라로 떠났을까요?
③ 공장에서는 왜 노동자들끼리 가까워지는 것을 경계했을까요?

38

일리아스

호메로스(Homeros)
(기원전 7–800년대 추정)

치열한 트로이 전쟁과 사랑

호메로스는 고대 그리스의 유명한 시인이라고 합니다. 역사적으로 워낙 오래된 일이라 호메로스가 한 명인지, 여러 명인지에 대해서는 논란이 끊이질 않습니다. 더불어 출생지가 어디인지도 확실치 않습니다. 그리스의 도시국가들은 저마다 호메로스가 자신의 지역에서 태어났다고 주장하고 있습니다. 호메로스는 시각 장애인이었는데, 앞을 보지 못해 기억력이 다른 사람들보다 뛰어났다고 전해집니다. 호메로스의 시는 수백 년간 구전되어 내려오다가 후세에 문자로 정착되었습니다. 지금으로부터 수천 년 전의 작품이 뛰어난 구성과 내용을 담았다는 사실 자체로 위대한 일로 여겨집니다.

신들의 여왕 헤라, 지혜의 여신 아테나, 미의 여신 아프로디테는 서로 자신이 가장 아름답다고 싸웁니다. 트로이의 왕자 파리스는 가장 아름다운 신을 선택하는 권한을 부여받게 됩니다. 파리스는 아프로디테를 가장 아름다운 여신으로 뽑고, 보상으로 가장 아름다운 여인을 차지할 수 있게 됩니다. 파리스는 세상에서 가장 아름다운 여인인 스파르타의 왕비 헬레네를 유혹해 자신의 나라로 데리고 갑니다.

스파르타의 왕 메넬라오스는 이 소식을 듣고 화를 참지 못하고, 멜레네우스와 그의 형인 그리스의 왕 아가멤논은 군사를 모아 트로이를 공격합니다. 그리스 군은 전쟁을 통해 많은 전리품을 얻게 되는데, 그리스의 왕 아가멤논은 태양신 아폴론의 물건도 전리품으로 차지해 버립니다. 이에 분노한 아폴론은 그리스 군에게 저주를 내려 전염병에 걸리게 만듭니다. 그리스 최고의 용사 아킬레우스는 아가멤논을 찾아가 물건을 돌려주어야 한다고 말합니다. 아가멤논은 자신의 전리품은 돌려주었지만, 대신 아킬레우스의 전리품을 모조리 빼앗아 버리죠. 아킬레우스는 화가 나 자신의 군대를 이끌고 전쟁터에서 빠져나옵니다. 아킬레우스의 어머니인 바다의 여신 페티스는 아킬레우스가 전장을 이탈하면 그리스 군이 절대 승리하지 못하게 해 달라고 빌고, 제우스는 그 제안을 받아들이죠. 이 사실을 전혀 모르는 아가멤논은 모든 군대를 이끌고 진격합니다. 그리스의 공세가 다시 시작되었습니다. 누가 봐도 그리스가 유리한 전투였고 트로이의 함락이 머지않아 보였습니다.

하지만 제우스가 그리스 군대를 향해 번개를 던지기 시작하였고, 그리스 군은 자신들이 제우스에게 버림받았다며 뿔뿔이 흩어지기 시작합니다. 큰 피해를 본 아가멤논은 아킬레우스에게 화해를 제안하지만, 아킬레우스는 단칼에 거절합니다. 다음 날 전투에서도 그리스 군은 큰 피해를 보게 됩니다. 자신의 배에서 이 모든 것을 지켜보고 있던 아킬레우스는 친구 파트로클로스에게 자신의 갑옷과 무기, 모든 군사를 주며 참전할 것을 요청합니다. 그러면서 트로이 군사들이 퇴각하면 절대 추격하지 말고 파리스의 형인 헥토르와는 절대 맞서면 안 된다고 말합니다. 하지만 용맹한 파트로클로스는 헥토르와 맞서 싸우다 죽음을 맞이하게 됩니다. 이후 아킬레우스는 불의 신 헤파이스토스에게 새로 받은 갑옷을 입고 전장에 나갑니다.

전쟁의 2막이 시작될 때 올림포스 신전에 모든 신들이 모입니다. 제우스는 자신은 더 이상 관여하지 않을 예정이니 신들이 트로이와 그리스 중 원하는 곳을 도와주라고 말합니다. 헥토르는 아킬레우스를 피해 숨어 있던 중, 자신의 동생이 아킬레우스의 창에 맞아 목숨을 잃는 장면을 목격한 후 아킬레우스에게 달려듭니다. 아킬레우스는 헥토르를 죽인 후 시신을 전차에 매달고 트로이 성 주변을 계속 돌았습니다. 헥토르의 아버지이자 트로이의 왕인 프리암은 적진의 아킬레우스를 찾아와 무릎을 꿇고 아들의 시신을 가지고 가서 장례를 치르게 해 달라고 간청합니다. 아킬레우스는 헥토르의 시신을 돌려보내고, 장례를 치르는

동안에는 공격하지 않겠다고 약속합니다. 십 년째 끝나지 않는 전쟁 끝에 아킬레우스도 죽음을 맞이하게 되고, 결국 그리스 군은 커다란 목마를 만들어 놓고 모든 배와 군

사를 철수합니다. 트로이 군은 거대한 목마가 아테나 여신에게 바치는 제물로 생각해 성안으로 들입니다. 트로이 군이 밤새 승리를 위한 축제를 벌이고 곯아떨어진 사이 목마 속에 숨어 있던 그리스 군들이 성문을 열고 신호를 보냅니다. 그리고 그리스 군은 '트로이의 목마'로 승리를 얻게 됩니다.

✧ 책의 배경 엿보기 ✧

트로이 전쟁은 에게해 주변에 위치한 그리스와 트로이 문명 간의 대립으로 나타난 결과였습니다. 에게해에서 큰 부를 누리던 그리스에게는 에게해와 흑해까지 아우르는 트로이 문명의 발달이 눈엣가시였습니다. 트로이 문명은 넓은 다르다넬스 해협에서 중개 무역을 하며 그리스와 조금씩 대립 구도를 보였습니다. 그 결과 그리스는 연합군을 꾸려 트로이를 공격하였고, 십 년 동안 이어진 트로이 전쟁은 '트로이 목마'로 끝이 납니다. 트로이의 왕자 파리스가 헬레네를 데려가며 트로이 전쟁이 시작되었다는 이야기가 사실이 아닐 수도 있다는 관점도 제시되고 있습니다. 워낙 오래된 일이라 무엇이 옳은지 그른지 확실히 판단할 수는 없지만, 이 역시도 역사와 관련된 책을 읽는 즐거움이 아닐까요?

✧ 책의 핵심 주제 및 시사점 ✧

① 꼭 해야만 하는 일

헥토르는 아킬레우스와의 전투를 피할 수 있었어요. 하지만 지금 자신이 숨어 버리면, 전쟁에서 승리할 수도 없고 명예도 잃게 된다고 생각했죠. 헥토르는 트로이의 영웅으로서 명예를 드높이며 최후를 맞이합니다. 아킬레우스도 전리품 문제로 전장에서 이탈했지만, 멀리서 계속 관심을 가지고 지켜보며 자기 동료들이 다치진 않는지 염려하죠. 그리고 결국 자신이 있어야 할 전쟁으로 돌아가 전쟁을 승리로 이끕니다. 트로이와 그리스의 두 영웅은 자신이 꼭 해야만 하는 일에서 물러남이 없었습니다. 두 사람 모두 죽음을 맞이했지만, 자신의 역할에 충실하고 용맹한 모습을 보임으로써 후대에도 위대한 영웅으로 칭송받고 있습니다.

② 분노와 용서

아킬레우스는 강한 분노와 복수심, 자존심을 지닌 인물입니다. 트로이를 멸망시킬 수 있는 유일한 존재였던 아킬레우스는 그리스 군대를 들었다 놨다 하죠. 분노로 인해 전장을 이탈하고, 다시 분노로 인해 참전합니다. 그리고 헥토르의 시신을 전차에 끌고 다니기도 하죠. 아킬레우스의 분노는 전쟁을 승리로 이끄는 데 큰 도움이 됩니다. 하지만 헥토르의 아버지 프리암과 대화하며 서로를 용서하고 눈물을 보입니다. 분노는 눈앞에 큰 승리를 가져다줄 수는 있지만, 동료·가족 등을 잃는 아픔 역시 가져옵니다. 우리도 때로는 큰 분노에 휩싸여 생각지도 못한 일을 할 때가 있습니다. 스스로 분노를 다스리며 다양한 감정으로 표출해 본다면, 후회할 일을 하지 않을 수 있답니다.

◇ 고전 속 인생의 한 문장 ◇

"분노란 똑똑 떨어지는 꿀보다 더 달콤해서 인간들의 가슴속에서 연기처럼 커지는 법이지요."

▶ 아킬레우스는 분노로 인해 움직이는 모습을 많이 보입니다. 분노는 더 큰 분노를 낳기 마련이죠. 하지만 아킬레우스는 헥토르의 아버지 프리암으로 인해 분노가 연민으로 바뀌는 경험을 합니다.

"당신이 끌려가며 울부짖는 소리를 듣기 전에 쌓아 올린 흙더미가 죽은 나를 덮어주었으면."

▶ 헥토르는 자신의 죽음을 예견하면서도 아킬레우스와 전투를 벌입니다. 자신이 적장을 피하면 다른 사람들이 잡혀가 고통받을 것임을 알았기 때문입니다. 그렇기에 위험을 무릅쓰고 성 밖으로 나서 끝까지 싸우다 전사합니다.

"아무리 괴롭더라도 우리의 슬픔은 마음속에 누워 있게 내버려 둡시다."

▶ 하늘의 신 제우스에게는 두 개의 항아리가 있는데 하나에는 나쁜 선물이, 다른 하나에는 좋은 선물이 들어 있습니다. 제우스가 두 가지를 섞어 주기에 좋은 일과 나쁜 일은 함께 생겨납니다. 지금은 제우스가 준 두 개의 항아리 중 괴로움의 항아리를 먼저 열었지만, 또 다른 항아리에는 좋은 일이 있기에 희망을 버리지 말자는 표현입니다.

고전으로 생각 넓히기

다음 질문들에 관해 고민해 보는 시간을 가져 보세요.

① 아가멤논은 왜 아킬레우스의 전리품을 돌려주지 않았을까요?
② 헥토르는 왜 도망치지 않고 끝까지 전투를 했을까요?
③ 분노의 감정은 어떤 방식으로 다스리는 게 좋을까요?

39 파우스트

요한 볼프강 폰 괴테(Johann Wolfgang von Goethe)
(1749.8.28.–1832.3.22.)

악마와의 거래

괴테는 중산층 가정에서 태어나 경제적으로 여유가 있었기에 어려서부터 문학과 예술에 친밀했습니다. 8세에 시를 짓기 시작하여, 13세에 첫 시집을 출간합니다. 괴테의 대표작인 『파우스트』는 구상하여 완성하는 데 무려 60년이 걸린 작품입니다. 1790년에 파우스트 단편을 썼으나, 이는 완성되지 못한 일부였죠. 괴테는 7년 후에 다시 집필을 시작하였고, 11년 뒤인 1808년에 『파우스트』 1부를 완성합니다. 2부는 17년 뒤인 1825년에 다시 집필을 시작하여 사망하기 1년 전인 1831년에 완성합니다. 괴테는 80여 년간 시, 소설, 산문, 희곡 등 많은 작품을 남깁니다. 이를 통해 독일 문학의 수준을 드높임과 동시에 세계 문학에도 지대한 영향을 끼칩니다.

줄거리

어느 날 세 명의 대천사와 함께 산책을 하고 있는 신 앞에 악마 메피스토펠레스(메피스토)가 나타납니다. 메피스토는 인간들이 자기 잘난 맛에 까분다며 말을 겁니다. 신은 "파우스트를 알고 있는가?"라고 질문하죠. 메피스토는 미소를 지으며 파우스트는 신을 모시지 않는 자라며, 자신의 유혹에 넘어가는지 살펴보자고 합니다. 메피스토가 떠나고 대천사는 왜 그런 내기를 했는지 신에게 질문하죠. 신은 인간은 모두 어두운 면을 지니고 있지만, 밑바탕에 선한 본능이 있기에 믿는다고 말합니다.

독일의 한 마을에 파우스트가 살고 있었습니다. 독일에서 가장 똑똑한 박사로 마을 사람들의 존경을 받는 사람이었죠. 파우스트는 모든 학문을 섭렵했지만 책 속의 죽은 지식들은 그를 더는 만족시킬 수 없었습니다. 메피스토는 파우스트를 찾아가 달콤한 유혹으로 피의 계약을 성사시킵니다. 계약의 내용은 파우스트가 넓은 세계를 다니며 모든 기쁨과 만족을 다 느끼고 원하는 것은 무엇이든 할 수 있는 대신 계약이 끝나는 순간 파우스트의 영혼이 메피스토의 것이 된다는 것이었죠.

메피스토는 인간과 우주의 원리를 알고 싶어 하는 파우스트를 술집에 데려가지만, 파우스트는 너무 늙었기에 그 즐거움을 느끼지 못합니다. 메피스토는 파우스트에게 젊음을 주고 그레트헨이라는 여성과 만남을 가지게 합니다. 메피스토의 예상과는 달리 파우스트와 그레트헨은 진실한 사랑을 하게 됩니다. 둘의 아름다운 사랑을 못마땅하게 여긴 메피스토는 계략을 꾸며 파우스트가 그녀의 오빠를 살해하게 만들죠. 파우스트는 누명을 쓴 그레트헨을 탈옥시키기 위해 노력하지만 실패하고, 그레트헨은 감옥에서 정신병에 걸린 채 생을 마감하게 됩니다.

이후 파우스트는 황제를 찾아가 궁핍한 나라의 재정 상태를 회복시켜 주고 신기한 재주를 선보이며 마음을 얻습니다. 황세의 요정으로 파우스트는 세 발 향로에 불을 피워 희랍 신화의 미남미녀 모습을 재현하다 왕궁에 불이 나는 해프닝도 생기죠. 그리고 그리스 시대로 떠나 전설의 미녀 헬레나와 결혼식을 올리고 오이포리온이라는 아들을 낳게 됩니다. 청년이 된 오이포리온은 산 너머 사람들의 고통을 해결해 주겠다며 하늘을 날아갑니다. 하지만 오이포리온이 사라지고 옷만 바닥에 떨어지자, 큰 충격을 받은 헬레나는 어디론가 떠나 버리고 맙니다. 이후 파우스트는 군대의 막사에서 눈을 뜹니다. 밖은 한창 전쟁 중이었죠. 황제 쪽이 불리한 상황이었지만, 메피스토의 마법으로 승리하게 됩니다. 파우스트는 황제에게 땅을 받기를 원하지만, 황제는 마땅히 내어 줄 땅이 없다며 해안가를 내어 줍니다. 파우스트는 해안가를 간척해 비옥한 땅으로 개간하죠.

메피스토는 파우스트에게 다른 쾌락을 추구할 것을 제안하지만, 파우스트는 거절합니다. 파우스트는 처음에는 쾌락에 빠져 자신의 욕심만

을 추구했지만, 이후 다른 사람들을 위해 노력하는 모습을 보입니다. 파우스트는 메피스토와 약속했던 마지막 말을 외치고, 메피스토는 파우스트의 영혼을 가지러 오죠. 하지만 하늘에서 내려온 천사 그렌트헨의 사랑이 파우스트의 영혼을 구원해 주며 이야기는 끝이 납니다.

◇ 책의 배경 엿보기 ◇

　책에 등장하는 연금술사 파우스트는 16세기경 독일에서 꽤나 유명했던 실존 인물입니다. 당시 독일은 보수적인 기독교 색채가 무척이나 강했죠. 종교적 색채와 종교개혁, 르네상스 이후 인간 중심적 사고가 혼재하는 시대 상황이 책 속에 그대로 등장합니다. 한번에 이해하기 쉽지 않은 책이죠. 『파우스트』는 내용만큼이나 복잡한 시대 상황을 표현한 책입니다. 파우스트는 메피스토와 계약을 맺자마자 현실에서는 엄격히 제한하는 욕망에 충실한 행동을 합니다. 악마와의 계약으로 향락과 지적 호기심을 모두 충족시킨 파우스트는 결국 비참한 최후를 맞죠.

◇ 책의 핵심 주제 및 시사점 ◇

① 인간의 끝없는 욕망

　파우스트는 모두의 존경을 받는 인물이었습니다. 독일에서 가장 학식이 높고, 모르는 것이 없었죠. 자신의 분야에서 가장 높은 위치에 올랐지만 파우스트는 더 많은 것을 알고 싶었고, 경험해 보지 않은 것들을 모두 해 보고 싶었습니다. 그리하여 자신의 욕망을 위해 악마 메피스토와 계약을 맺고, 젊음을 얻고 새롭고 짜릿한 경험들을 해 보죠. 심지어 이미 죽은 사람인 헬레나와 결혼까지 합니다. 파우스트는 하나를 얻으면, 더 큰 하나를 얻고자 했습니다. 이 책은 주인공 파우스트를 통해 인간의 욕망은 끝이 없으며, 이는 결국 스스로를 파멸로 이끌 수도 있다는 것을 말해 줍니다.

② 진짜 삶을 사는 것의 중요함

괴테는 『파우스트』를 통해 진짜 삶을 찾는 것의 중요함을 알려 줍니다. 파우스트는 다양한 성험을 통해 모두를 위한 유토피아를 건설하려고 합니다. 하지만 모두 환상에 불과하였고, 실제로는 파우스트의 무덤을 만드는 과정이었죠. 세상의 모든 것을 알고자 했던 파우스트의 삶은 그렇게 끝이 납니다. 우리는 물질적 풍요를 향해 엄청난 노력을 하고 때론 성취할 때도 있습니다. 하지만 치열한 경쟁 속에서 때로는 인간의 존엄성이 훼손되고 착취를 당하기도 하죠. 본질적인 행복보다는 경제적 행복을 추구하며 '나'를 잃기도 합니다. 자신과의 부단한 대화를 통해 진짜 삶을 찾아보는 기회를 가져 보세요.

◇ 고전 속 인생의 한 문장 ◇

"인간은 지향(志向)이 있는 한 방황한다."

▶▶ 목표를 향해 나아가는 동안 인간은 방황하기 마련입니다. 지금 내가 하는 일이 맞는지, 이 방향이 맞는 건지 고민합니다. 여러분도 지금 하는 공부가 맞는지 혼란스러울 때가 있을 거예요. 하지만 이는 목표를 향해 가는 자연스러운 과정이니 너무 걱정하지 마세요.

"항상 악을 원하면서도 항상 선을 창조해 내는 힘의 일부분입니다."

▶▶ 메피스토는 자신은 항상 부정을 일삼지만, 악에서 선을 창조하기도 한다고 말합니다. 선과 악은 동전의 양면처럼 상황에 따라 뒤바뀔 수도 있고, 악이 있기에 선이 있다는 점을 알려 줍니다.

"부유한 가운데 느끼는 결핍은 우리가 받는 고통 중에서 가장 혹독한 것."

▶▶ 파우스트는 모든 것을 가졌지만, 항상 결핍을 느낍니다. 인간의 욕망에는 끝이 없고, 항상 더 큰 결과물을 원한다는 문장입니다.

고전으로 생각 넓히기

다음 질문들에 관해 고민해 보는 시간을 가져 보세요.

① 내가 악마와 계약한다면, 무엇을 해 보고 싶나요?
② 파우스트가 경험한 모든 것이 환상인 것을 알게 된다면 어떤 기분일까요?
③ 내가 욕심을 부려서 결과가 좋지 않았던 일이 있었나요?

40

목민심서

정약용
(1762.6.16.–1836.2.22.)

지방 수령이 지켜야 할 지침

작가 소개

다산 정약용은 어려서부터 영리하고 공부를 잘하였고, 22세에 과거에 합격하여 성균관에 들어갔습니다. 28세에 본격적인 관직 생활을 시작하여 10년간 정조의 총애 아래 경전과 서학에 대한 연구를 하였으며, 수원 화성 건설을 주도합니다. 그러다 1801년 신유박해_{신유년에 있었던 천주교 박해 사건}으로 체포되어 유배를 가게 됩니다. 18년 간의 유배 생활 동안『경세유표』,『흠흠신서』,『목민심서』를 집필하였습니다. 저서는 500여 권에 이르는데, 대부분 유배 기간에 써냈습니다. 이후 유배에서 벗어나서도 집필을 게을리하지 않았습니다. 조선 왕조 개혁을 위해 새로운 학문을 연구하고 여러 가지 노력을 했던 정약용의 책은 지금까지도 널리 읽히고 있습니다.

『목민심서』는 부임(赴任)·율기(律己)·봉공(奉公)·애민(愛民)·이전(吏典)·호전(戶典)·예전(禮典)·병전(兵典)·형전(刑典)·공전(工典)·진황(賑荒)·해관(解官) 등 총 12편으로 구성되어 있습니다. 정약용은 목민관이라고 불리는 지방 수령의 임무가 얼마나 중요한지 알리고 백성을 잘 다스리게 하기 위해 이 책을 집필하였습니다.

1편 부임(赴任)은 목민관으로 발령을 받고 마을로 부임할 때 주의할 점에 대해 다룹니다. '목민관은 임금의 명에 따라 행동하고, 백성을 보살피며 모범이 되어야 한다. 또한 청렴결백해야 하며 복장도 검소해야 한다'고 강조합니다. 2편 율기(律己)는 몸을 다스리는 원칙, 즉 목민관으로서의 몸과 마음가짐을 적어 놓은 내용입니다. 스스로 정한 원칙에 따라 행동하고 위엄 있는 태도를 지녀야 한다고 말합니다. 위엄은 위협과는 다른 것으로, 위세가 있어 의젓하고 엄숙한 태도나 기세를 뜻합니다. 아랫사람과 백성들에게는 너그러움을 보이되, 일 처리는 명확하고 원칙에 따라 해야 하죠. 검소하게 생활하여 청렴결백한 삶을 사는 것도 목민관의 기본입니다. 3편 봉공(奉公)은 임금을 섬기는 마음입니다. 목민관의 역할은 임금의 뜻을 백성들에게 정확히 알리는 일입니다. 중간에 뜻이 와전되거나 중단되면 안 되죠. 또한, 자신이 다스리는 마을의 잘못된 관행을 바로잡고 업무 처리는 법에 따라 완벽하게 해야 합니다. 또 세금을 거두는 일은 목민관의 중요한 업무로, 정해진 대로 세금을 공정하게 징수해야 합니다. 4편 애민(愛民)은 백성을 사랑하는 방법입니다. 노인을 공경하고 백성을 보살피며 홀아비와 과부, 고아, 늙어서 의지할 곳 없는 사람들을 특히 구제해야 합니다. 자연재해 예방에도 힘쓰고, 재해가 생기면 발 벗고 나서 백성을 구호해야 합니다.

5편 이전(吏典)부터 10편 공전(工典)까지는 세부 업무에 대해 설명해 줍니다. 5편 이전(吏典)에서는 아랫사람을 잘 다스려야 함을 강조합니다. 아랫사람을 은혜로 다스려야 백성들도 잘 다스릴 수 있죠. 또한, 관리를 뽑을 때는 충성과 신의를 기준으로 선발하여야 하고, 공적에 따라 상과 벌을 적절히 주어야 함을 말합니다. 6편 호전(戶典)에서는 세금과 관련된 이야기를 합니다. 세금을 거둘 때는 정확해야 하고, 해마다 직접 조사를 할 필요성을 제기합니다. 농업을 장려하기 위해 경작지를 넓히고 부역은 적게 할 것을 강조했죠. 7편 예전(禮典)에서는 제사, 교육, 신분 제도에 대해 자세히 설명합니다. 올바르지 않은 목적이나 방식으로 진행되는 제사가 있다면 바로잡아야 합니다. 목민관은 배움을 권장해 과거를 공부하도록 만들어 인재를 양성하고, 올바른 신분 제도 정착에도 힘써야 합니다. 8편 병전(兵典)은 군대를 키워 외세의 침입을 막아 내야 함을 말합니다. 당시 군을 뽑아 등록하고 군포를 거두어들였는데, 여기에 많은 부정이 발생하여 백성들이 큰 어려움을 겪었습니다. 또한 병기를 미리 준비하고 관리하여 전쟁에 대비하고 화약과 무기는 언제든 만들 수 있도록 해야 합니다. 유사시 지역을 끝까지 사수할 것이며, 전쟁 지역이 아닐지라도 군비를 넉넉히 해야 함을 강조합니다. 9편 형전(刑典)은 재판을 할 때 신중하게 판단하여 억울함이 없도록 해

야 하며, 죄인을 뉘우치게 만드는 것을 목표로 해야 한다고 말합니다. 10편 공전(工典)은 각종 시설물의 관리와 보수에 관한 이야기입니다. 백성들이 농사를

짓는 데 전념할 수 있게 시설물을 관리할 의무가 있다는 뜻이죠.

11편 진황(賑荒)은 흉년 등의 재해가 발생할 때를 대비해 미리 곡식을 저축하고, 식량의 보유 수량을 정확히 파악해야 한다고 말합니다. 마지막 12편 해관(解官)은 관직을 내려놓고 떠날 때도 청렴결백하게 떠날 것을 강조하였습니다.

◇ 책의 배경 엿보기 ◇

임진왜란과 병자호란이 발발하여 백성들의 삶은 고난의 연속이었지만, 성리학에 기반한 조선의 사대부들은 현실과 동떨어진 탁상공론으로 대립과 갈등만 할 뿐 전혀 해결책을 제시해 주지 못했습니다. 실학은 구체적인 현실 문제를 인식하고 민생을 안정시켜 나라를 부강하게 만들고자 했습니다. 실학은 중농학파, 중상학파, 국학파로 나누어지는데, 중농학파에 속한 정약용은 토지 재분배를 통해 백성들을 땅의 주인으로 만들어 생산량을 늘리고자 했습니다. 중상학파는 상공업을 발전시켜 나라를 부국강병으로 이끌고자 하였고, 국학파는 중국의 역사가 아닌 우리나라의 역사를 통해 나라를 변화시키고자 했습니다. 그러나 실학자들 모두 중앙 관료가 아니라 지방에 있거나 유배 중이었기에 실제 변화를 끌어내진 못했습니다. 하지만, 힘든 사회를 극복하기 위한 하나의 시도였다는 점에서 역사적 의의가 있습니다.

◇ 책의 핵심 주제 및 시사점 ◇

① 공직자의 중요성과 백성의 삶

정약용의 『목민심서』는 총 48권이라는 방대한 분량입니다. 당시의 목민관은 현재의 입법부·사법부·행정부의 역할을 모두 수행하는 막강한 통치자였습니다. 죄를 지은 자를 심판하고 마을의 살림살이를 이끌어 나가는 막중한 임무를 지녔죠. 하지만 당시 지방 관리들은 세금 걷는 법을 제대로 숙지하지 못해 아전들에게 휘둘리기 일쑤였습니다. 아전들이 세금을 과도하게 걷을 때 제지하지 못하고, 오히려 함께함으로써 백성들의 삶은 더욱 피폐해졌죠. 당시 사회의 부조리는 마을 관리들에서 비롯된 것이 무척이나 많았습니다. 따라서 정약용은 공직자가 자신의 업무를 바르게 알고 백성을 잘 다스릴 수 있도록 하기 위해 이 책을 쓴 것입니다.

② 공직자의 청렴

『목민심서』는 무엇보다 공직자의 '청렴'을 강조합니다. '청렴'의 사전적 의미는 '성품과 행실이 높고 맑으며 탐욕이 없음'입니다. 청렴하려면 훌륭한 인품으로 개인의 사욕을 부리지 않고 공명정대하게 자신의 역할에 충실해야 하죠. 공직자라면 사소한 것 하나라도 받지 않을 것을 강조합니다. 하나가 둘이 되고 셋이 되며, 점점 욕심이 자라나기 때문입니다. 반면 청렴한 사람은 떳떳하기 때문에 올바르게 일 처리를 할 수 있습니다. 오늘날 공직자들에게 청렴을 강조하는 것도 마찬가지 이유입니다.

◇ 고전 속 인생의 한 문장 ◇

"상관의 명령이 공법에 어긋나고 민생에 해를 끼치는 것이면 굽히지 말고 꿋꿋이 자신을 지키는 것이 마땅하다."

▶ 정약용은 목민관이 무조건 상관의 명령을 따르는 것을 경계해야 한다고 말합니다. 백성에게 도움이 되는 내용이라면 따르는 것이 마땅하지만, 백성에게 해를 끼친다면 따르지 않고 자신의 신념을 꿋꿋이 지켜야 한다고 하죠.

"아첨을 잘하는 자는 충성스럽지 못하고, 간쟁하기 좋아하는 자는 배반하지 않는다."

▶ 아첨하기를 밥 먹듯이 하는 관리는 충성스럽지 않습니다. 이중성을 띠거나 태도를 180도 바꾸기도 하죠. 오히려 잘못된 것은 잘못되었다고 말하는 목민관이 더 진실되고 한결같음을 강조합니다.

"무단적인 행동을 하는 토호는 백성들에게 승냥이나 호랑이 같다. 승냥과 호랑이를 제거하여 양 같은 백성을 살려야만 이를 목민관이라 할 수 있다."

▶ 백성을 괴롭히는 토호(지방의 토착세력)들을 제거하는 것이 목민관의 역할이라는 의미입니다. 이를 통해 강한 자를 억누르고, 약한 백성들을 살릴 수 있음을 말합니다.

고전으로 생각 넓히기

다음 질문들에 관해 고민해 보는 시간을 가져 보세요.

① 내가 공직자라면, 어떻게 청렴한 사람이 될 건가요?
② 공직자가 청렴하지 않다면 어떤 문제가 생길까요?
③ 백성들을 모두 땅의 주인으로 만들면 곡식 생산량이 늘어날까요?

41

구운몽

김만중
(1637–1692)

현실과 꿈을 통해 깨달음을 얻다

작가 소개

서포 김만중은 이름 있는 가문에 태어났습니다. 아버지 김익겸은 병자호란 때 나라를 위해 목숨을 바친 인물입니다. 김만중은 아버지가 세상을 떠나고 어머니가 피란길에 둥둥 떠다니는 배 위에서 낳았다고 알려져 있습니다. 어머니 혼자 두 아들을 키우는 삶은 쉽지 않았습니다. 힘들게 자란 만큼 김만중은 어머니와 사이가 각별했습니다. 29세에 장원 급제해 높은 벼슬에 올랐다가 유배를 가기도 하고 다시 관직에 오르는 등 기쁨과 슬픔을 모두 겪는 삶을 살았던 인물입니다. 그는 우리말을 버리고 다른 나라의 말을 통해 시문을 짓는다면 이는 앵무새가 사람의 말을 하는 것과 같다며 '국문가사 예찬론'을 펼칩니다. 『구운몽』 외에도 『사씨남정기』, 『서포만필』 등 여러 작품을 남깁니다.

당나라 때 육관 대사라는 고승이 중국에 와서 큰 절을 세웁니다. 육관 대사의 가르침을 받은 성진은 스무 살에 모든 불경을 다 익히고 무척이나 지혜로웠죠. 성진을 신뢰하던 육관 대사는 그를 용궁으로 심부름을 보내고, 용왕은 성진을 반갑게 맞이하며 술을 권합니다. 성진은 처음에는 거부했지만 계속된 권유에 술 몇 잔을 마시게 되죠. 돌아오던 길에 성진은 냇가에서 팔선녀를 만나 서로 교감하며 시간을 보냅니다. 절에 돌아온 성진은 선녀들이 그리워지고 속세에 대한 미련이 점차 커져 부처님의 가르침에 의문을 품습니다. 결국 불교의 가르침을 어긴 성진과 팔선녀는 지옥에 떨어지고 인간 세상에 환생하게 됩니다. 성진은 인간 세상에 '양소유'로 태어나고, 팔선녀도 각각의 이름을 가지게 됩니다.

인간 세상에서 성진은 어떻게 지냈을까요? 비천한 신분으로 태어나 끼니도 잇지 못하고 더위와 추위를 온몸으로 견디며 비참하게 살았을까요? 아니요, 오히려 정반대의 삶을 삽니다. 양소유는 어려서부터 뛰어난 글 실력과 공부머리로 두각을 나타냅니다. 그리고 과거를 보러 가는 것을 시작으로 환생한 팔선녀들과의 만남이 시작됩니다. 양소유는 장원 급제와 더불어 전쟁터에서도 승리하며 공을 세웁니다. 그 결과 양소유는 높은 벼슬인 승상에 올라 팔선녀가 환생한 두 아내와 여섯 첩과 함께 부귀영화를 누립니다. 환생 전의 인연이 환생 후에도 아내와 첩으로 이어진 것이죠. 양소유는 세상을 다 얻은 듯한 기쁨으로 매일을 행복하게 보내죠. 이제 나이가 들어 벼슬에서 물러나 한가히 여생을 즐기던 양소유는 8명의 아내와 함께 뒷동산에 오릅니다. 그러다 문득 세상의 모든 것들이 부질없음을 느끼게 됩니다. 깊은 생각에 빠져 있던 양소유는 그날 밤 꿈에서 육관 대사와 만나게 되죠.

꿈에서 깨어난 성진은 자신의 잘못을 뉘우친 후 불교에 다시 귀의하고, 여덟 명의 신녀들도 대사를 찾아와 불제자가 됩니다. 이후 아홉 사람은 가르침을 얻어 불생불멸(不生不滅)죽지도 살지도 않은 상태하여 극락세계괴로움 없는 지극히 안락하고 자유로운 세상로 들어가게 됩니다.

◇ 책의 배경 엿보기 ◇

문신이자 소설가였던 김만중은 조선 숙종 때 한글 소설 『구운몽』을 집필했습니다. 『구운몽』은 당쟁으로 인해 유배를 간 곳에서 쓴 소설입니다. 김만중의 어머니는 책 읽기를 좋아하였는데, 효심이 지극한 김만중은 유배지에 있는 자신을 걱정할 어머니를 위해 한글로 소설을 쓴 것이죠. 김만중이 책을 집필한 조선 시대는 소설이 지금처럼 가치를 인정받지 못한 채 여자들의 글로만 인식되며 천시되던 시기였죠. 『구운몽』은 당시 인정받지 못하던 소설 분야를 지식 계층을 포함해 많은 사람들이 읽게 만들며, 조선 중기 본격적인 소설 문학을 확립하는 데 큰 영향을 미치게 됩니다.

◇ 책의 핵심 주제 및 시사점 ◇

① 일장춘몽(一場春夢)

　일장춘몽은 '한바탕 봄꿈'이라는 뜻으로 보통 덧없는 인생을 한탄할 때 쓰입니다. 그렇다면 인생은 열심히 살아갈 가치가 없는 걸까요? 아닙니다. 일장춘몽은 부귀영화도 철저한 준비와 계획이 없다면 덧없을 수 있다는 의미입니다. 즉, 성공을 위해 앞만 보고 경주마처럼 달리기보다는 올바른 가치와 목표를 이루기 위해 최선을 다하는 삶을 살자는 뜻입니다. 책에서는 '성진과 소유가 누가 꿈이며 누가 꿈이 아니뇨?'라는 구절을 통해 작가의 생각을 드러내죠.

② 구운몽의 숨은 뜻과 종교 사상

　『구운몽(九雲夢)』은 제목에서 작가의 의도를 온전히 드러냅니다. '구(九)'는 성진과 팔선녀를 모두 합친 숫자 9를 나타내며, '운(雲)'은 구름처럼 흘러가는 인생을 비유적으로 표현합니다. 마지막으로 '몽(夢)'은 꿈을 소재로 현실과 꿈을 이동하며 다양한 이야기를 펼쳐 냄을 의미합니다. 소설 전체로 볼 때 현실에 대한 내용보다 꿈에 대한 내용이 훨씬 더 많죠. 또한, 이 책은 전반적으로 불교 사상을 바탕으로 하지만, 유교와 도교의 핵심 내용 역시 아울러 표현했습니다. 가령 출세해서 세상에 이름을 알리는 유교의 '입신양명'과 생사를 초탈한 신선의 존재를 믿는 도교의 '신선설'이 이야기 전개의 주요 요소로 사용되고 있습니다.

◇ 고전 속 인생의 한 문장 ◇

"세상일이란 그저 지나가는 꿈일 뿐이로다."

▶ 살아가면서 겪는 여러 가지 사소한 일에 지나치게 얽매이기보다는 자신이 하고 싶은 일에 최선을 다하는 것의 중요성을 알려 줍니다.

"아름다운 꿈을 꾸던 그날의 기억은 지금도 끝없이 떠오른다."

▶ 위 문장처럼 성진은 꿈에서 겪은 행복한 추억이 머릿속을 떠나지 않았어요. 누구나 좋은 기억을 품고 살아갑니다. 여러분에게는 어떤 좋은 기억이 있나요?

"시냇물이 떠난 가을 풍경을 보고 소리 없이 한숨을 내쉬었다."

▶ 여름 동안 흐르던 시냇물은 떠나고 낙엽이 지는 가을 풍경을 보며 생각에 잠기는 부분입니다. 양소유는 무엇 하나 부족함 없는 인생을 보냈지만 인생의 허탈함을 느끼죠.

고전으로 생각 넓히기

다음 질문들에 관해 고민해 보는 시간을 가져 보세요.

① 내가 이루고 싶은 꿈을 이루려면 지금 어떤 노력을 해야 할까요?
② 인생을 살아가면서 나에게 가장 소중한 가치를 한 가지만 떠올려 보세요.
③ 내가 꿈속에서 새롭게 되고 싶은 인물은 누구인가요?

폭풍의 언덕

에밀리 브론테(Emily Jane Brontë)
(1818.7.30.–1848.12.19.)

어긋난 사랑의 어긋난 결말

에밀리 브론테는 19세기 영국을 대표하는 소설가이자 시인입니다. 문학에 조예가 깊은 아버지의 영향을 많이 받았습니다. 십 대 때부터 산문과 시를 쓰기 시작하였고, 이야기를 지어내는 데 소질을 보였습니다. 1846년에 언니 샬럿, 동생 앤과 함께 자비로 『커러, 엘리스, 액튼 벨의 시 작품들』을 출판하였고, 1847년에는 『폭풍의 언덕』을 출간하였습니다. 셋째 언니 샬럿 브론테의 『제인 에어』는 출간 즉시 큰 인기를 얻었지만, 『폭풍의 언덕』은 비도덕적이고 잔인하다는 평가가 많아 대중의 관심을 얻지 못합니다. 생전에는 인정받지 못했지만, 지금은 영문학의 3대 비극에 손꼽힐 정도로 극찬받고 있습니다. 에밀리 브론테는 이 책을 출간한 이듬해에 폐결핵으로 30세에 짧은 생을 마감합니다.

1801년, 록우드라는 사내가 폭풍의 언덕에 위치한 집에 세입자로 들어오게 됩니다. 록우드는 집주인인 히스클리프와 만나고, 하녀를 통해 그의 과거에 대해 듣게 됩니다. 폭풍의 언덕의 주인은 여행을 하던 중 고아인 한 소년을 데리고 와 히스클리프라고 이름 짓고 자녀들과 함께 기릅니다. 그에게는 힌들리 언쇼, 캐서린 언쇼라는 아들과 딸이 있었죠. 딸 캐서린은 히스클리프와 가깝게 지냈지만 캐서린의 오빠 힌들리는 히스클리프를 극도로 싫어했습니다. 아버지가 자신보다 히스클리프를 더 아끼고 사랑하는 것을 시기 질투하여 악랄하게 괴롭히죠. 히스클리프가 집에 온 지 2년 후에 어머니가 지병으로 사망하자, 힌들리는 히스클리프를 더욱 괴롭히기 시작합니다. 하지만 히스클리프는 감정 표현을 잘 하지 않았어요. 표정도 큰 변화가 없었죠. 그러던 어느 날 캐서린은 린튼 가에 초대를 받게 되고, 린턴 가의 아들 에드거의 구혼을 받아들여 결혼을 하게 됩니다. 캐서린은 히스클리프를 좋아했지만, 오빠 힌들리에게서 벗어나기 위한 하나의 선택이었죠. 이후 히스클리프는 종적을 감춥니다.

몇 년이 흐른 후 히스클리프는 유복한 신사가 되어 폭풍의 언덕으로 돌아와 본격적인 복수를 시작합니다. 힌들리를 도박에 빠지게 해 빈털터리로 만들고, 힌들리의 아들 헤어튼을 학대합니다. 전 재산을 잃게 된 힌들리는 알콜 중독으로 사망하죠. 그리고 복수를 위해 에드거의 여동생 이사벨라에게 구혼하여 결혼에 성공합니다. 히스클리프는 캐서린과 가까워지며 에드거와 캐서린을 괴롭히기 시작하죠. 캐서린은 히스클리프로 인한 복잡한 감정의 변화로 힘들어하였고, 딸을 낳다가 세상을 떠나 버립니다. 히스클리프는 자신의 부인 이사벨라에 대한 학대도 멈추지 않았죠. 이사벨라는 집을 나가 아들 린턴을 혼자 낳아 기르다 세상을 떠납니다. 이후 히스클리프는 재산을 얻기 위해 아들 린턴과 캐서린의 딸 캐시를 결혼시키려고 합니다. 하지만 둘을 결혼시키려는 음모는 실패하고, 린턴과 에드거는 세상을 떠나게 됩니다. 히스클리프는 이미

세상을 떠난 캐서린의 환영을 볼 정도로 그리워하다 쓸쓸히 생을 마감합니다. 히스클리프가 세상을 떠난 후 캐시는 사랑하는 헤어튼과 결혼하여 행복하게 살아갑니다.

◇ 책의 배경 엿보기 ◇

『폭풍의 언덕』은 영국 요크셔 지방에 위치한 워더링 하이츠를 배경으로 한 책입니다. 워더링(Wuthering)은 영국 방언으로 '바람이 강하게 부는'이란 뜻입니다. 이곳은 드넓은 황야와 모진 바람, 변덕스러운 날씨로 유명합니다. 워더링 하이츠의 변덕스러운 날씨처럼, 폭풍의 언덕에 위치한 집에서도 폭풍처럼 휘몰아치는 갈등이 전개됩니다. 인간의 욕망의 극한을 보여주는 이 작품과 딱 맞아떨어지는 배경입니다. 혹독하고 강한 바람 속에서 인위적인 것들은 살아남을 수 없고, 인간의 본성만 남아 있습니다. 워더링 하이츠는 때로는 평온하지만 때로는 우울한 양극단을 잘 표현해 주는 곳입니다.

◇ 책의 핵심 주제 및 시사점 ◇

① 잘못된 사랑의 결말

『폭풍의 언덕』은 인간의 어둡고 부정적인 감정을 정밀하게 묘사합니다. 히스클리프의 증오심과 복수의 과정을 통해 인간 내면의 악을 드러냅니다. 히스클리프는 사랑하는 여인에 대한 집착으로 그녀를 불행하게 만드는 길을 선택하죠. 어렸을 때부터 고아로 자라며 갖은 핍박을 받았던 경험이 그의 불완전한 성격 형성에 영향을 줍니다. 히스클리프의 잘못된 사랑은 결국 자신과 캐서린, 주변 사람들 대부분을 불행하게 만듭니다. 복수는 복수를 낳는 법입니다. 관용과 배려로 타인을 이해할 때 비로소 모두 행복한 끝을 맺을 수 있답니다.

② 계층 간의 갈등과 사회의 변화

고아인 히스클리프는 피부가 까맣고 집도 없는 소년이었습니다. 캐서린은 히스클리프를 사랑했지만, 신분의 차이로 인해 결혼을 꺼립니다. 그리고 부유한 린튼 가의 아들 에드거와 결혼을 하게 됩니다. 이후 낮은 신분이지만 큰돈을 벌게 된 히스클리프는 막대한 재산으로 복수를 시작합니다. 돈으로 모든 것을 꾸미고 계획하고 실행합니다. 이는 철저한 계급 사회가 돈으로 인해 점차 붕괴되기 시작한 때와 맞물리죠. 돈을 가진 자가 계급이 높은 자보다 더 큰 영향력을 갖게 된 사회 변화를 보여 줍니다.

"배반이나 폭력은 양쪽 끝이 뾰족한 창과 같아서, 그것을 쓰는 사람이 그걸 받는 사람보다 더 크게 다치는 법이지요."

▶ 히스클리프는 자기만족을 위해 복수를 꿈꿉니다. 그 과정에서 배반과 폭력을 사용하게 되고, 결국 자신이 더 크게 다치는 결과를 낳습니다.

"내가 곧 히스클리프야. 그는 언제까지나 내 마음속에 살고 있어."

▶ 캐서린은 자신의 이기심과 소유욕 때문에 에드거와 결혼을 합니다. 하지만 히스클리프에 대한 자신의 사랑은 변하지 않는다고 하죠. 진정한 사랑과 현실 사이에서 고민하는 캐서린의 마음이 느껴집니다.

"나는 소원이 성취되리라는 기대 속에 갇혀 버린 거야."

▶ 사람은 누구나 이룰 수 없는 헛된 희망을 품습니다. 이룰 수 없는 헛된 기대 속에 갇혀 버렸지만, 그곳을 빠져나올 수 없는 안타까운 마음이 드러납니다.

고전으로 생각 넓히기

다음 질문들에 관해 고민해 보는 시간을 가져 보세요.

① 히스클리프와 캐서린이 결혼했다면, 둘은 행복했을까요?
② 히스클리프의 복수는 정당한 행동인가요?
③ 캐서린은 왜 히스클리프 대신 에드거와 결혼했을까요?

43
삼국유사

일연
(1206~1289)

우리나라의 뿌리

작가 소개

일연은 1206년 경주와 가까운 장산군_{현재의 경상북도 경산시} 삼성산에서 태어난 고려 후기의 승려입니다. 일연은 9세에 무량사에서 학문을 익히고, 14세에 설악산 진전사에서 대웅의 제자로 출가하여 승려가 된 후 여러 절을 다니며 도를 닦았습니다. 일연은 어려서부터 뛰어난 인물로 정평이 나 있었습니다. 1227년 22세에 승과(僧科)_{고려·조선 시대 승려에게 실시한 과거 시험}에 응시하여 장원에 급제하게 됩니다. 일연은 승려이면서도 여가 시간에 대장경을 읽고 유학과 춘추 전국 시대의 여러 학파인 제자백가까지 섭렵하였습니다. 생전에 많은 저서를 남겼는데 1277년경 『삼국유사』를 집필하기 시작한 것으로 추정됩니다. 『삼국유사』는 현재 국보 제306호로 지정되어 있습니다.

『삼국유사』는 고려 후기의 승려 일연이 우리 민족의 이야기를 모아 편찬한 역사서로, 일연은 책의 저술을 위해 청년 시절부터 사료를 수집하였고, 원고 집필은 70대 후반이 되어서야 시작하였다고 합니다. 고조선 시대부터 후삼국 시대까지의 유사(遺事)예로부터 전하여 오는 사적를 모아 책으로 만들어 낸 『삼국유사』는 총 5권으로 구성되어 있습니다. 제1권은 〈왕력〉과 〈기이〉로 되어 있습니다. 〈왕력〉에는 삼국과 가락국, 후삼국의 왕대와 연표가 수록되어 있고, 〈기이〉에는 고조선부터 신라까지의 설화들이 실려 있습니다. 제2권은 문무왕 이후의 설화로 구성되어 있습니다. 제3권부터는 불교에 관한 내용이 주를 이룹니다. 제3권은 〈흥법〉과 〈탑상〉으로 구성되어 있는데, 〈흥법〉에는 불교를 전해 준 스님들에 관한 이야기가 실려 있고, 〈탑상〉에는 불교의 탑과 불상에 관한 이야기가 나와 있습니다. 제4권은 신라 시대 스님들의 전기가 수록되어 있습니다. 제5권은 〈신주〉, 〈감통〉, 〈피은〉, 〈효선〉으로 구성되어 있는데, 많은 스님들과 사람들, 효행과 선행까지 폭넓게 다루고 있습니다.

『삼국유사』 제1권에는 고조선, 말갈과 발해, 북부여, 동부여, 고구려, 신라 왕들의 설화가 실려 있습니다. 고조선 설화를 살펴보면, 환인의 아들인 환웅이 인간 세상을 다스리고 싶어 무리를 이끌고 땅으로 내려오게 됩니다. 이때 곰과 호랑이가 환웅을 찾아와 인간이 되고 싶다고 하자, 백 일 동안 동굴에서 햇빛을 보지 않고 쑥과 마늘만 먹으면 된다고 알려 줍니다. 호랑이는 포기했지만 곰은 인간이 되어 환웅과 결혼해 아이를 낳게 되는데, 이 아이가 바로 단군왕검이죠. 고구려 설화를 살펴보면, 강을 다스리는 신 하백의 딸인 유화가 천제의 아들인 해모수와 함께 시간을 보냅니다. 이후 해모수는 하늘로 돌아가고 하백은 유화를 귀양 보냅니다. 동부여의 왕인 금와왕은 우연히 유화를 만나 데리고 옵니다. 햇빛이 유화를 세 번 비추고 유화는 알을 낳습니다. 알은 불길한 징조라 하여 내다 버리지만 돌고 돌아 유화의 품으로 다시 돌아오고, 여기서 태어난 아이가 고구려를 세운 주몽입니다. 주몽은 7살에 스스로 활과 화살을 만들어 백발백중이었다고 합니다.

제3권에는 불교가 전파된 시기가 나옵니다. 고구려는 소수림왕 때, 백제는 침류왕 때, 신라는 눌지왕 때 불교가 전파되기 시작합니다. 특히 신라에서는 이차돈의 순교로 불교가 본격적으로 퍼지기 시작합니다. 법흥왕이 불교를 국교화하고자 하지만 신하들의 반대로 무산될 위기에 처합니다. 그러자 하급 관리였던 이차돈은 왕을 찾아가 대신들 앞에서 불교 국교화를 찬성하는 자신을 죽여 왕의 위엄을 세우고 반대하는 신하들을 잠재우라고 말합니다. 이차돈과 약속했던 대로 왕이 이차돈의 목을 베자 하얀색 피가 가득 나왔다고 합니다. 이차돈의 죽음 이후, 신라는 불교를 공식적으로 인정하였다고 합니다.

제4권에는 세속오계의 원광 스님, 해골 물을 마시고 깨달음을 얻은 원효 대사, 화엄종을 전파한 의상 대사 등 신라 시대의 스님들에 대해 자세히 설명되어 있습니다. 제5권에는 선덕여왕의 병을 치료한 밀본, 용에게 부처님의 말씀을 가르친 혜통, 향가를 지어 부른 월명 스님의 이야기가 나옵니다. 이 외에도 김현, 진정, 대성, 손순의 이야기가 수록되어 있습니다.

◇ 책의 배경 엿보기 ◇

일연은 고려 후기에 자신의 이름을 널리 알리고 존경받던 승려였습니다. 일연이 살았던 시대는 몽골의 침입이 빈번하였습니다. 나라에는 전쟁이 끊이지 않았고, 백성들의 삶은 점차 피폐해졌습니다. 마침내 기나긴 전쟁이 끝났지만, 고려에는 진정한 평화가 찾아오지 못합니다. 원나라는 고려의 정치에 간섭하였고, 고려는 마음대로 할 수 있는 일이 없었죠. 일연은 이처럼 어려운 시대 상황 속에서 우리 민족의 자주적인 정신과 역사를 담아내고자 노력하였습니다. 노년에도 쉬지 않고 집필을 한 끝에 『삼국유사』를 완성하게 되었습니다.

◇ 책의 핵심 주제 및 시사점 ◇

① 『삼국유사』와 『삼국사기』

『삼국유사』는 김부식의 『삼국사기』보다 150여 년 뒤에 출간된 책으로 서로 비교가 많이 되고 있습니다. 『삼국사기』는 여러 사관에 의해 쓰여져 정제된 문장과 정돈된 느낌이 명확히 듭니다. 반면 『삼국유사』는 일연이 전해져 내려온 기록들을 인용하여 혼자 쓴 책이라 덜 정제된 느낌이 듭니다. 또한 스님이 기술한 책이기에 불교에 관한 내용이 많고 지역적 특색도 많이 반영되어 있습니다. 『삼국유사』는 중국에 대한 사대주의에서 벗어나 자주적인 태도로 우리나라의 역사를 집필했다는 점에서 큰 의미가 있습니다. 그리고 유교 사상에 어긋나 『삼국사기』에서는 제외된 내용들도 『삼국유사』에는 다수 포함되어 있습니다. 서로 비교되는 경우도 있지만, 『삼국유사』와 『삼국사기』는 둘 다 우리나라에 현존하는 사적 중 손꼽히는 위대한 책들입니다.

②『삼국유사』의 위대함

『삼국유사』는 신화와 같은 내용이 많이 수록되어 있어 때로는 평가절하되기도 합니다. 하지만『삼국유사』는 고대 사료의 원형을 그대로 전달하는 서술 방법을 사용하였습니다. 당시 우리의 역사를 기록한 사료는 많지 않습니다.『삼국유사』는 우리나라의 역사뿐만 아니라 종교, 사상, 미술, 문학 등 총체적인 연구 자료로 활용되고 있습니다. 특히 우리의 역사와 함께했던 불교를 깊이 이해하는 데 도움을 주고 있죠. 또한 우리 민족의 토대가 되었던 고조선부터의 모든 역사가 기록되어 있어, 중국의 동북공정_{중국 땅에서 발생한 모든 역사는 중국의 역사라는 주장으로, 고조선과 고구려를 중국의 신하국 또는 지방 정권으로 치부하려 하는} 움직임을 막을 수 있는 가치 있는 역사적 사료입니다.

◇ 고전 속 인생의 한 문장 ◇

"지나간 봄 그리매 모든 것이 시름이로다. 아름다운 모습에 주름이 지니 눈 돌 릴 사이에 만나 보게 되리."

▶ 신라 효소왕 시절 득오라는 낭도가 화랑 죽지랑을 사모하여 지은 「모죽지랑가」의 한 구절입니다. '지나간 봄', '주름이 진다'는 은유적 표현으로 죽지랑과 함께 보낸 시절에 대한 애틋함을 드러냅니다. 여러분도 이처럼 그리운 사람이 있다면, 지금 바로 연락해 보세요.

"나를 위해서 출가를 하지 못한다면 나를 지옥에 떨어지게 하는 것이다."

▶ 부모님을 걱정해 출가를 떠나지 못하는 아들에게 어머니가 남긴 말입니다. 어머니는 오히려 남은 쌀을 모두 챙겨 주며 어서 떠나라고 말하죠. 부모의 자식에 대한 사랑은 대단한 것 같습니다.

"물건이란 오래되면 반드시 폐해지고 폐해지면 반드시 일어나게 마련이다. 이 렇게 일어났다가 폐해지고 폐해졌다가는 다시 일어나게 되는 것이 바로 이치 의 떳떳한 바이다."

▶ 『삼국유사』는 이치의 떳떳함을 알고 후학들에게 도움을 주고자 쓴 책입니다. 우 리 역사에 대한 자부심과 사실들을 전해 주고 싶은 일연의 마음이 느껴집니다.

고전으로 생각 넓히기

다음 질문들에 관해 고민해 보는 시간을 가져 보세요.

① 일연은 왜 노년에 『삼국유사』를 썼을까요?
② 『삼국유사』에 등장하는 이야기 중 사실이 아닌 것도 있을까요?
③ 사람들이 종교를 믿는 이유와 믿지 않는 이유는 각각 무엇일까요?

44
변신

프란츠 카프카(Franz Kafka)
(1883.7.3.–1924.6.3.)

'나'는 누구인가?

프란츠 카프카는 체코의 수도 프라하에서 태어나 프라하 대학교에서 법학을 전공했습니다. 졸업 후에는 직장 생활과 글 쓰는 일을 병행하며 여러 작품을 써냅니다. 체코에서 태어났지만, 유대계 독일인이라는 특수성으로 인해 유대인과 독일인 모두에게 배척당하며 외로운 인생을 살았습니다. 1917년에는 폐결핵에 걸려 여러 요양원을 전전합니다. 약혼을 하고 난 후 파혼을 세 번이나 하고, 아버지와의 갈등으로 신경쇠약 증세를 보이는 등 순탄치 않은 삶을 살았습니다. 그리고 7년 후인 1924년에 오스트리아 빈 근교 키얼링의 한 요양원에서 생을 마감하게 됩니다. '고독'은 카프카가 인간을 바라보는 시각에 가장 큰 영향을 미칩니다.

주인공 그레고르는 평범한 직장인입니다. 아버지의 사업이 실패한 뒤 집안의 가장 역할을 하며 자신의 월급으로 부모와 여동생을 부양합니다. 그러던 어느 날 아침 침대에서 눈을 뜬 그레고르는 자신이 거대한 벌레로 변해 버렸음을 알게 됩니다. 그레고르가 일어나지 않자 가족들이 방문 앞에서 그를 부르지만 벌레로 변해 버린 그레고르는 침대에서 일어나기조차 쉽지 않죠. 그러던 중 회사 지배인이 집으로 찾아와 그레고르의 방문 앞에서 당장 나오지 않으면 해고하겠다고 소리를 지릅니다. 깜짝 놀란 그레고르는 그게 아니라고 소리치지만 밖에 있는 사람들에게는 사람의 말소리로 들리지 않습니다. 겨우 침대에서 일어난 그레고르가 문을 열고 밖으로 나오자 모두들 그의 모습에 깜짝 놀라고, 그레고르는 다시 방으로 들어가게 되죠. 다음날 여동생이 그레고르가 좋아하는 음식을 가지고 오지만, 그는 상한 음식에 더 흥미를 보입니다. 또한 어두운 곳을 좋아하게 되었고 벌레로서의 삶에 조금씩 적응을 합니다. 하지만 가족들은 그러지 못합니다. 어쩌다 마주치면 깜짝 놀라 소리치며 도망치기 일쑤였죠.

몇 달의 시간이 흐르고 그레고르와 가족들은 모두 변화에 익숙해져 갑니다. 그레고르는 벌레로 변한 자신의 모습에 적응해 벽을 기어다니고, 가족들은 일자리를 구하게 됩니다. 가족들은 이제 그레고르의 월급 없이 살아가는 데 익숙해졌고, 그동안 자신들을 위해 희생한 그레고르를 불편해하기 시작합니다. 어느 날 엄마는 그레고르의 방에 들어갔다가 갑자기 튀어나온 그레고르를 보고 기절하고 맙니다. 퇴근하고 돌아온 아버지는 이 소식을 듣고 그레고르에게 사과를 던지고, 사과가 그레고르의 등껍질을 뚫고 들어가 점점 썩기 시작합니다. 그레고르는 점차 야위어 가고 먹지도 못했지만 가족들은 신경 쓰지 않죠.

아버지, 어머니, 여동생 모두 일을 하긴 했지만 벌이가 많지 않자, 고민 끝에 빈방에 세 명의 하숙생을 들입니다. 하지만 여동생이 연주하는 바이올린 소리에 끌려 거실로 나온 그레고르를 보고 하숙생들이 깜짝 놀라 모두 줄행랑을 쳐 버리죠. 이 사건을 계기로 그레고르에 대한 분노가 극에 달한 여동생은 그레고르를 내쫓아야 한다고 말하고, 아버지

도 그녀의 말에 동의합니다. 대화를 듣고 있던 그레고르는 방 안에서 혼자 죽음을 맞이합니다. 가족들은 바짝 말라 죽은 그레고르의 시체를 보며 안도의 한숨을 내쉽니다. 그리고 휴가를 내고 모처럼 여행을 떠납니다. 남은 가족들은 멋진 미래를 떠올리며, 다 함께 희망 가득 찬 이야기를 하며 소설은 끝납니다.

◇ 책의 배경 엿보기 ◇

이 책은 산업혁명으로 인해 물질적으로 풍요로워진 사회에서는 인간이 목적이 아닌 수단이 될 수 있다는 점을 드러냅니다. 인간은 더 이상 삶의 주인공이 아닌 거대한 회사나 조직의 부속품으로 전락합니다. 자동화된 시스템 속에서 인간은 언제나 대체할 수 있는 존재로 변하게 되죠. 그레고르는 가족의 돈벌이 수단이 되어 열심히 노력했지만, 어느 날 쓸모없고 혐오스러운 존재로 변하게 됩니다. 결국에는 자신이 생을 마

감해야만 모든 게 안정화될 수 있죠. 고도로 발달된 사회에서 부속품으로 살아가지 않으려면 어떻게 해야 할지 고민거리를 남겨 주는 책입니다.

◇ 책의 핵심 주제 및 시사점 ◇

① 인간 소외

'인간 소외'란 인간의 편리한 삶을 위해 만들어진 기계가 인간의 자리를 차지하거나 인간의 본질이 상실되는 것을 말합니다. 경쟁 사회에서 살아남기 위해 인간은 내적 성품을 기르기보다는 외적인 상품 가치를 높이기 위해 애씁니다. 인간 소외를 극복하기 위해서는 '나'를 더 사랑하고 이해하는 마음을 가져야 합니다. 그레고르는 벌레로 변해 버린 후에도 바뀌어 버린 나에 대한 고민보다 직장, 가족에 대한 고민을 더 크게 합니다. 하지만 '나'를 잃어버린 그레고르는 자신이 희생하던 사람들에게 버림받고 결국 쓸쓸한 최후를 맞이하게 되죠.

② 상황을 극복하는 힘

사실 그레고르는 벌레로 변한 것 외에는 달라진 게 없지만, 현실은 냉혹합니다. 생계를 책임지던 그레고르가 벌레로 변하자 가족들은 직업을 구하고 하숙생을 들이며 돈을 법니다. 예전에 그레고르만 바라보며 의지하던 모습은 더 이상 찾아볼 수 없죠. 사람은 이처럼 상황에 적응하는 동물입니다. 반대로 현실에 안주하지 않고 무언가를 성취하기 위해 노력한다면 무엇이든 할 수 있는 것도 사람이죠.

◇ 고전 속 인생의 한 문장 ◇

"저것이 오빠라는 생각을 버리셔야 해요. 우리가 그렇게 믿어 왔다는 것 자체
가 바로 우리의 진짜 불행이에요."

▶ 가족에게 그레고르는 어떤 존재였을까 의문이 드는 문장이에요. 가족을 위해
헌신해 온 그레고르의 존재보다는 벌레로 변한 외면에 집중하죠. 그레고르의
내면의 모습을 이해하는 시도는 하지 않아요. 우리도 타인을 그들의 내면보다
외면으로 판단하지는 않는지 생각해 봐야 합니다.

"가구가 이 의미 없이 기어 돌아다니는 일을 하는 데 장애가 된다면, 그건 손
해될 일이 아니라 오히려 큰 장점인 것을…"

▶ 그레고르는 벌레처럼 기어다니는 데 익숙해져 방에 있는 가구가 없는 게 좋을
것 같다는 생각이 듭니다. 하지만 인간으로서의 생각이 희미해져 가는 가운데
가구를 치우면 자신이 정말 벌레가 될 것 같아 두려워합니다.

"그들이 탄 차량은 오붓하게 그들 가족뿐이었는데, 따스한 햇살이 차 안 곳곳
을 밝게 비추어 주었다."

▶ 그레고르가 세상을 떠난 후 밝은 미래를 꿈꾸는 가족의 모습을 표현했어요. 가
족들은 그레고르보다는 그레고르의 월급을 더 사랑했던 건 아닐까 하는 씁쓸한
생각이 드는 문장입니다.

고전으로 생각 넓히기

다음 질문들에 관해 고민해 보는 시간을 가져 보세요.

① 작가는 왜 그레고르를 귀여운 동물이 아닌, 벌레로 변신시켰을까요?

② 아침에 눈을 떴는데 내가 벌레로 변해 있다면 어떻게 할 건가요?

③ 주인공은 왜 별것 아닌 '사과'에 맞고 생을 마감했을까요?

45
젊은 베르테르의 슬픔

요한 볼프강 폰 괴테(Johann Wolfgang von Goethe)
(1749.8.28.–1832.3.22.)

이룰 수 없는 꿈과 좌절

작가 소개

괴테는 독일 프랑크푸르트에서 부유한 집안의 장남으로 태어납니다. 라틴어와 그리스어, 불어, 이탈리아어 등 다양한 언어를 배웠고 미술, 종교, 악기 등 많은 가르침을 받으며 자랐습니다. 괴테는 아버지의 권유로 법학을 전공하고 변호사 사무실을 개업합니다. 하지만 문학에 관심이 많았던 괴테는 습작을 게을리하지 않았죠. 1772년 괴테는 케스트너라는 친구를 사귀게 되는데, 그의 약혼녀 샤를로테 부프를 보고 첫눈에 반합니다. 고향에 돌아온 괴테는 얼마 뒤 한 친구가 자신과 비슷한 상황에 처해 자살했다는 안타까운 소식을 듣게 되는데, 이 일에서 영감을 얻어 집필한 책이 바로 『젊은 베르테르의 슬픔』입니다. 또 다른 대표작으로는 『파우스트』가 있습니다.

평소 예민한 성격으로 인해 우울증을 앓던 젊은 변호사 베르테르는 고향을 떠나 어느 작은 마을로 이사를 합니다. 마을에 적응하며 살아가던 베르테르는 어느 날 무도회에서 멋진 춤 솜씨와 기품을 지닌 로테를 보고 첫눈에 반합니다. 하지만 안타깝게도 그녀에게는 이미 알베르트라는 멋진 약혼자가 있었죠. 그러나 그녀를 향한 베르테르의 마음은 식을 줄을 모릅니다. 베르테르는 로테와 지속적인 만남을 가지며 가까운 사이가 되죠. 베르테르의 마음이 걷잡을 수 없이 커지던 어느 날 도시에 나가 있던 로테의 약혼자 알베르트가 돌아옵니다. 베르테르는 로테를 계속 보고 싶은 마음에 알베르트와도 친분을 쌓고 다 함께 어울리죠. 베르테르의 친구는 편지로 로테와의 관계를 정리하는 게 좋다고 충고합니다. 베르테르도 머리로는 알았지만, 마음으로는 정리가 불가능했죠. 그러던 중 알베르트와 베르테르는 자살에 대해 극명한 의견 대립을 하게 됩니다. 알베르트는 자살이란 이성을 잃고 감정에 치우친 미친 행동이며, 분별력 없는 행동이라고 말합니다. 하지만 베르테르는 자살도 하나의 선택이며, 극복할 수 없는 현실로부터의 도피를 뛰어넘은 신과 하나가 되는 과정이라고 말합니다.

로테와의 이룰 수 없는 사랑으로 고민하던 베르테르는 결국 마을을 떠나 다른 곳에서 일을 하지만, 알베르트와 로테의 결혼 소식을 듣고 마을로 돌아옵니다. 자신에게 결혼 소식을 알리지 않은 알베르트에 대한 악감정은 점차 커졌죠. 마을로 돌아온 베르테르는 사랑을 위해 살인을 저지른 한 남자를 위해 변론에 나서지만, 그 남자는 사형을 선고받게 됩니다. 베르테르는 자신과 같은 처지였던 남성에게 동정심과 좌절감을 느끼죠. 베르테르는 유부녀가 된 로테 주변을 서성이다가 로테와 대화를 하게 됩니다. 로테는 처음엔 차가웠지만 점차 시와 음악에 대한 생각을 공유하며 친밀한 사이가 됩니다. 하지만 알베르트 입장에서는 아내가 다른 남자와 친밀하게 지내는 모습을 더 이상 두고 볼 수 없었죠. 알베르트는 로테에게 베르테르와의 만남을 그만하라고 이야기하죠. 로테도 베르테르와 시간을 보낼 때마다 자신의 감정이 요동침을 느껴 마음이 편치 않았습니다. 남편인 알베르트와의 관계를 유지하고 싶은 마음도 컸죠. 그러던 어느 날 베르테르는 마지막으로 로테를 찾아가 진심으로 사랑을 고백하지만, 로테는 앞으로의 방문조차 거절합니다. 깊은 실의에 빠진 베르테르는 여행을 빌미로 알베르트에게 권총을 빌린 뒤, 그 권총으로 스스로 생을 마감하게 됩니다.

✧ 책의 배경 엿보기 ✧

'베르테르 효과'란 사회적으로 저명한 유명인, 또는 존경하던 인물이 자살하면 사람들이 이를 모방하여 잇달아 자살을 시도하는 현상을 뜻합니다. 그만큼 이 책이 당시 사람들에게 큰 영향을 미쳤다는 것을 알 수 있습니다. 책이 출간된 뒤 유럽의 많은 청년들이 소설에 묘사된 주인공 베르테르의 옷차림을 따라 하였고, 심지어 자살률이 증가해 일시적으로 책의 판매가 중지되기도 하였습니다. 18세기 독일은 정치적, 외교적으로 혼란스럽고 기독교와 엄격한 사회 체계가 유지되던 시기입니다. 괴테는 기독교에서 금기시하는 자살로 끝을 맺는 등 현실 사회에서는 이룰 수 없는 행위들을 베르테르를 통해 드러냈습니다. 또한 국가에서 강조하는 '이성'과 '합리성'보다는 개인의 '감성', '다름'을 표현한 작품입니다.

◇ 책의 핵심 주제 및 시사점 ◇

① 이룰 수 없는 꿈과 좌절

베르테르는 도덕적·사회적으로 금지된 꿈을 꿉니다. 약혼과 결혼을 한 여인을 진심을 다해 사랑하고 관계를 유지했죠. 사랑을 포기하기 위해 멀리 떠나 보기도 하지만 결국 마을로 다시 돌아오게 됩니다. 사람에게는 누구나 꿈이 있고, 그 꿈을 위해 열심히 노력하죠. 하지만 베르테르처럼 불가능한 꿈을 꾸는 사람도 있습니다. 베르테르는 자신의 방식대로 사랑을 하고, 자신의 방식대로 생을 마감합니다. 이룰 수 없는 꿈을 이룰 수 있는 방법으로 해결하게 됩니다. 틀에 짜인 사회에서 벗어난 베르테르의 방식을 존중할 수는 있겠지만, 모방할 필요는 없겠죠?

② 자살? 살자!

베르테르는 권총 자살로 자신의 삶을 마감합니다. 실제로 이 책을 읽고 2,000명이 넘는 사람들이 자살을 시도했다는 통계도 있습니다. 괴테의 뛰어난 글을 읽다 보면 마치 베르테르와 내가 하나가 된 것처럼 몰입하게 됩니다. 특히나 비슷한 경험이 있다면 베르테르의 우울함이 나의 우울처럼 느껴지죠. 요즘 우리 사회에도 현실의 어려움으로 자살을 시도하는 사람들이 있습니다. 하지만 인생에는 지금까지 해 온 것보다 더 재미있고 새로운 일이 많이 기다리고 있습니다. 인생은 끝까지 가볼 만한 가치가 있다는 것을 명심하세요.

"해와 달과 별은 제 역할을 묵묵히 수행했겠지만 나는 도무지 낮과 밤을 분간할 수가 없었네."

▶ 해와 달과 별은 하루 24시간을 뜻합니다. 밝아지고 어두워지는 것도 모를 정도로 무언가에 푹 빠진 경험이 있나요? 진정한 사랑에 빠지거나 내가 좋아하는 것에 몰두하면 해 볼 수 있는 경험이에요.

"우리가 아무리 약점투성이 존재이고 넘어야 할 난관이 많다 해도 오로지 앞을 향해 나아간다면, 느린 걸음일지언정 돛을 달고 노를 저어가는 사람들보다 멀리 나아갈 수 있음을 알게 된다네."

▶ 사람은 누구나 약점이 있어요. 하지만 꾸준히 앞으로 나아간다면 약점도 장점이 될 수 있죠. 평발은 가만히 서 있어도 발바닥이 아플 수 있어요. 하지만 평발을 극복하고 세계적인 축구 선수가 된 박지성 선수에겐 걸림돌이 되지 않았어요. 어떤 약점이라도 노력하면 극복할 수 있답니다.

"이 세상에서 사람들이 서로를 괴롭히는 것만큼 더 화가 나고 밉살맞은 일도 없다네."

▶ 젊은 사람들이 서로를 미워하고 질투하며 시간을 보내는 현실을 안타까워한 문장입니다. 지금 이 시기에만 느낄 수 있는 행복을 찾아보세요. 남을 헐뜯기보다는 좋은 점을 찾아보거나 '온전한 나'를 위해 충분한 시간을 보내면 좋아요.

고전으로 생각 넓히기

다음 질문들에 관해 고민해 보는 시간을 가져 보세요.

① 베르테르처럼 불가능한 꿈을 가져 본 적이 있나요?
② 베르테르가 자살로 생을 마감한 행동은 옳은 행동인가요?
③ 베르테르와 로테의 사랑이 이루어졌다면, 어떤 결말이 되었을까요?

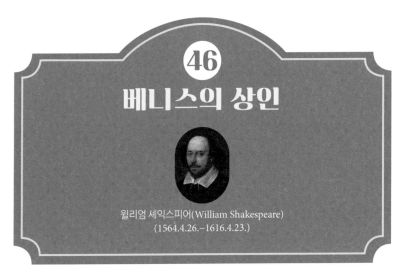

46
베니스의 상인

윌리엄 셰익스피어(William Shakespeare)
(1564.4.26.–1616.4.23.)

무엇이 선이고 무엇이 악인가?

윌리엄 셰익스피어는 영국의 '국민 시인'이라고 불리는 극작가이자 시인입니다. 잉글랜드 중부의 스트랫퍼드어폰에이번이라는 작은 마을에서 태어나 자랐습니다. 가족과 행복한 시간을 보내던 중 가세가 기울어 학업을 중단합니다. 다양한 교육을 받지 못했음에도 뛰어난 작품들을 남겼습니다. 성경과 오비디우스의 『변신 이야기』는 셰익스피어에게 큰 영향을 미치죠. 런던으로 오게 된 셰익스피어는 극작가이자 배우로도 활동합니다. 후원자의 도움으로 궁내부장관 극단 전속 극작가가 되기도 하죠. 셰익스피어의 4대 비극은 누구나 알고 있을 정도로 유명합니다. 셰익스피어는 『햄릿』, 『맥베스』, 『오셀로』, 『리어왕』이 4권의 책에서 인간의 고뇌, 죽음, 슬픔 등 다소 무거운 주제를 깊이 있게 다룹니다.

베니스는 이탈리아의 베네치아를 영어식으로 발음한 것입니다. 베니스에 살고 있는 유대인 샤일록은 상인들에게 고리대금을 놓아 많은 돈을 버는 인물로, 돈을 갚지 않는 상인들을 괴롭히기로 악명이 높았죠. 샤일록은 사람들에게 이자를 받지도 않고 돈을 빌려주던 안토니오를 무척이나 싫어했습니다. 어느 날 안토니오에게 친구 바사니오가 찾아와 벨몬트의 상속녀 포샤에게 청혼하는 데 필요한 돈을 구해 줄 것을 부탁합니다. 마음씨 착한 안토니오는 평소 사이가 좋지 않던 샤일록을 찾아가 베니스로 들어올 예정인 물품을 담보로 돈을 빌립니다. 이에 샤일록은 이자는 받지 않겠다며 대신 기한 내에 돈을 갚지 않으면 안토니오의 살 1파운드를 잘라서 가져가겠다고 합니다. 바사니오는 안토니오가 빌려다 준 돈으로 무사히 포샤와 혼인을 하게 되죠.

행복한 시간을 보내던 바사니오에게 안토니오의 편지가 옵니다. 물건을 싣고 오던 배가 난파당해 돈을 갚지 못했다는 내용이었죠. 이야기를 듣자마자 바사니오는 샤일록을 찾아가 원금의 몇 배라도 갚겠다고 하지만 거절당합니다. 포샤는 남편과 남편 친구에게 도움을 주고 싶어 재판관으로 변장하고 재판에 참석합니다. 포샤는 샤일록에게 '자비'를 베풀 것을 요청하지만, 샤일록은 '정의'를 앞세우며 거절합니다. 포샤는 결국 "안토니오의 살 1파운드는 가져갈 수 있지만 안토니오가 피를 흘리거나 죽어서는 안 된다. 만약 피를 한 방울이라도 흘리면 베니스 법률에 의해 샤일록의 재산은 몰수될 것이다"라고 말하죠. 베니스의 법률에 '나쁜 의도로 베니스 시민의 생명을 위협한 이방인은 처벌을 받아야 한다'라고 명시되어 있었기 때문이죠. 현실적으로 그 판결을 시행하기가 불가능하다고 판단한 샤일록은 원금이라도 달라고 사정하지만 베니스 법률에 따라 재산이 몰수될 위기에 처하죠. 재판관은 최종적으로 샤일록의 재산 절반은 안토니오에게, 나머지 절반은 국가에 내도록 합니다. 안토니오는 자신이 받게 된 샤일록의 재산을 샤일록의 딸에게 돌려주겠다고 이야기합니다. 후에 안토니오의 상선이 난파당하지 않고 무사히 도착했다는 사실까지 알려지며 이야기는 끝납니다.

◇ 책의 배경 엿보기 ◇

『베니스의 상인』이 쓰인 당시는 중세에서 근대로 넘어가던 시대입니다. 기독교의 영향력이 약화하고, 도시 국가인 베니스는 무역과 상업으로 돈을 엄청나게 벌던 시기였죠. 돈 많은 상인들이 생겨나고 이들이 후원하는 예술가들이 위대한 작품을 만들어 내는 데 크게 기여를 합니다. 예술 분야에서는 '신'을 주제로 삼았던 기존의 세계관에서 벗어나 '인간'을 탐구하고 표현하기 시작하죠.

종교적인 배경을 알아보면, 기독교와 유대교는 전통적으로 갈등이 깊었습니다. 하느님의 아들인 예수를 믿는 기독교인들은 예수를 십자가에 못 박혀 죽게 한 유대인들에 대해 반감이 있었죠. 『베니스의 상인』은 기독교인인 안토니오와 유대인인 샤일록의 이야기를 통해 두 종교의 갈등을 드러냅니다.

◇ 책의 핵심 주제 및 시사점 ◇

① 목숨의 소중함과 가치 판단의 중요성

안토니오의 살 1파운드를 도려내야 하는 상황에 처했을 때, 베니스의 법률이 안토니오를 구해 냅니다. 안토니오를 살해하려는 나쁜 마음을 먹은 샤일록에게 전 재산을 잃게 만드는 판결이 내려지죠. 이 판결을 통해 사람의 목숨은 소중하며, 그 무엇으로도 대체할 수 없다는 것을 보여 줍니다. 하지만 작품을 유심히 살펴보면 평소 안토니오가 샤일록을 굉장히 무시해 왔으며, 샤일록이 유대인이라는 이유로 베니스에서 힘든 삶을 살았다는 것도 알 수 있죠. 샤일록이라고 100퍼센트 나쁜 사람이 아니고 안토니오도 100퍼센트 착한 사람은 아닐 수도 있답니다.

② 종교의 갈등으로 인한 사람들의 갈등

이 당시는 기독교인과 유대인의 종교 갈등이 매우 크던 시기였어요. 기독교인들이 살던 베니스에서 샤일록처럼 유대교를 믿는 사람들은 소수였어요. 따라서 유대인은 상대적인 약자였고, 박해를 많이 당했죠. 책 속에도 기독교인들이 샤일록을 무시하는 내용이 많이 나옵니다. 참고로 역사적으로 가장 대표적인 종교 갈등은 기독교도와 이슬람교도 사이에 200년 동안 이어진 '십자군 전쟁'입니다. 기독교의 성지인 예루살렘을 되찾겠다는 목표로 200년 동안 전쟁이 이어졌다니 정말 놀랍지 않나요?

◇ 고전 속 인생의 한 문장 ◇

"반짝이는 것이 다 금은 아니다."

▶ 포샤의 아버지는 함 고르기를 통해 딸의 신랑을 구하고자 유언을 남겼어요. 다른 사람들과 다르게 바사니오는 금으로 된 함이 아니라 납으로 된 함을 골라 포샤와 결혼하게 됩니다. 겉만 번지르르하고 당장의 이익을 추구하기보다는 진솔한 마음과 신뢰가 중요하다는 점을 알려 줍니다.

"이 몸이 요구하는 1파운드 살덩이는 비싸게 샀으며 내 것이니 가지겠소."

▶ 샤일록은 안토니오와 작성한 계약서를 증거로 1파운드의 살덩이를 가지고 가겠다고 말합니다. 하지만 베니스의 법률에 어긋나므로 무효가 됩니다. 법은 이처럼 국민을 보호하는 역할을 합니다.

"유대인은 눈이 없소? 손이 없소?"

▶ 샤일록은 유대인으로서 자신이 그동안 당했던 억울한 일에 관해 이야기하며, 기독교인에게 똑같이 복수할 것이라고 말합니다. 종교의 갈등이 극에 달했던 시대 상황을 드러내는 유명한 대사입니다.

고전으로 생각 넓히기

다음 질문들에 관해 고민해 보는 시간을 가져 보세요.

① 샤일록이 나에게 '1파운드의 살덩이' 계약을 제안한다면 어떻게 할 건가요?

② 샤일록의 제안을 받아들인 안토니오의 결정은 현명한 결정인가요?

③ 내가 재판관이었다면 어떤 판결을 내릴지, 그 판결을 내린 이유와 함께 말해 보세요.

47

1984

조지 오웰(George Orwell)
(1903.6.25.–1950.1.21.)

여기를 벗어날 방법은 없을까?

　조지 오웰은 인도에서 태어났으나 두 살 무렵 영국으로 돌아옵니다. 학교에서 그는 상류층 아이들과의 차별로 어두운 유년기를 보냅니다. 이후 경찰관이 되어 미얀마와 인도에 근무하였는데, 영국 제국주의의 여러 만행을 보고 반제국주의적 정서가 강해집니다. 영국으로 돌아온 그는 파리와 런던에서 접시닦이, 서점 직원 등 여러 가지 직업을 전전하며 글을 씁니다. 그리고 자신의 첫 소설인『파리와 런던의 밑바닥 생활』을 출간합니다. 1945년에 낸『동물농장』이 큰 인기를 끌었을 때 아내를 잃고 자신도 폐결핵이 악화되어 병원 신세를 지죠. 1년 후인 1946년에『1984』를 집필하고 3년 후에 출간합니다. 소설, 에세이, 평론 등 700여 편이 넘는 작품을 남긴 그는 1950년 세상을 떠납니다.

줄거리

1984년을 배경으로 하는 이 책에서 전 세계는 오세아니아, 유라시아, 동아시아 세 국가에 의해 분할 통치를 받습니다. 주인공 윈스턴 스미스는 오세아니아에 살며 당에서 일하는 하급 공무원입니다. 하는 일은 권력층이 원하는 대로 기록물을 조작하는 역할이죠. 독재자이자 최고 지도자인 '빅 브라더'를 내세워 독재 권력을 행사하는 이곳에서의 삶은 24시간 감시되며 사생활은 전혀 존재하지 않습니다. 직장이든 집이든 길이든 내가 하는 모든 말과 대화는 누군가에게 전송되죠. '현재'와 어긋나는 모든 사실과 정보는 조작되며, 사용할 수 있는 단어의 수조차도 제한됩니다. 심지어 사람들 간의 감정도 철저히 통제되어 마음껏 사랑할 수도 없는 곳입니다. 또한 집에 있는 텔레스크린을 통해 지속적으로 사상 교육을 하고 반역자에 대한 증오심도 주입시킵니다. 개인은 아무것도 마음대로 생각할 수도, 표현할 수도 없는 답답한 사회입니다. 이 같은 사회에 조금씩 불만을 느낀 윈스턴은 일종의 일탈을 벌입니다. 가게 진열장에 놓인 공책을 보고는 덥석 구입한 뒤 텔레스크린의 사각지대인 방구석에 앉아 몰래 일기를 쓰기 시작한 것이죠. 일기의 내용도 점차 공격적으로 변합니다. '빅 브라더'를 없애 버리자는 내용이었죠.

그러던 중 윈스턴은 줄리아라는 여인에게 쪽지를 전해 받고, 쪽지로부터 피어난 감정은 사랑으로 발전하게 되죠. 그동안 숨겨져 있던 인간의 본성이 드러나며 새로운 꿈을 꾸게 됩니다. 둘은 당원들의 감시를 피해 상점 2층에서 몰래 만나 데이트를 즐기고, 현 사회체제에 대한 반대에 크게 공감하죠. 그러던 중 동료 오브라이언을 만나 지하조직에 가입하게 됩니다. 오브라이언은 자신을 빅 브라더를 무찌르기 위한 형제

단 소속이라고 소개하죠. 하지만 오브라이언은 동료가 아닌 경찰이었고, 이 모든 것은 윈스턴을 체포하기 위한 함정이었습니다. 윈스턴은 잡혀가서 모진 고문을 받게 됩니다. 고문이 어찌나 끔찍했는지 윈스턴은 자기 대신 줄리아가 고문을 받게 해 달라고까지 말합니다. 얼마 후 윈스턴과 줄리아는 세뇌당한 채 풀려나고, 우연히 마주치지만 각자 갈 길을 갑

니다. 윈스턴은 풀려난 이후로 체제에 복종하고 뉴스를 보며 미소를 짓는 평범하고 무기력한 사람으로 변합니다. 소설의 마지막에는 '그가 빅 브라더를 사랑했다'라고 쓰여 있죠.

◇ 책의 배경 엿보기 ◇

조지 오웰이 이 책을 집필한 시기는 제2차 세계대전이 한창이던 시기입니다. 소설의 배경은 전체주의입니다. 전체주의는 공산주의와 비슷하면서도 미묘하게 다릅니다. 전체주의에서는 공동체, 국가가 가장 중요한 존재이며, 개인은 전체의 존재를 위한 수단으로 여겨집니다. 즉, 개인보다는 집단의 이익을 강조하여 개인의 존엄성이 후퇴하는 사회입니다. 전체주의에 대한 비판으로 쓰여진 이 책은 신격화된 '빅 브라더'를 등장시켜 통제를 정당화하죠. 개인 생활을 감시하고, 언어도 통제하며, 매일 하는 '증오 시간'을 통해 사상을 주입합니다. 역사도 입맛에 따라 바꾸고 전쟁을 위한 전쟁을 벌입니다. 개인의 존엄성이 중요시되는 최근 사회와는 정반대의 모습이죠.

◇ 책의 핵심 주제 및 시사점 ◇

① 가스라이팅(gaslighting)

최근 이슈가 되고 있는 '가스라이팅'은 타인의 심리나 상황을 교묘하게 조작해 스스로를 의심하게 만듦으로써 타인에 대한 지배력을 강화하는 행위입니다. 『1984』에서는 '증오 시간', '텔레스크린', '포스터' 등으로 사람들을 점차 세뇌시킵니다. 주변에 있는 누군가가 나에게 지속적으로 반복되는 말을 한다면 그렇게 생각하게 될 수도 있습니다. 가령 "넌 너무 예민해"라는 말을 계속 듣다 보면 '내가 그런가?' 하고 생각하게 되는 것처럼요. 여러분 스스로는 여러분이 가장 잘 알고 있다는 사실을 기억하세요.

② 개인 자유의 중요성

『1984』는 이 책이 출간된 1948년에서는 먼 미래였던 1984년을 배경으로 쓰인 책입니다. 그런데 놀랍게도 주인공 윈스턴의 모습과 현재 우리 모습을 비교해 보면 꽤 비슷한 점이 많습니다. 우리의 일거수일투족이 CCTV로 관찰되고, 결제 내역과 SNS 등을 통해 나에 대한 정보가 모두 수집되고 있죠. 생활의 편리를 위해 개발된 기술들이 어느새 우리를 통제하게 되진 않을까 시사점을 주는 책입니다.

◇ 고전 속 인생의 한 문장 ◇

"빅 브라더가 보고 있다."

➡ 국가에 의해 매일 감시당하는 상태에서 아무것도 할 수 없는 상황을 표현하는 문장입니다. 감시를 벗어나기 위한 노력조차 '빅 브라더'가 모두 보고 있었죠. 내 생각과 감정의 소중함을 다시 한번 일깨워 주는 문장입니다.

"과거를 지배하는 자가 미래를 지배한다. 현재를 지배하는 자는 과거를 지배한다."

➡ 책 속에 등장하는 모두의 기억은 과거, 현재, 미래가 이어져 있습니다. 지배하는 당에서는 '현재'에 초점을 맞추어 모든 정보를 조작합니다. 미래에 발생할 일을 예측하고, 다음날 '현재'로 언급하고, 과거의 기록을 조정해 미래를 예측 가능한 일로 바꿉니다. 현재 내가 살고 있는 삶이 조작될 수도 있다니 놀라운 일이네요.

"경우에 따라 진실은 거짓이 되고, 거짓은 진실이 될 수도 있다."

➡ 내 생각과 감정이 통제된 곳에서는 나의 판단과 상관없이 진실과 거짓이 뒤바뀔 수 있습니다. 정해진 진실을 그대로 믿게끔 만들죠. 윈스턴의 노력은 실패했지만, 또 다른 누군가는 진짜 진실을 찾아낼 수도 있지 않았을까요?

고전으로 생각 넓히기

다음 질문들에 관해 고민해 보는 시간을 가져 보세요.

① 내가 만약 윈스턴이었다면, '일기 쓰기'와 같은 체제에 저항하는 행동을 했을까요?

② 개인의 삶을 통제하고 억압하는 사회는 왜 존재할까요?

③ 우리의 미래가 책 『1984』처럼 되지 않으려면 어떤 일을 해야 할까요?

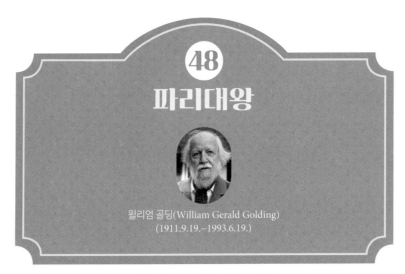

48
파리대왕

윌리엄 골딩(William Gerald Golding)
(1911.9.19.–1993.6.19.)

야성적 본능과 붕괴되는 사회

작가 소개

윌리엄 골딩은 1911년 영국 콘월주에서 태어나 옥스퍼드 대학교에 입학해 자연 과학과 영문학을 공부하였습니다. 제2차 세계대전이 발발하자 영국 해군에 입대하여 복무하면서 노르망디 상륙작전에 참전한 경험이 『파리대왕』을 쓰는 데 큰 영향을 미칩니다. 전쟁이 끝난 후 교사로 일하면서 본격적으로 소설을 쓰기 시작하였습니다. 1954년 발표한 첫 소설 『파리대왕』은 우리 사회를 풍자하며 인간의 이기심을 드러내 많은 관심을 받게 됩니다. 1983년에 노벨문학상을 수상하였고, 1988년에는 공로를 인정받아 영국 왕실 작위를 받기도 합니다. 1993년에 심부전증으로 세상을 떠났습니다.

제2차 세계대전 중 핵전쟁이 발발하여 비행기에 타고 있던 아이들이 무인도에 추락하게 됩니다. 섬 이곳저곳에 흩어져 있던 아이들이 모여들었고, 어른은 단 한 명도 없었습니다. 아이들은 모여서 지도자를 선출하기로 결정합니다. 후보는 성가대 지휘자로 명성을 쌓았던 잭과 소라를 불며 아이들을 불러 모은 몸집이 큰 랠프였습니다. 아이들은 랠프를 압도적으로 지지하여 지도자로 뽑았습니다.

랠프는 잭의 불만을 달래 주기 위해 잭에게 식량을 구하기 위한 사냥 부대를 지휘하는 역할을 부여합니다. 랠프의 책사 역할을 했던 피기는 구조될 방법에 대한 논의를 많이 하였습니다. 또한 안경을 이용해 불을 피워 고기를 굽고, 봉화를 피워 위치를 알리기도 하였습니다. 잭은 막상 사냥감을 보자 섣불리 공격하지 못하였고, 불안감에 사냥을 계속 실패하게 됩니다. 한편 아이들은 처음에는 열심히 오두막을 지었지만, 어느새 놀러 다니기에 푹 빠져 집 짓기는 등한시하기 시작합니다. 랠프, 사이먼, 피기만 오두막을 지었고 결국 완성하게 됩니다. 하지만 아이들은 악몽을 꾸고 상상 속의 짐승과 유령에 막연한 두려움을 느끼게 됩니다.

시간이 흐르며 구조되는 방법에 대해 랠프와 잭은 큰 갈등을 겪습니다. 잭이 아이들을 데리고 사냥을 나간 사이 봉화가 꺼지는 일이 발생하고, 때마침 배 한 척이 섬을 지나쳐 가 버리죠. 봉화가 있었다면 구조를 해 주었을 수도 있었을 텐데 말이죠. 아이들은 점점 규칙을 지키지 않기 시작하고 야만인의 모습을 보입니다. 지도자인 랠프는 이를 해결하기 위해 회의를 소집하고 아이들의 불안함을 없애기 위해 노력하죠. 산 위에 있다는 짐승을 확인하기 위해 직접 산 정상에 오르죠. 잭과 랠프와 로저는 전투기에서 낙하산과 함께 떨어진 시체를 짐승으로 착각하고, 모두 겁에 질려 봉화의 위치를 산꼭대기에서 바닷가 쪽으로 이동시킵니다. 이후 서로의 갈등이 극에 달한 랩프와 잭은 갈라서기로 결정합니다.

잭은 친밀한 아이들과 함께 얼굴에 색을 칠하고 숲으로 들어갑니다. 사이먼은 짐승을 확인하기 위해 홀로 숲으로 가죠. 잭의 무리는 돼지를 사냥하여 머리를 잘라 나무에 꽂아 세워 놓습니다. 미지의 짐승에게 바치는 일종의 제물인 셈이죠. 시간이 흐르자 돼지머리에 파리가 꼬이기 시작하고, '파리대왕'이 됩니다. 잭의 무리는 랩프의 캠프로 가서 자신들의 고기 파티에 아이들을 초대합니다. 잭과 아이들은 야만인스러운 노래와 춤을 춥니다. 사이먼은 산에서 본 짐승이 사실은 사람의 시체라는 사실을 알리기 위해 춤판에 뛰어듭니다. 하지만 이미 광기에 휩싸인 아이들은 사이먼을 짐승이라 생각하여 창으로 찔러 살해합니다.

잭은 점차 폭군으로 변해 가고 세력을 넓혀 갑니다. 밤에 몰래 랩프의 오두막을 습격해 피기의 안경을 훔쳐 오기도 하죠. 야만인이 된 잭과 아이들은 바위를 떨어뜨려 피기를 살해하고, 급기야 랩프를 살해하기 위해 섬에 불을 지르며 쫓아오기 시작하죠. 더 이상 피할 곳이 없어 바다로 뛰어든 랩프는 기적적으로 해군 장교에 의해 구조됩니다. 이후 다른 아이들까지 정신을 차리고 눈물을 쏟으며 이야기는 끝이 납니다.

✧ 책의 배경 엿보기 ✧

이 책의 배경은 제2차 세세대전이 한창이던 어느 날입니다. 역사를 살펴보면 1945년 미국이 일본에 원자폭탄 두 발을 투하하자 일본은 무조건 항복을 합니다. 당시에는 미국이 유일한 핵보유국이었죠. 하지만 미국의 적대국이었던 소련도 곧이어 핵을 개발하며 본격적인 냉전 시대가 개막됩니다. 이후 핵확산 금지 조약이 체결되며 무분별한 핵 개발은 중지되었지만, 현재 세계에는 이미 핵을 보유한 국가가 많습니다. 『파리대왕』이 출간된 1954년은 원자폭탄이 터진 지 10년이 채 되지 않았을 때로, 전쟁 이후 사회가 무척이나 혼란스러운 시기였습니다. 그런 사회에서 법과 질서 교육을 받고 자란 아이들이 어른들의 도움을 전혀 받지 못하는 무인도에서 일종의 생존 게임을 벌이게 된 것이죠.

✧ 책의 핵심 주제 및 시사점 ✧

① 인간의 본성과 폭력성

『파리대왕』은 랠프와 잭을 통해 인간의 본성과 폭력성을 드러냅니다. 처음에는 민주적이고 리더십이 있는 랠프가 지도자로 뽑히고 나름 체계적인 삶을 살아갑니다. 하지만 공포의 존재가 생겨나고 배고픔에 허덕이자 질서가 붕괴되기 시작합니다. 인간의 사회성보다는 동물적인 본능에 더 충실해지죠. 먹을 것을 찾아 떠나고 서로 위협하고 때로는 살인도 저지릅니다. 하지만 모두가 그렇게 변한 것은 아닙니다. 끝까지 자신을 잃지 않은 랠프와 친구들도 있습니다. 이 책은 랠프와 잭을 통해 인간의 본성에 대해 생각할 거리를 주고 있습니다.

② 집단 광기

철학자 니체는 "광기는 개인에게는 드물지만 군중과 정파와 국가와 세대에서는 차라리 규칙이 된다"라고 말하였습니다. 잭과 그의 추종자들은 돼지머리를 창에 꽂는 행위와 사냥을 기원하는 노래와 춤을 추며 집단 광기를 점차 키워 나갑니다. 혼자서는 불가능하지만, 여럿이 모이면 이와 같은 일이 쉽게 가능해집니다. 집단 광기를 키워 나간 결정적 원인은 불특정 대상에 대한 공포와 두려움이었습니다. 혼자서는 두렵지만 함께한다면 공포의 대상도 두렵지 않기 때문이죠. 사람들은 특정한 목표를 이루기 위해 집단을 만들어 사회에 반대하고 문명에 반대하는 세력을 형성하기도 하죠. 누군가와 함께하는 것은 좋지만, 진정 내가 원하는 것인지 다시 한번 생각해 볼 필요가 있겠죠?

◇ 고전 속 인생의 한 문장 ◇

"순서를 가려서 중요한 일도 하지 않고, 또 온당한 힝똥노 하지 않으면서 어떻게 구조받기를 기대할 수가 있겠어?"

▶ 무인도에서 구조를 받을 때까지 살아남기 위해서는 봉화 피우기, 어린아이들 돌보기, 집 짓기 등 필수적인 일들이 있습니다. 하지만 잭과 아이들은 사냥 외에는 전혀 관심이 없었죠. 하지만 다 함께 목표를 이루려면 자신의 역할에 충실할 필요가 있습니다.

"법을 지키고 구조되는 것과 사냥을 하고 모든 것을 파괴하는 것 중 어느 편이 더 좋으냐 말이야?"

▶ 어른이 없지만 리더 역할에 충실했던 랠프는 법과 원칙을 지킬 것을 끝까지 강조합니다. 랠프는 살아남기 위한 최선의 방법을 말하지만, 안타깝게도 인간의 폭력성과 집단 광기에 의해 목숨마저 위협받게 됩니다.

"알겠다. 처음에는 『산호섬』에서처럼 잘 지냈단 말이지?"

▶ 100년 전 출간된 『산호섬』이라는 소설을 비판하는 내용입니다. 이 책에는 난파된 아이들이 힘을 합쳐 어려움을 극복했기 때문이죠. 하지만 전쟁의 참혹함을 겪은 작가는 정반대의 소설을 출간하게 됩니다.

고전으로 생각 넓히기

다음 질문들에 관해 고민해 보는 시간을 가져 보세요.

① 랠프와 잭 중 누구의 행동이 더 올바르다고 생각하나요?
② 친구들이 원하는 일이라고 무작정 따라 하면 어떻게 될까요?
③ 인간의 본성은 선(善)할까요, 악(惡)할까요?

49
논어

공자
(기원전 551–기원전 479)

공자의 깊은 가르침

　공자는 노나라에서 태어나 3살 때 아버지가 돌아가시고 홀어머니 밑에서 자랐습니다. 『사기』의 「공자세가」에 '공자는 아이 때 언제나 제기를 벌여 놓고 예를 갖추는 소꿉놀이로 장난을 하였다'라고 하는 것을 보면, 어려운 형편에도 엄격한 가정교육을 받으며 자랐음을 알 수 있습니다. 체구가 좋아 키가 2미터 정도 되었고, 만날 수 있는 모든 사람에게 배우려 하였습니다. 30대가 되며 이름을 알리기 시작하였고, 제자들도 점차 늘어나기 시작하였습니다. 50대에는 모든 관직을 내려놓고 십여 년 동안 여러 나라의 임금들을 만나 올바른 정치에 대한 이야기를 나누었습니다. 이후 노나라에 돌아와 73세에 제자들이 지켜보는 가운데 세상을 떠났습니다.

　『논어』는 유교 사상을 만들어 낸 공자이 생각과 세사늘과의 대화를 남아낸 책으로, 〈학이〉 편부터 〈요왈〉 편까지 총 20편으로 구성되어 있습니다. 제1편 〈학이(學而)〉에는 무척이나 유명한 문장이 나옵니다. '학이시습지(學而時習之)면 불역열호(不亦說乎)아'란 문장으로, '배워서 때때로 익히면 기쁘지 아니한가?'라는 뜻이죠. 훌륭한 인품은 배움과 자기 수양으로 길러지기에 배움을 게을리해서는 안 된다는 의미입니다. 사소한 것도 반복하여 몸에 체득하면 인품이 됩니다. 인품은 드러내지 않아도 저절로 드러나죠. 제2편 〈위정(爲政)〉은 정치에 관한 내용이 많습니다. '도지이정(道之以政)하고, 제지이형(齊之以刑)이면, 민면이무치(民免而無恥)니라'라는 문장이 있습니다. 백성을 법으로 인도하고 형벌로만 다스리려고 하면, 벌을 피하려고만 하고 수치심을 느끼지 못한다고 합니다. 따라서 백성을 덕(德)으로 이끌고 예(禮)를 바르게 할 것을 강조하였습니다.

　제3편 〈팔일(八佾)〉에는 '인이불인(人而不仁)이면 여례하(如禮何)며, 인이불인(人而不仁)이면 여락하(如樂何)리오'라는 문장이 나옵니다. '사람이 되어서 인(仁)하지 못하면 예의를 지킨들 무엇하며, 음악을 한들 무엇하랴'라는 뜻입니다. 인(仁)은 공자의 핵심 사상입니다. 제4편 〈이인(里仁)〉에서는 '유인자(唯仁者)아 능호인(能好人)하며 능오인(能惡人)이니라'라고 말합니다. '어진 사람만이 사람을 사랑할 수도 있고 미워할 수도 있다'란 뜻이죠. 사심(私心)이 없어야 좋고 싫음을 올바르게 판단할 수 있다고 합니다. 제5편 〈공야장(公冶長)〉에는 제자들과 여러 인물들에 대한 공자의 생각이 담겨 있습니다.

제6편 〈옹야(雍也)〉에는 '지지자(知之者)는 불여호지자(不如好之者)고, 호지자(好之者)는 불여락지자(不如樂之者)라'는 유명한 문장이 나옵니다. 배움에 있어 '아는 사람은 그것을 좋아하는 사람만 못하고, 좋아하는 사람은 즐기는 사람만 못하다'란 뜻입니다. 배우는 내용을 그저 외워서 알기만 하는 사람은 배움을 즐기는 사람을 뛰어넘을 수 없기 때문이죠. 제7편 〈술이(述而)〉에는 '삼인행(三人行) 필유아사언(必有我師焉), 택기선자이종지(擇其善者而從之) 기불선자이개지(其不善者而改之)'가 쓰여 있습니다. '세 사람이 길을 가면 거기에 반드시 내 스승이 있으니, 선한 자를 가려서 본받을 것이고 선하지 못한 자를 보며 내 잘못을 고치는 계기로 삼는다'라는 뜻입니다. 제8편에서 13편까지도 공자의 생각이 모두 기록되어 있죠.

제14편 〈헌문(憲問)〉에는 '군자상달(君子上達) 소인하달(小人下達)'이 쓰여 있습니다. 군자는 '도'를 지켜 나가고 배우기에 힘쓰기에 인격을 수양하고 넓은 마음과 시야를 가지게 됩니다. 하지만 소인은 자신의 이익을 채우기에 급급하기에 점점 각박해지고 마음이 작아지죠. 제15편에서 19편까지에도 공자의 깊은 뜻이 담겨 있습니다. 마지막 제20편 〈요왈(堯曰)〉에는 '관즉득중(寬則得衆) 신즉민임언(信則民任焉) 민즉 유공(敏則有功) 공즉열(公則說)'이 쓰여 있습니다. '너그러운 마음, 공평함, 성실함, 민첩함을 갖는다면, 사람들이 자연스레 따르고 백성도 기뻐한다'란 뜻의 문장입니다.

◇ 책의 배경 엿보기 ◇

공자는 혼란스러웠던 춘추 전국 시대이 인물입니다. 『도덕경』을 쓴 노사가 살았던 시대와 일정 부분 겹치죠. 공자는 고통받는 백성들을 보며 교육을 통해 정치에 영향을 미칠 수 있다고 생각합니다. 흐트러진 나라를 되잡기 위해서는 '인(仁)'과 '예(禮)'가 바로 서야 함을 강조합니다. 나라의 기틀이 바로 서야 혼란스러운 시대가 끝나고 평화로운 시대가 올 것이라고 생각했기 때문이죠. 공자는 십여 년간 유랑하며 여러 나라의 임금들을 만나 대화를 하였으나, 그의 끊임없는 노력에도 불구하고 춘추 전국 시대는 500년 넘게 이어지며 백성들의 삶을 힘들게 하였습니다. 하지만 공자의 가르침을 적은 『논어』는 지금까지도 많은 사람들에게 사랑받으며 삶의 지혜를 전하고 있습니다.

◇ 책의 핵심 주제 및 시사점 ◇

① 인(仁)

공자의 핵심 사상은 '인(仁)'입니다. 인(仁)은 사람 인(人)과 두 이(二)가 합쳐져 만들어진 한자입니다. 공자는 구체적으로 '인(仁)은 무엇이다'라는 말을 남기진 않았습니다. 하지만 모든 일의 기본으로 인(仁)을 말하였습니다. 우리나라에서는 인(仁)을 '어질다'라고 해석하여 사용합니다. 인간을 인간답게 만드는 기본 바탕이죠. 부모에 대한 효도, 형제간의 우애, 자기 마음을 다스리는 일, 그리고 남을 배려하고 신뢰하는 마음 모두 인(仁)이 올바르게 발현된 것이죠. 우리 마음속 깊은 곳에 있는 따스한 마음과 사랑이 인(仁)을 만들어 내는 것은 아닐까요?

② 예(禮)

공자가 강조한 또 하나의 핵심 내용은 '예(禮)'입니다. 사회 질서를 지키기 위한 엄격한 규칙과 절차를 뜻하죠. 규칙과 절차가 마음속의 인(仁)을 바탕으로 이루어질 때 비로소 진정한 예(禮)입니다. 관혼상제처럼 인간의 삶에서 중요한 것부터 가족이 함께 살아가는 집안의 모든 것까지 두루두루 포함됩니다. 음식과 옷, 웃어른을 대하는 법 등 지금 나와 관련된 모든 행동이 포함되죠. 모든 행동 하나하나를 예(禮)로써 행하면, 갈등과 대립은 모두 사라질 것입니다. 하지만, 껍데기뿐인 예(禮)는 오히려 갈등을 일으키기 마련입니다. 서로 사랑하고 존중하고 아끼는 마음을 바탕으로 격식을 갖출 때 서로 사이좋게 지낼 수 있답니다.

◇ 고전 속 인생의 한 문장 ◇

"극기복례(克己復禮)"

▶ '극기복례'는 공자가 제자 안연에게 '마음의 충동성을 극복하고 진정한 예(禮)로 돌아간다면 인(仁)을 실천할 수 있다'라고 설명한 문장입니다. 마음 수양을 통해 진정한 예(禮)를 실천할 수 있어요.

"덕이 있는 자는 반드시 훌륭한 말을 한다. 그러나 입으로 훌륭한 말을 하는 자가 반드시 덕이 있는 자는 아니다."

▶ 훌륭한 말을 한다고 그 사람이 덕이 있는 것은 아니에요. 공자는 말만 번지르르하게 하는 사람을 경계하였죠. 말보다는 행동이 더 중요하답니다.

"도리에 어긋나는 약속은 해서 안 된다. 그것은 이행할 수 없기 때문이다."

▶ 말은 한번 내뱉으면 주워 담을 수 없습니다. 약속도 지킬 수 있는 약속만 해야 합니다. 또한 비도덕적이거나 불가능한 약속은 절대 하면 안 되겠죠?

고전으로 생각 넓히기

다음 질문들에 관해 고민해 보는 시간을 가져 보세요.

① 내가 평소에 실천하고 있는 '인(仁)'을 두 가지만 이야기해 보세요.
② 공부를 즐기는 사람이 지식을 외워서 아는 사람보다 뛰어난 이유는 무엇일까요?
③ 모두가 '인(仁)'과 '예(禮)'를 올바르게 따르면 어떤 세상이 될까요?

50
도덕경

노자
(기원전 6세기–5세기경 추정)

자연을 배우고 자연처럼 행동하자

　노자는 실제로 존재했던 인물인지 알 수 없는 신비로운 인물입니다. 사마천의 『사기』에는 노자가 초나라 사람이며 주나라에서 수장실의 관리를 지냈다고 나옵니다. 수장실은 오늘날의 국립도서관입니다. 『사기』에는 공자가 노자에게 예(禮)를 물으러 왔다는 내용도 있습니다. 노자의 대답을 들은 공자는 돌아가 제자에게 이렇게 말합니다. "새는 날아다니고 물고기는 헤엄치며 짐승은 달린다. 달리는 것은 덫으로 잡을 수 있고, 헤엄치는 것은 낚을 수 있고, 나는 것은 화살로 잡을 수 있다. 그러나 바람과 구름을 타고 하늘로 날아오르는 용은 어떻게 해야 할지 모르겠다. 노자가 바로 용과 같았다." 공자는 노자를 용에 비유하며 그의 깊은 식견을 인정했다고 합니다.

『도덕경』은 총 81장으로 구성되어 있습니다. 1장은 '도(道)'에 대해 설명합니다. '도'는 언어로 표현될 수 없는 초월적인 것이며, 우리가 '도'라고 부르는 순간 그 본질을 잃게 된다고 말합니다. 우리가 언어로 '도'를 정의하는 순간 그 의미가 퇴색하고 진정한 '도'는 사라지게 되죠. 2장은 아름다움과 추함은 상대적인 의미 이상도 이하도 아님을 알려 줍니다. '아름다움'의 개념으로 '추함'이 생겨나고, '착하다'의 개념으로 인해 '나쁘다'가 생겨납니다. 사람들은 자기 나름대로 평가 기준을 지닌 채 사람과 사물을 평가합니다. '착함'의 기준을 만들어 내고 '착한 사람'이라고 평가한 사람에게는 좋은 면만 보고, 그와 다른 사람들을 보며 나쁘다고 말하죠. 노자는 이런 기준이 없다면 사람들 사이에는 갈등이 생기지 않는다고 알려 줍니다.

4장에서는 도의 모습은 텅 빈 그릇과 같고, 아무리 채워도 채울 수 없다고 합니다. 뾰족하게 각진 것들을 둥글게 만들고 날카로운 것들을 무디게 만듭니다. 인위적인 직선들을 없애고 태초의 세상과 같은 둥근 것들로 바꾸어 버립니다. 7장에서는 자연이 '나'를 주장하지 않음으로써 세상이 영원할 수 있다는 사실을 알려 줍니다. 자연은 '나'를 내세우고 드러내거나 내가 최고라는 생각이 없습니다. 우리 사회의 성인(聖人)들도 '나'를 앞세우지 않고 겸손합니다. 하지만 오히려 이런 모습으로 인해 사람들에게 지도자로 인정받게 되죠. '나'를 앞세우지 않으면 '모두'를 얻게 됩니다.

8장은 노자의 핵심 사상인 '물'과 관련된 부분입니다. 노자는 물에서 '도'를 봅니다. 물은 높은 곳에서 낮은 곳으로 쉼 없이 흘러갑니다. 세상

284 초등학생이 '꼭' 읽어야 할 고전 탐구

모든 생명을 자라게 하지만 자신을 드러나게 하거나 뽐내지 않습니다. 더러운 곳은 깨끗하게 만들어 주고, 막힌 곳은 부드럽게 돌아서 갑니다. 빈 웅덩이가 있다면 모두 채우고 나서야 아래로 흘러내리죠. 위에서 아래로 흐르는 물이 있는 곳은 항상 가장 낮은 곳이죠. 노자는 '물'과 같은 이상을 지닌 지도자는 모든 백성을 헤아리는 훌륭한 지도자라고 말합니다. 9장에서는 지나침을 경계합니다. 넘치도록 채우기 전에 물러날 것, 업적을 이루면 스스로 물러날 것을 강조합니다. 또한 많은 재물은 근심을 자라나게 함을 지적합니다.

　17장에서는 최상의 지도자는 백성이 존재만을 아는 정도라고 말합니다. 그다음은 백성이 찬양하는 지도자이며, 그다음은 백성이 두려워하는 지도자이고, 마지막은 백성이 경멸하는 지도자라고 말합니다. 존재만을 아는 정도라고 해서 두 손을 놓고 있는 지도자는 아닙니다. '지도자님 감사합니다' 대신에 백성들이 '내가 이렇게 한 거야'라고 생각하게 만들죠. 이렇게 하면 백성의 자존감을 높여 주고 모두 만족한 채 하루를 살게 됩니다. 43장에서는 부드러운 것과 단단한 것을 비유하며, '무위'는 단단한 것 틈새로 파고들어 결국 깨뜨릴 수도 있다고 말합니다. 아무리 강하고 단단한 것도 부드러움은 이길 수 없다는 뜻입니다. 또 66장에서는 강과 바다는 자신을 낮춤으로써 물의 왕이 된다고 말하죠. 이처럼 도덕경은 살

아가면서 알아 두면 좋을 것들에 대해 알려 주는 책입니다.

◇ 책의 배경 엿보기 ◇

노자가 살았던 시대인 춘추 시대는 모든 것이 힘에 의해 기베져는 시기로, 사람으로서 마땅히 누릴 수 있는 권리에는 큰 관심이 없었습니다. 나라의 힘을 길러 다른 나라와 전쟁을 일으키고, 땅을 빼앗고, 심지어는 다른 나라를 없애 버리기도 했죠. 노자는 이러한 혼란스러운 시기를 극복하기 위해 『도덕경』을 집필합니다. 자신의 욕심으로 타인의 생명을 빼앗는 현실이 무척이나 안타까웠기 때문이죠. 모두가 욕심대로 살다 보면 경쟁심이 생기고 남보다 하나라도 더 가지고 싶어집니다. 반면 자연의 섭리에 따라 살아가면 모두가 행복해질 수 있다고 생각했어요. 도덕경은 이와 같은 우리의 마음과 더불어 통치자의 자질까지 포괄적으로 다룬 책입니다.

◇ 책의 핵심 주제 및 시사점 ◇

① 무위자연(無爲自然)

노자의 핵심 사상은 '무위자연(無爲自然)'입니다. 무위자연을 아무것도 하지 않는 것으로 오해하는 사람도 많습니다. 하지만 실제로는 자연의 섭리를 따르고 자연에서 배운 삶의 태도를 유지하자는 사상입니다. 자연의 섭리를 따르다 보면 자연스레 주변의 인정을 받고, 모든 일에서 두각을 나타내기 마련입니다. 항상 긴장된 태도보다는 자연의 유연함을 본받는 것도 우리 삶에 필요한 부분입니다.

② 내려놓음의 미학

'도'는 무언가 채워져 있는 것도 아니고 비어 있는 것도 아닙니다. '도'는 상황에 따라 모습을 자유자재로 바꾸죠. 무언가를 가지려고 노력하면 끝이 없습니다. 남들보다 앞서려고 노력하거나 나만 잘되려고 남을 짓밟거나, 내면보다 외면을 가꾸려는 태도 등은 비판의 대상이죠. '내려놓음'은 지친 삶에서 나에게 덜 소중한 것들을 내려놓는 데서 시작합니다. 학업, 교우 관계, 가족, 외모, 취미 등 하나라도 더 채우려면 몸과 마음이 바쁘고 때로는 지치기 마련이죠. 『도덕경』의 가르침처럼 억지로 만들어 내기보다는 자연스러운 노력과 실천으로 하나씩 도전하다 보면 좋은 과정과 결과를 끌어낼 수 있게 될 것입니다.

◇ 고전 속 인생의 한 문장 ◇

"이유극강(以柔克剛)"

▶ '부드러운 것으로 강한 것을 이긴다'는 뜻입니다. 힘으로 무언가를 억지로 억눌러 잠깐 승리할 수는 있습니다. 하지만 결국 강한 것은 부러지기 마련이고, 부드럽고 유연함을 지닌 것은 긴 시간을 버텨내고 살아남게 됩니다. 유연한 삶의 태도를 배워야 되는 이유입니다.

"상선약수(上善若水)"

▶ '최상의 선은 물과 같다'는 뜻입니다. 물은 만물을 이롭게 하며 모든 생명의 근원입니다. 또한 뛰어난 능력을 지녔음에도 자신을 드러내지 않으며 높은 곳에서 낮은 곳으로 흘러내립니다. 자연에서는 배울 점이 참 많습니다.

"지이영지 불여기이(持而盈之 不如其已)"

▶ '넘치도록 가득 채우는 것보다 적당할 때 멈추는 것이 좋다'는 뜻입니다. 욕심을 부리면 탈이 나기 마련입니다. 때로는 멈추어 주변을 둘러보는 것도 삶을 윤택하게 만드는 데 큰 도움이 됩니다.

고전으로 생각 넓히기

다음 질문들에 관해 고민해 보는 시간을 가져 보세요.

① 『도덕경』에서는 자연에서 배울 점을 많이 언급합니다. 그렇다면 '나무'에서 배울 점은 무엇이 있을까요?

② 부드러운 것이 강한 것을 이길 때는 구체적으로 언제일까요?

③ '나'를 앞세우지 않는다면, 어떤 장점이 있을까요?